ENCARCERADOS

Tradução de
PETÊ RISSATTI

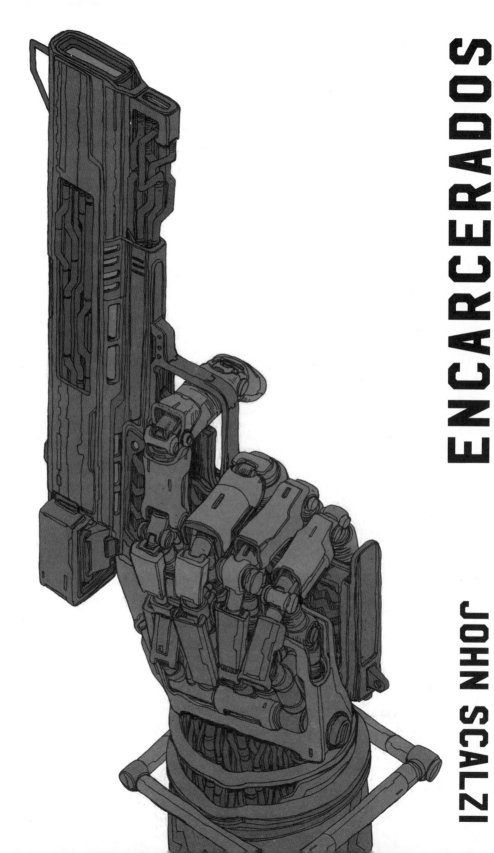

ENCARCERADOS

TÍTULO ORIGINAL:
Lock In

COPIDESQUE:
Cássio Yamamura

REVISÃO:
Giselle Moura
Ana Luiza Candido

CAPA:
Pedro Inoue

ILUSTRAÇÃO DE CAPA:
Josan Gonzalez

PROJETO GRÁFICO E DIAGRAMAÇÃO:
Desenho Editorial

DIREÇÃO EXECUTIVA:
Betty Fromer

DIREÇÃO EDITORIAL:
Adriano Fromer Piazzi

DIREÇÃO DE CONTEÚDO:
Luciana Fracchetta

EDITORIAL:
Daniel Lameira
Andréa Bergamaschi
Débora Dutra Vieira
Luiza Araujo
Renato Ritto*
Bárbara Prince*

COMUNICAÇÃO:
Fernando Barone
Nathália Bergocce
Júlia Forbes

COMERCIAL:
Giovani das Graças
Lidiana Pessoa
Roberta Saraiva
Gustavo Mendonça

FINANCEIRO:
Roberta Martins
Sandro Hannes

* Equipe original à época do lançamento.

COPYRIGHT © & TM 2014 JOHN SCALZI
COPYRIGHT © EDITORA ALEPH, 2018
(EDIÇÃO EM LÍNGUA PORTUGUESA PARA O BRASIL)

TODOS OS DIREITOS RESERVADOS.
PROIBIDA A REPRODUÇÃO, NO TODO OU EM PARTE, ATRAVÉS DE QUAISQUER MEIOS.

EDITORA ALEPH
Rua Tabapuã, 81, cj. 134
04533-010 – São Paulo – SP – Brasil
Tel.: [55 11] 3743-3202
www.editoraaleph.com.br

DADOS INTERNACIONAIS DE CATALOGAÇÃO NA PUBLICAÇÃO (CIP)
VAGNER RODOLFO CRB-8/9410

S279e
Scalzi, John
Encarcerados / John Scalzi ; traduzido por Petê Rissatti. - São Paulo : Aleph, 2018. 328 p. : 16cm x 23cm.
Tradução de: Lock In

ISBN: 978-85-7657-320-3

1. Literatura norte-americana. 2. Ficção. I. Rissatti, Petê. II. Título.

CDD 813.0876   CDU 821.111(73)-3

ÍNDICES PARA CATÁLOGO SISTEMÁTICO:

Literatura : Ficção Norte-Americana 813.0876
Literatura norte-americana : Ficção 821.111(73)-3

Para Joe Hill,
eu disse que faria.
E para Daniel Mainz,
amigo tão querido.

SÍNDROME DE HADEN

Síndrome de Haden é o nome dado a um conjunto de problemas clínicos e doenças inicialmente causados pela **"Grande Gripe"**, uma **pandemia** global semelhante à **gripe comum** que resultou na morte de mais de 400 milhões de pessoas em todo o mundo, tanto pelos sintomas iniciais, similares aos da gripe, como pelo segundo estágio de inflamação cerebral e vertebral parecido com o da meningite ou pelas complicações decorrentes do terceiro estágio da doença, que geralmente causa paralisia completa do sistema nervoso somático, resultando no "**encarceramento**" de suas vítimas. O nome "síndrome de Haden" vem da **ex-primeira-dama dos Estados Unidos da América, Margaret Haden**, que se tornou a vítima mais notável da síndrome.

A origem física da Grande Gripe é desconhecida, mas foi identificada primeiro em **Londres, Inglaterra**, com diagnósticos adicionais acontecendo em **Nova Iorque, Toronto, Amsterdã, Tóquio** e **Pequim** quase imediatamente depois. Um longo período de incubação anterior ao aparecimento dos sintomas visíveis permitiu a ampla disseminação do vírus antes de sua detecção. Como resultado, mais de 2,75 bilhões de pessoas em todo o mundo foram infectadas durante a onda inicial da doença.

O avanço da doença mostra-se diferente em cada indivíduo, dependendo de vários fatores, como **saúde**, **idade** e **constituição genética** pessoais e **limpeza** ambiental relativa. O primeiro estágio, análogo à gripe, foi o mais predominante e sério, causando mais de 75% de todas as mortes associadas à Haden. No entanto, um percentual semelhante de afetados apresentou apenas o primeiro estágio da síndrome. Um segundo estágio, que afetou os demais, superficialmente lembrava a meningite viral e também causava mudanças profundas e duradouras na estrutura cerebral de algumas vítimas. Embora tenha afetado menos pessoas, o segundo estágio de Haden apresentou uma maior taxa de mortalidade *per capita*.

A maior parte dos que sobreviveram ao segundo estágio de Haden não sofreu deficiências físicas ou mentais de longo prazo, mas um número significativo – mais de 1% dos inicialmente afetados pela Grande Gripe – sofreu de encarceramento. Mais de 0,25% sofreu danos nas capacidades mentais devido às mudanças na estrutura cerebral, mas sem degradação das habilidades físicas. Um número ainda menor – menos de 100 mil pessoas em todo o mundo – não teve declínio físico ou mental, apesar de mudanças em sua estrutura cerebral. Alguns dessa última categoria evoluiriam para se tornar "**integradores**".

Nos Estados Unidos, 4,35 milhões de cidadãos e residentes sofreram encarceramento devido à Grande Gripe, com outras nações desenvolvidas tendo um percentual semelhante de cidadãos encarcerados, o que levou os Estados Unidos e seus aliados a investir 3 trilhões de dólares no **Tratado de Iniciativa à Pesquisa de Haden** (TIPH), um programa "de proporções astronômicas" criado para aumentar rapidamente a compreensão de funções cerebrais e estimular o comércio de programas e próteses que permitissem aos atingidos pela síndrome de Haden participar da sociedade. Como resultado do TIPH, inovações como as primeiras **redes neurais incorporadas**, os **transportes pessoais** e o espaço on-line exclusivo para afetados por Haden, conhecido como "**a Ágora**", foram criadas nos 24 meses após o tratado ser assinado pelo **presidente Benjamin Haden**.

Embora o TIPH tenha levado a descobertas novas e significativas sobre o **desenvolvimento** e a **estrutura do cérebro** e originado muitos setores novos para servir aos indivíduos afetados pela síndrome de Haden, com o passar do tempo, muitas pessoas reclamaram que a pesquisa relacionada à síndrome recebeu prioridade demais e que o enfoque intenso nas vítimas de Haden, conhecidos como "hadens", criou uma classe subsidiada pelo governo que, apesar de sua situação de "encarcerados", teria várias vantagens competitivas sobre a população em geral. Essas reclamações levaram os senadores norte-americanos **David Abrams** e **Vanda Kettering** a defender um projeto de lei de corte de subsídios e programas para hadens, associado a uma redução significativa da carga tributária. O **Projeto de Lei Abrams-Kettering** foi derrotado inicialmente, mas foi apresentado novamente com mudanças e aprovado pelas duas câmaras por uma margem pequena.

Apesar da pesquisa significativa sobre o vírus que causa a síndrome de Haden e do desenvolvimento de programas de higiene social para minimizar seu alcance, ainda não há vacina infalível para a doença. Até 20 milhões de pessoas são infectadas mundialmente a cada ano e, nos Estados Unidos, entre 15 mil e 45 mil pessoas são acometidas pelo encarceramento anualmente. Enquanto os pesquisadores não encontram uma vacina, já se veem avanços no tratamento pós-infecção, inclusive novas e promissoras terapias para "reestruturação" do sistema nervoso somático. Essas terapias estão atualmente em fase de testes em cobaias.

– artigo "Síndrome de Haden" no site ColaNaEscola.com.

UM

Meu primeiro dia de trabalho coincidiu com o primeiro dia da Greve dos Hadens e, não vou mentir, foi um acaso um tanto inoportuno. Um vídeo meu entrando no prédio do FBI teve muitas exibições em sites de notícias e fóruns sobre hadens. Não era o que eu precisava no meu primeiro dia.

Duas coisas impediram que toda a Ágora apontasse, indignada, o dedo na minha cara. A primeira foi que nem todo haden apoiava a greve, para começo de conversa. A participação no primeiro dia foi, no melhor dos casos, irregular. A Ágora estava dividida em dois campos de batalha muito barulhentos: entre os apoiadores da greve e os hadens que pensavam ser uma manobra inútil, considerando que o PL Abrams-Kettering já fora convertido em lei.

A segunda foi que, tecnicamente falando, o FBI é um órgão de manutenção da ordem pública, o que o qualifica como serviço essencial. Então, o número de hadens me chamando de fura-greve foi provavelmente menor do que poderia ter sido.

Além da revolta da Ágora, meu primeiro dia foi de muito tempo no RH, preenchendo papelada, recebendo explicações sobre benefícios e plano de aposentadoria em detalhes entediantes. Em seguida, recebi minha arma, atualizações de software e distintivo. Depois, fui para casa mais cedo, pois minha nova parceira precisou testemunhar em um caso no tribunal e não estaria disponível pelo resto do dia, e eles não tinham mais nada para eu fazer. Fui para casa e não entrei na Ágora. Em vez disso, vi alguns filmes. Pode me chamar de covarde se quiser.

Meu segundo dia no trabalho começou com mais sangue do que eu poderia prever.

Identifiquei minha nova parceira quando entrei no Hotel Watergate. Estava em pé, um pouco distante da entrada do saguão, tragando um cigarro eletrônico. Quando me aproximei, o chip em seu distintivo começou a derramar suas informações no meu campo de visão. Era a maneira que o FBI tinha de deixar seus agentes saberem quem era quem na cena do crime. Minha parceira não estava com seus óculos, então não teve a mesma cascata de informações rolando diante dela quando cheguei. Por outro lado, era muito provável que nem precisasse. Seja como for, me reconheceu muito bem.

– Agente Shane – cumprimentou minha nova parceira, estendendo a mão.

– Agente Vann – falei, retribuindo o cumprimento.

E então esperei para ver quais seriam suas próximas palavras. É sempre um teste interessante ver o que as pessoas fazem quando me conhecem, por ser quem sou e porque sou haden. Um fato ou outro sempre gera comentários.

Vann não disse mais nada. Recolheu a mão e continuou a sugar seu canudinho de nicotina.

Ora, então tudo bem. Cabia a mim começar a conversa.

Assim, olhei para o carro que estava na nossa frente. O teto fora amassado por um sofá.

— É nosso? – perguntei, apontando com a cabeça para o carro e o móvel.

— Por acaso é – disse ela. – Está gravando?

— Posso gravar, se quiser – eu disse. – Algumas pessoas preferem que eu não grave.

— Eu quero – disse Vann. – Você está a serviço. Deveria estar gravando.

— Tudo bem – disse, e comecei a gravar. No início, caminhei ao redor do automóvel, registrando de cada ângulo. O vidro de segurança nas janelas do carro havia estilhaçado e alguns pedaços estavam caídos. O veículo tinha placa diplomática. Olhei em volta e 10 metros adiante havia um homem ao telefone, gritando com alguém numa língua que parecia ser armênio. Fiquei tentado a traduzir a gritaria.

Vann me observou em ação, ainda sem dizer nada.

Quando terminei, olhei para cima e vi um buraco na lateral do hotel, sete andares acima.

— Foi de lá que veio o sofá? – perguntei.

— Provavelmente um bom palpite – disse Vann. Ela tirou o cigarro da boca e enfiou-o no bolso do casaco.

— Vamos subir?

— Estava esperando você – respondeu Vann.

— Desculpe – eu disse, olhando novamente para cima. – A polícia metropolitana já está lá?

Vann assentiu.

— Pegaram a ligação da rede deles. O suposto criminoso é um integrador, o que traz o caso para a nossa alçada.

— Já disse isso para a polícia? – perguntei.

— Estava esperando você — repetiu ela.

— Desculpe — também repeti. Vann meneou a cabeça na direção do saguão.

Entramos e pegamos o elevador até o sétimo andar, de onde o sofá voara. Vann prendeu o distintivo do FBI na lapela. Eu encaixei o meu no visor de peito.

As portas do elevador abriram-se, e uma policial uniformizada estava lá. Ergueu as mãos para impedir nossa saída. Nós apontamos para os distintivos. Ela fez uma careta e nos deixou passar, sussurrando algo no rádio enquanto abria passagem. Seguimos para o quarto que tinha policiais ao redor da porta.

Estávamos na metade do caminho quando uma mulher enfiou a cabeça para fora do quarto, olhou em volta, nos viu e veio até nós, pisando duro. Olhei para Vann, que abriu um sorriso afetado.

— Detetive Trinh — disse Vann quando a mulher se aproximou.

— Não — disse Trinh —, de jeito nenhum. Isso não tem nada a ver com você, Les.

— Que bom ver você também — disse Vann. — E você está enganada. Seu suspeito é um integrador. Sabe o que isso significa.

— Presume-se que todos os crimes suspeitos envolvendo transportes pessoais ou integradores tenham um elemento interestadual — mencionei, citando o manual do FBI.

Trinh olhou para mim, mal-humorada, em seguida me ignorou ostensivamente para falar com Vann. Engoli aquela pequena mostra de interação pessoal para usar mais tarde.

— *Eu* não sei se meu criminoso é um integrador — ela disse para Vann.

— Eu sei — Vann respondeu. — Quando seu policial na cena do crime deu voz de prisão, identificou o criminoso. Nicholas Bell. Bell é um integrador. Está em nosso banco de dados. Mandou mensagem no momento em que seu agente o dominou.

Virei a cabeça para olhar o rosto de Vann à menção do nome, mas ela continuava olhando para Trinh.

– O fato de ele ter o mesmo nome não faz dele um integrador – retrucou Trinh.

– Deixa disso, Trinh – disse Vann. – Vamos mesmo ter essa conversa na frente das crianças? – Levei um segundo para perceber que Vann estava falando de mim e dos policiais uniformizados. – Você sabe que vai perder essa briguinha. Deixe a gente entrar, deixe a gente fazer nosso trabalho. Se descobrirem que todo mundo envolvido estava no D.C. no momento do crime, entregamos tudo o que temos e saímos do seu caminho. Vamos jogar limpo e fazer tudo amigavelmente. Ou eu posso não ser amigável. Você lembra como isso acaba.

Trinh virou-se e voltou ao quarto do hotel pisando duro e sem dizer uma palavra.

– Não sei bem o contexto disso – falei.

– Sabe tudo que precisa – disse Vann. Ela partiu para o quarto, número 714. Eu segui.

Havia um cadáver no quarto, de bruços no chão com a cara no carpete, garganta cortada. O carpete estava encharcado de sangue. Havia respingos nas paredes, na cama e na outra poltrona do quarto. Uma brisa rodopiava no cômodo, vinda do buraco aberto na janela panorâmica pelo qual o sofá atravessara.

Vann olhou para o cadáver.

– Sabemos quem ele é?

– Sem identificação – disse Trinh. – Estamos procurando.

Vann olhou ao redor, tentando encontrar alguma coisa.

– Onde está Nicholas Bell? – ela perguntou a Trinh.

Trihn abriu um sorriso amarelo.

– Delegacia – respondeu. – O primeiro policial na cena o dominou, e o despachamos antes de vocês chegarem aqui.

– Quem foi o policial? – perguntou Vann.

– Timmons – disse Trinh. – Não está aqui.

– Preciso da gravação da prisão – exigiu Vann.

– Eu não...

– *Agora*, Trinh – disse Vann. – Sabe meu endereço público. Mande-o para Timmons.

Trinh afastou-se, contrariada, mas pegou o telefone e fez uma ligação.

Vann apontou para o policial uniformizado no quarto.

– Algo foi mexido ou tocado?

– Não por nós – ele respondeu.

Vann assentiu.

– Shane.

– Sim.

– Faça um mapa – disse Vann. – Detalhado. Inclusive do vidro.

– Tudo bem.

Meu modo de gravação já estava ativado. Apliquei uma grade tridimensional sobre ele, marcando tudo que conseguia ver e facilitando a identificação de lugares em que eu precisava olhar atrás ou embaixo de coisas. Caminhei pela sala com cuidado, parando em cantos e fendas. Ajoelhei quando cheguei à cama, acendendo as luzes da minha cabeça para ter certeza de que registraria todos os detalhes. E havia mesmo detalhes para registrar sob a cama.

– Tem um vidro aqui embaixo – disse para Vann. – Está quebrado e coberto de sangue.

Levantei e apontei para a mesa do quarto, que continha um par de óculos e duas garrafas de água.

– Também há lascas de vidro no chão ao lado da mesa. Acho que é a nossa arma do crime.

– Acabou seu mapa? – perguntou Vann.

– Quase – respondi. Dei mais uma passada pela sala para pegar pontos que haviam faltado.

– Suponho que você também tenha feito seu mapa – Vann disse a Trinh.

– Nosso técnico está a caminho – disse Trinh. – E temos as gravações dos policiais na cena do crime.

– Quero todas elas – disse Vann. – Eu envio o mapa de Shane também.

– Ótimo – disse Trinh, irritada. – Mais alguma coisa?

– É isso, por ora – disse Vann.

– Então, se não se importa, pode sair da minha cena do crime. Tenho trabalho a fazer – pediu Trinh.

Vann sorriu para Trinh e saiu do quarto. Eu a segui.

– A polícia metropolitana é sempre assim? – perguntei quando entramos no elevador.

– Ninguém gosta que os federais entrem no território deles – disse Vann. – Nunca ficam felizes em nos ver. A maioria deles é mais educada. Trinh tem alguns problemas.

– Problemas com a gente ou problemas com você? – perguntei.

Vann sorriu de novo. O elevador abriu no térreo.

– Se importa se eu fumar? – perguntou Vann. Estava dirigindo no modo manual para a delegacia e buscando com a mão um pacote de cigarros, reais dessa vez. Era seu carro. Não havia lei antifumo lá dentro.

– Sou imune a fumo passivo, se é isso que está perguntando – respondi.

– Ótimo. – Ela pegou um cigarro e apertou o isqueiro do carro para aquecê-lo. Eu reduzi meu sensor olfativo. – Acesse minha caixa de entrada no servidor do FBI e diga se o vídeo da prisão já está lá – ordenou.

– Como vou fazer isso? – perguntei.

– Te dei acesso ontem – respondeu Vann.

– Deu?

– Somos uma dupla agora.

– Agradeço muito – eu disse. – Mas o que teria feito se me conhecesse e concluísse que eu era algum tipo de idiota nada confiável?

Vann deu de ombros.

– Minha última parceira era uma idiota nada confiável. Eu compartilhava minha caixa de entrada com ela.

– O que aconteceu com ela? – perguntei.

– Levou um tiro – explicou Vann.

– A serviço?

– Na verdade, não – disse Vann. – Estava no campo de treino de tiro e acertou a própria barriga. Existe a discussão se foi acidental ou não. Aposentou-se por invalidez. Nem liguei.

– Bem, prometo não atirar na minha barriga.

– Duas piadas sobre corpo em menos de um minuto. Parece que você quer dizer alguma coisa.

– É só para garantir que você está confortável comigo. Nem todo mundo sabe como lidar com hadens quando conhece um.

– Não é novidade para mim – disse ela. O isqueiro estalou, e ela o tirou do soquete e acendeu o cigarro. – Deveria ser óbvio, considerando nossa alçada. Já acessou o vídeo da prisão?

– Espere aí. – Entrei no servidor de provas do FBI e acessei a caixa de Vann. O arquivo estava lá, recém-chegado. – Está aqui.

– Rode – pediu Vann.

– Quer que eu projete no console?

– Estou dirigindo.

– Existe piloto automático.

Vann balançou a cabeça.

– Este é um carro do FBI – disse ela. – Vai confiar em um piloto automático comprado com orçamento mínimo?

– Tem razão – respondi. Rodei o vídeo da prisão. Era ruim e estava em baixa resolução. A polícia metropolitana, assim como o FBI, provavelmente contratara o técnico com orçamento mínimo. A visualização era em primeira pessoa e em modo estéreo, significando possivelmente que a câmera estava presa a óculos protetores.

A gravação começou quando o policial – Timmons – saiu do elevador no sétimo andar com a arma paralisante sacada. Na porta do quarto 714 havia um segurança do Watergate, resplandecente no uniforme amarelo-mostarda com caimento ruim. Quando a gravação se aproximou, o *taser* do segurança ficou visível. O homem parecia prestes a se cagar todo.

Timmons deu a volta no segurança, e a imagem de um homem sentado na cama de mãos para cima flutuou na tela. Seu rosto e camisa estavam manchados de sangue. A imagem tremeu, e Timmons deu uma boa olhada no cadáver sobre o carpete encharcado de sangue. A visão voltou em um chacoalhão para o homem na cama, que ainda estava com as mãos erguidas.

– Está morto? – perguntou uma voz, que imaginei ser de Timmons.

O homem na cama olhou para o homem no carpete.

– É, acho que sim – disse.

– Por que diabos você matou o cara? – perguntou Timmons.

O homem na cama virou-se para Timmons.

– Não acho que matei – respondeu. – Olhe…

Então, Timmons deu um choque no homem, que sacudiu e se contorceu até cair da cama, esparramando-se no carpete, como o cadáver.

– Interessante – falei.

– O quê? – perguntou Vann.

– Timmons mal havia entrado no quarto quando deu um choque em nosso criminoso.

– Bell.

– Isso. Falando nisso, o nome soa familiar para você?

– Bell disse alguma coisa antes de tomar o choque? – perguntou Vann, ignorando minha pergunta.

– Timmons perguntou por que ele matou o cara – respondi. – Bell disse que não achava que tinha matado.

Vann franziu a testa.

– Que foi? – perguntei.

Vann me encarou novamente, com um olhar que revelou que não estava olhando para mim, mas para meu transporte pessoal.

– É um modelo novo – ela disse.

– É – respondi. – Sebring-Warner 660XS.

– A linha Sebring-Warner 600 não é barata.

– Não – admiti.

– As prestações são um pouco altas para o salário de uma pessoa que acabou de entrar no FBI.

– É assim que vamos lidar com esse assunto? – perguntei.

– Só estava fazendo um comentário – disse Vann.

– Ótimo. Devem ter dito alguma coisa sobre mim quando me destacaram para acompanhá-la.

– Disseram.

– E acho que você sabe sobre a comunidade haden porque é da sua alçada.

– Sim.

– Então, vamos pular a parte em que você finge não saber quem eu sou, quem é minha família e como eu posso pagar por um Sebring-Warner 660.

Vann sorriu, amassou o cigarro na janela lateral e abaixou o vidro para jogar fora a bituca.

— Vi que recebeu críticas na Ágora por aparecer no trabalho ontem — ela disse.

— Nada que não tenha recebido antes por outras coisas. Nada com que não consiga lidar. Tem problema para você?

— Você ser você?

— Sim — confirmei.

— Por que teria? — perguntou Vann.

— Quando fui para a Academia, conheci gente que pensava que eu estava lá por capricho. Que estava apenas matando tempo até receber minha herança.

— E foi o que você fez? — perguntou Vann. — Digo, a herança. Recebeu?

— Antes de entrar na Academia — respondi.

Vann soltou um risinho abafado.

— Sem problema — disse ela.

— Tem certeza?

— Claro. E, de qualquer forma, é ótimo que você tenha um C3 de ponta — disse ela, usando a gíria para transportes pessoais. — Significa que seus mapas vão ter uma resolução útil. O que é bom, porque não confio que Trinh vá me enviar alguma coisa que preste. O vídeo da prisão estava ruim e chuviscado, certo?

— Certo — respondi.

— É enrolação — disse Vann. — Os vídeos feitos com óculos da metropolitana se autoestabilizam e gravam com resolução 4k. Trinh provavelmente pediu para Timmons zoar o vídeo antes de mandar. Porque ela é uma babaca.

— Então, você está me usando por minhas capacidades técnicas avançadas.

– Isso mesmo – disse Vann. – Você tem problema com isso?

– Não. É ótimo que me valorizem pelo que posso fazer.

– Ótimo. – Vann entrou no estacionamento da delegacia. – Porque vou pedir para você fazer um monte de coisas.

DOIS

– Quem é a geringonça? – o sujeito perguntou a Vann quando nos recebeu na delegacia. Meu software de escâner facial identificou-o como George Davidson, chefe do Segundo Departamento de Polícia Metropolitana.

– Uau, sério? – respondi, antes de conseguir me refrear.

– Usei a palavra errada, não foi? – comentou Davidson, olhando para mim. – Nunca consigo lembrar se "geringonça" ou "C3" é a palavra que não se pode usar hoje em dia.

– Dica: uma vem de um androide querido, personagem de um dos filmes mais populares de todos os tempos. A outra lembra máquina velha e quebrada. Adivinhe qual preferimos.

– Entendi. Pensei que sua gente estava em greve hoje.

– Meu Deus – falei, com irritação.

– C3 sensível – disse Davidson para Vann.

– Policial babaca – disse Vann para Davidson, que sorriu. – Agente Chris Shane. Veio substituir minha antiga parceira.

– Corta essa – disse Davidson, olhando de volta para mim. Obviamente reconhecera meu nome.

– Surpresa – eu falei.

Vann acenou para retomar a atenção de Davidson.

– Você está com alguém com quem quero falar.

– É, estou – comentou Davidson. – Trinh me contou que vocês viriam.

– Não vai dificultar as coisas como ela fez, espero.

– Ah, você sabe que eu coopero totalmente com as entidades de manutenção da ordem. E você nunca me peitou. Venha. – Ele acenou para que fôssemos às entranhas da delegacia.

Poucos minutos depois, estávamos olhando para Nicholas Bell através de um vidro. Ele estava em uma sala de interrogatório, em silêncio, esperando.

– Não parece um cara que joga alguém pela janela – observou Davidson.

– Não foi uma pessoa – disse Vann. – O cara ainda estava no quarto. Foi um sofá.

– Também não parece um cara que joga um sofá pela janela – reiterou Davidson.

Vann apontou.

– Um integrador é assim. Passa muito tempo com outras pessoas na cabeça, e essas pessoas querem fazer um monte de coisas diferentes. Ele está em melhor forma do que você imagina.

– Se você está dizendo. Sabe melhor do que eu – admitiu Davidson.

– Já falou com ele? – perguntei.

– Detetive Gonzales já tentou. Ele ficou lá sentado e não disse uma palavra por vinte minutos mais ou menos.

– Bem, ele tem o direito de permanecer calado – falei.

— Ainda não invocou esse direito — comentou Davidson. — Também não pediu um advogado.

— Isso não teria a ver com seu policial, Timmons, ter deixado o cara inconsciente com um choque na cena do crime, teria? — perguntou Vann.

— Não tenho o relatório completo de Timmons ainda — respondeu Davidson.

— Você é um marco de boas práticas constitucionais, Davidson.

O delegado deu de ombros.

— Ele já está acordado faz um tempo. Se lembrar que tem direitos, ótimo. Até lá, se quiser tentar falar com ele, é todo seu.

Olhei para Vann para ver o que ela faria.

— Acho que vou mijar — ela disse. — E depois vou pegar um café.

— Lá embaixo, no saguão, para ambos — disse Davidson. — Você sabe onde fica.

Vann assentiu e saiu.

— Chris Shane, hein? — disse Davidson para mim depois de Vann ter saído.

— Sou eu.

— Me lembro de você de quando eu era criança — disse Davidson.

— Bem, não criança exatamente. Sabe do que eu tô falando.

— Sei.

— Como está seu pai? Vai concorrer ao Senado?

— Não decidiu ainda — respondi. — É extraoficial.

— Eu costumava assistir aos jogos dele — disse Davidson.

— Vou comentar com ele.

— Está há muito tempo com ela? — Davidson apontou para onde Vann estivera.

— Primeiro dia trabalhando com ela. Segundo em serviço.

— Você é recruta? — perguntou Davidson. Eu assenti. — É difícil dizer, porque... — Ele apontou para meu C3.

– Entendo.

– É um C3 bacana.

– Agradeço.

– Desculpe por chamar de geringonça.

– Sem problema.

– Acho que vocês têm jeitos menos lisonjeiros para nos descrever também – comentou Davidson.

– Dodgers – eu disse.

– Como?

– Dodgers – repeti. – Abreviação de "Dodger Dogs". É o cachorro-quente que servem no Estádio Dodger, em Los Angeles.

– Eu sei o que é um Dodger Dog – disse Davidson. – Só não sei se entendi como vocês chegaram nisso.

– Dois caminhos – expliquei. – Primeiro, vocês são basicamente pele recheada de carne. Assim como salsichas de cachorro-quente. Segundo, salsichas são carne de segunda, e vocês também.

– Legal – disse Davidson.

– Você perguntou.

– Sim, mas por que *Dodger* Dogs? – ele quis saber. – Pergunto como um torcedor fanático do Nationals.

– Você me pegou – respondi. – Por que "C3"? Por que "geringonça"? Gírias surgem.

– Alguma gíria para ele? – Davidson apontou para Bell, que estava lá sentado, mudo.

– Ele é uma "mula" – respondi.

– Faz sentido.

– É.

– Já usou?

– Um integrador? Uma vez – respondi. – Tinha 12 anos, e meus pais me levaram para o Disney World. Pensaram que seria melhor se eu tivesse a experiência em carne e osso. Então programaram um integrador para eu passar o dia.

– Como foi?

– Eu odiei. Estava quente, depois de uma hora meus pés doíam, e eu quase mijei nas calças porque não sabia fazer como vocês fazem, entende? Cuidam disso tudo para mim, e eu contraí Haden tão criança que não me lembro de como fazer de outro jeito. O integrador precisa emergir para fazer isso, e eles não devem fazê-lo quando estão carregando outra pessoa. Depois de algumas horas, reclamei tanto que voltamos ao quarto de hotel e eu voltei para o C3. E *aí* eu aproveitei o dia. Mas ainda precisaram pagar o integrador pelo dia todo.

– E desde então não usou mais.

– Não. Não vale o esforço.

– Hum – disse Davidson.

A porta para a sala de interrogatório abriu, e Vann entrou, carregando dois copinhos de café. Davidson apontou para ela.

– Ela é uma, você sabe.

– Uma o quê?

– Integradora – respondeu Davidson. – Ou era, antes de entrar no FBI.

– Não sabia disso – comentei. Olhei para onde ela estava sentada, se acomodando.

– Por isso ela recebeu esse trabalho – disse Davidson. – Ela entende vocês de um jeito que nós não entendemos. Desculpa, mas é difícil para a nossa cabeça entender o que acontece com vocês.

– Compreendo.

– É – disse Davidson.

Ficou em silêncio por um segundo, e eu esperei pelo que vinha a seguir: a Ligação Pessoal com a Síndrome de Haden. Pensei em um tio ou primo.

— Tive uma prima que pegou Haden — comentou Davidson, e internamente marquei mais um ponto. — Foi lá na primeira onda, quando ninguém sabia a merda que estava rolando. Antes de chamarem de Haden. Ela pegou a gripe, depois pareceu melhorar, e daí… — Ele deu de ombros.

— Encarceramento — completei.

— É. Lembro de ir ao hospital vê-la, e tinham uma ala inteira de pacientes encarcerados. Deitados lá, sem fazer nada além de respirar. Dezenas deles. E, alguns dias antes, todos eles estavam andando por aí, levando uma vida normal.

— O que aconteceu com sua prima? — perguntei.

— Ela perdeu o controle. Ficar encarcerada a fez ter um surto psicótico ou algo assim.

Eu assenti.

— Não era incomum, infelizmente.

— É — repetiu. — Resistiu alguns anos, mas depois o corpo cedeu.

— Sinto muito.

— Foi ruim — disse Davidson. — Mas foi ruim para todo mundo. Digo, que merda. A primeira-dama pegou essa coisa. É daí que vem o *nome* Haden.

— Ainda assim, é uma merda.

— É mesmo — concordou Davidson, que apontou para Vann. — Digo, ela teve Haden também, certo? — perguntou ele. — Em algum momento. Por isso é desse jeito.

— Mais ou menos isso — expliquei. — Há uma pequena porcentagem de pessoas que foram infectadas e tiveram sua estrutura cerebral alterada, mas não ficaram encarceradas. Um percentual mínimo *dessas pessoas* teve os cérebros alterados o suficiente para conseguirem ser integradores. — Era mais complicado que isso, mas não pensei que Davidson realmente se importasse. — Deve haver uns 10 mil integradores no planeta inteiro.

– Hum – disse Davidson. – De qualquer forma, ela é uma integradora. Ou era. Então, talvez acabe conseguindo tirar alguma coisa do cara. – Ele aumentou o volume dos alto-falantes para que pudéssemos ouvir o que Vann dizia a Bell.

– Trouxe um café – disse Vann, empurrando o café para Bell. – Sem saber nada sobre você, achei que poderia querer creme e açúcar. Desculpe se presumi errado.

Bell olhou para o café, mas não fez nem disse nada.

– Cheesebúrguer com bacon – falou Vann.

– O quê? – perguntou Bell. A aparente aleatoriedade de Vann arrancou-o do completo silêncio.

– Cheesebúrguer com bacon – repetiu Vann. – Quando trabalhei como integradora, comia tantos cheesebúrgueres com bacon, nossa. Você deve saber por quê.

– Porque a primeira coisa que qualquer encarcerado quer, quando integra, é um cheesebúrguer com bacon – respondeu Bell.

Vann sorriu.

– Então, não é só comigo.

– Não – confirmou Bell.

– Tem uma lanchonete Five Guys na minha rua – disse Vann. – Eu comia tanto que tudo o que precisava fazer era passar pela porta, e eles já botavam as carnes na chapa. Nem esperavam eu fazer o pedido. Já sabiam.

– Faz sentido – disse Bell.

– Só dois anos e meio depois de eu parar de integrar que consegui olhar de novo para um cheesebúrguer com bacon – comentou Vann.

– Faz sentido também – disse Bell. – Eu não comeria nunca mais se não precisasse.

– Aguente firme.

Bell pegou o café que Vann lhe trouxera, cheirou e deu um gole.

– Você não é da metropolitana – disse ele. – Nunca conheci um policial metropolitano que tenha sido integrador.

– Sou a agente Leslie Vann – ela se apresentou. – Do FBI. Eu e minha dupla investigamos crimes que envolvem hadens. Você não é o que geralmente consideramos haden, mas é um integrador, o que significa que um haden pode estar envolvido no caso. Se estiver, então você e eu sabemos que é algo pelo qual você não pode ser responsabilizado. Mas você precisa me contar para que eu possa ajudá-lo.

– Certo – falou Bell.

– A polícia me disse que você não demonstrou iniciativa para falar.

– Te dou três chances para adivinhar o motivo – Bell retrucou.

– Provavelmente porque te deram choque assim que o viram.

– Bingo.

– Não que isso resolva, mas sinto muito, Nicholas. Eu não teria lidado desse jeito com a situação se estivesse lá.

– Eu estava sentado na cama – disse Bell. – Com as mãos para cima. Não estava fazendo nada.

– Eu sei. E, como disse, sinto muito. Não foi correto. Por outro lado, e isso não é uma justificativa, apenas uma observação, embora estivesse sentado na cama com as mãos para cima, sem fazer nada, *havia* um cara morto no chão, e você estava todo sujo com o sangue dele. – Ela apontou o indicador para enfatizar. – Pensando bem, ainda está todo sujo.

Bell encarou Vann, em silêncio.

– Como eu disse, não é uma justificativa – reiterou Vann após quinze segundos de silêncio.

– Estou preso? – perguntou Bell.

– Nicholas, você foi encontrado em um quarto com um cara morto, coberto com o sangue dele – disse Vann. – Você consegue entender por que talvez estejamos todos curiosos com as circunstâncias.

Qualquer coisa que você puder dizer será útil. E, se limpar sua barra, ainda melhor, certo?

– Estou preso? – repetiu Bell.

– Você está numa situação em que pode me ajudar – respondeu Vann. – Entrei nisso tarde. Vi o quarto de hotel, mas cheguei lá depois de você ter sido levado. Então, se puder, me conte o que estava acontecendo naquele quarto. O que eu deveria estar buscando. Qualquer coisa ajudaria. E, se me ajudar, terei mais condições de ajudá-lo.

Bell abriu um sorriso irônico, cruzou os braços e virou o rosto.

– Vamos voltar ao silêncio – disse Vann.

– Podemos conversar sobre cheesebúrgueres com bacon de novo, se quiser.

– Você pode ao menos me dizer se estava integrado.

– Tá brincando – disse Bell.

– Não estou pedindo detalhes, só quero saber se estava ou não trabalhando – insistiu Vann. – Ou estava *prestes* a trabalhar? Eu conheci integradores que faziam trabalhos *freelance* nas horas vagas. Um dodger que queira fazer algo que não pode ser visto fazendo em público. Eles conseguem aquelas toucas de captação no mercado paralelo que funcionam muito bem para o trabalho. E agora que a Abrams-Kettering foi aprovada, você tem motivo para procurar bicos. Os contratos governamentais estão secando. E você tem uma família para se preocupar.

Bell, que estava bebericando o café, deixou-o de lado e engoliu.

– Você está falando de Cassandra – disse ele.

– Ninguém culparia você – disse Vann. – O Congresso está tirando o financiamento para hadens depois da infecção imediata e do cuidado transicional. Dizem que a tecnologia para ajudá-los a participar do mundo ficou tão boa que a doença não deveria mais ser considerada uma deficiência.

– Você acredita nisso?

– Agente Shane, minha nova dupla, é haden – disse Vann. – Na minha opinião, significa que agora tenho uma vantagem, porque seu C3 é melhor que o corpo humano em vários aspectos. Mas há um monte de hadens que estão abandonados. Sua irmã, por exemplo. Ela não está fazendo o que o Congresso espera que ela faça, que é conseguir um emprego.

Bell ficou visivelmente encrespado com aquilo.

– Se você sabe quem sou eu, certamente sabe quem *ela* é – disse. – Eu diria que ela tem um trabalho. A menos que você ache que ser um dos principais líderes por trás da greve dos hadens desta semana e da marcha que eles planejaram para o fim de semana seja algo que ela esteja fazendo no *tempo livre*.

– Não discordo de você, Nicholas – disse Vann. – Ela não está exatamente trabalhando no Subway, fazendo sanduíches. Mas também não está ganhando dinheiro nenhum com o que está fazendo.

– Dinheiro não é tão importante para ela.

– Não, mas está prestes a ficar importante – disse Vann. – Abrams-Kettering significa que os hadens serão entregues à medicina privada. Alguém precisa pagar as despesas dela agora. Aposto que vai sobrar para você, que é o único parente vivo. O que nos leva de volta ao quarto de hotel e àquele homem com quem você estava. E me leva de volta à minha ideia de que, se você estava integrado ou prestes a ser integrado, é algo que preciso saber. É algo de que preciso para ajudar você.

– Agradeço seu desejo de *ajudar*, agente Vann – disse Bell, seco. – Mas acho que o que quero realmente fazer é esperar até meu advogado chegar e deixar que ele cuide das coisas a partir daqui.

Vann piscou.

– Não me disseram que você pediu um advogado – disse ela.

– Não pedi – disse Bell. – Chamei enquanto eu ainda estava no quarto de hotel. Antes de a polícia me desacordar. – Bell deu um toquinho na têmpora, indicando todo o aparato de alta tecnologia que tinha enfiado na cabeça. – O que eu gravei, claro, como gravo quase tudo. Porque você e eu concordamos em uma coisa, agente Vann, estar em um quarto com um cadáver complica as coisas. Ser eletrocutado antes que eu pudesse exercer meus direitos complica ainda mais.

Com isso, Bell sorriu e ergueu os olhos, como se prestasse atenção em algo invisível.

– E esse é o toque do meu advogado. Ele chegou. Acredito que sua vida está a ponto de ficar muito mais interessante, agente Vann.

– Acho que terminamos por aqui, então – disse Vann.

– Acho que sim – disse Bell. – Mas foi ótimo conversar com você sobre comida.

TRÊS

— Então, para recapitular — disse Samuel Schwartz, erguendo a mão para marcar os itens. — Atordoar ilegalmente meu cliente quando ele não oferecia nenhuma resistência, mantê-lo sem motivo em uma cela de detenção e, em seguida, duas agentes de manutenção da ordem pública, uma local e uma federal, interrogaram-no sem apresentar seus direitos e sem a presença de seu advogado. Deixei escapar alguma coisa, capitão? Agente Vann?

O capitão Davidson se mexeu com desconforto na cadeira. Vann, em pé atrás dele, não disse uma palavra. Estava olhando para Schwartz, ou, mais precisamente, para seu C3, em pé diante da mesa do capitão. O C3 era um Sebring-Warner, como o meu, mas era o Ajax 370, o que achei um tanto surpreendente. O Ajax 370 não era barato, mas também não era o top de linha, nem para Sebring-Warner nem para o modelo Ajax. Advogados em geral optavam por importados sofisticados. Ou Schwartz não tinha ideia dos símbolos de status ou não precisava alardear um. Decidi buscá-lo no meu banco de dados para ver qual era o caso.

— Seu cliente nunca expressou seu direito de permanecer calado ou seu desejo de ter um advogado.

— Sim, é estranho como ser atingido a 50 mil volts impede uma pessoa de verbalizar essas coisas, não é? – ironizou Schwartz.

— Ele não pediu nenhum dos dois depois que chegou aqui – observou Vann.

Schwartz virou a cabeça para ela. A cabeça estilizada do modelo Ajax 370 tinha alguma semelhança com a estatueta do Oscar, com alterações sutis onde ficavam os olhos, as orelhas e a boca para evitar questões de marca registrada e dar aos humanos que conversassem com a unidade algo em que se concentrar. A cabeça podia ser bastante personalizada, e muitos hadens mais jovens faziam isso. Mas em adultos com trabalhos sérios só acontecia nas classes mais baixas, que era outra pista para a provável posição social de Schwartz.

— Ele não precisava, agente Vann – disse Schwartz. – Porque me ligou antes de os policiais calarem sua boca com choques. O fato de ter ligado para um advogado é indício claro de que sabia seus direitos e pretendia exercê-los neste caso. – Voltou a atenção para Davidson. – O fato de seus oficiais *privarem-no* de sua capacidade de declarar seus direitos não significa que ele os havia recusado, mesmo não tendo *reiterado* esse fato aqui.

— Poderíamos discutir essa questão – disse Davidson.

— Claro, vamos – disse Schwartz. – Vamos até o juiz agora mesmo e façamos isso. Mas, se não pretende fazê-lo, precisa deixar meu cliente ir para casa.

— Você só pode estar brincando – disse Vann.

— Você não consegue ver meu sorriso com esse comentário, agente Vann – comentou Schwartz. – Mas juro que o sorriso está lá.

– Seu cliente estava em um quarto com um cadáver e o sangue do cara nele todo – disse Vann. – Não é uma marca de completa inocência.

– Tampouco marca de culpa – retrucou Schwartz. – Agente Vann, vocês estão com um homem sem passagem pela polícia. Nenhuma. Nem mesmo por atravessar a rua fora da faixa. Seu trabalho consiste em entregar o controle de seu corpo a outras pessoas. Como consequência, às vezes encontra clientes que não conhece pessoalmente, que fecham negócios com outros que ele também não conhece pessoalmente. Como o cavalheiro morto no Watergate.

– O senhor está dizendo que seu cliente estava integrado no momento do assassinato – falei.

Schwartz virou-se e olhou para mim, e desconfio que foi a primeira vez na conversa inteira. Assim como o C3 de Schwartz, o meu tinha uma cabeça imóvel que não mostrava expressão. Mas eu não tinha dúvida de que ele estava avaliando minha marca e modelo como eu havia analisado os dele, buscando pistas sobre quem eu era e o quanto eu era importante para a conversa. E também registrando meu distintivo, que ainda estava no meu visor de peito.

– Estou dizendo que meu cliente estava naquele quarto de hotel a serviço, agente Shane – disse após um momento.

– Então, conte com quem estava integrado – disse Vann. – Podemos tocar a partir daí.

– Sabe que não posso fazer isso – respondeu Schwartz.

– Vann rastreia esquisitões com C3 o tempo todo – disse Davidson, apontando para Vann. – É tudo o que ela faz, pelo que eu saiba. Não há lei que proíba o rastreamento de uma pessoa, e até informações sobre seu C3.

Por reflexo, me movimentei para corrigir a má comparação de Davidson, mas percebi o olhar de Vann para mim. E parei.

Schwartz ficou em silêncio por um momento. Em seguida, o tablet de Davidson apitou. Ele o ergueu.

– Acabei de enviar ao senhor dez anos de jurisprudência sobre a situação dos integradores, capitão – disse Schwartz. – Fiz isso porque integradores são relativamente raros e, portanto, diferente de Vann e Shane aqui, que no momento estão agindo de forma *totalmente* insincera, o senhor talvez esteja falando por ignorância genuína e não apenas pelos níveis habituais de obstrucionismo casual.

– Tudo bem – disse Davidson, sem olhar para o tablet. – E daí?

– Superficialmente, os integradores desempenham o mesmo papel que os transportes pessoais – disse Schwartz. – Possibilitam que aqueles de nós que ficaram encarcerados pela síndrome de Haden se movam, trabalhem e participem da sociedade. Mas *isso* – Schwartz bateu em seu peito de C3 com os nós dos dedos – é uma máquina. Sem seu operador humano, é uma pilha de peças. Não tem mais direitos que uma torradeira, é propriedade. Integradores são seres humanos. Apesar da leve semelhança com os C3, o que os integradores fazem é uma habilidade e uma profissão para a qual treinam muito, como a agente Vann sem dúvida pode confirmar para o senhor. – Ele se virou para Vann nesse momento. – Falando nisso, agora você pode dizer ao capitão Davidson aonde eu quero chegar.

– Ele vai defender que há sigilo integrador-cliente – disse Vann a Davidson.

– Como o sigilo advogado-cliente, sigilo médico-paciente ou sigilo confessor-paroquiano – completou Schwartz e apontou para o tablet de Davidson. – E *eu não vou* defender, pois os tribunais já fizeram isso e declararam, de forma coerente, que o sigilo integrador--cliente é real e protegido.

– Não em casos da Suprema Corte – disse Vann.

– O que deveria significar alguma coisa para você – disse Schwartz.

– De fato, essa ideia de sigilo integrador-cliente é tão incontroversa que ninguém se deu ao trabalho de recorrer a uma instância superior. Dito isso, por favor, observem o caso "Wintour *versus* Graham", confirmado pelo Tribunal de Segunda Instância de Washington. Ele se aplica diretamente aqui.

– Então o senhor vai alegar que seu cliente não assassinou ninguém, que foi o cliente *dele* quem fez isso – disse Davidson. – E que você não pode nos contar quem é esse cliente.

– Ele não pode dizer quem é o cliente, não – disse Schwartz. – E não estamos dizendo que foi assassinato. *Não* sabemos. Como nem a polícia metropolitana, nem o FBI se deram ao trabalho de acusar meu cliente de assassinato até agora, acredito que nem vocês sabem, ao menos não ainda.

– Mas *o senhor* sabe – disse Vann. – Bell disse que estava gravando tudo. Ele tem um registro do assassinato.

– Primeiro, se tentar usar qualquer coisa que meu cliente disse a você naquele interrogatório ilegal, vou dificultar muito a sua vida – disse Schwartz. – Segundo, mesmo se houver um registro do que aconteceu naquele quarto, está coberto pelo sigilo. Meu cliente não vai entregar. Podem tentar conseguir um mandado se quiserem. Tudo que *atestaremos* é que meu cliente estava trabalhando do momento em que entrou naquele quarto até o momento em que seus brutamontes o atacaram – Schwartz apontou Davidson para enfatizar – e arrastaram-no de lá. Ele não é responsável, e vocês estão de mãos abanando. Então, ou vocês o prendem e me deixam trabalhar, desmantelando seu caso e montando uma ação *muito* lucrativa por abuso policial, ou tiram o homem daquela sala de interrogatório agora mesmo e deixam que ele vá para casa. Essas são as opções, capitão Davidson e agente Vann.

– Como ele consegue ter o senhor como advogado? – perguntei.

– Perdão? – Schwartz perguntou, virando-se para mim.

— O senhor é diretor jurídico da Catalisadora Investimentos, sr. Schwartz – disse eu, lendo os dados que puxei. – É uma empresa que está entre as cem mais da revista *Fortune*. Deve dar trabalho. Não acho que o senhor tenha uma firma particular nas horas vagas, ou que o sr. Bell pudesse pagá-lo se tivesse. Então, fico me perguntando o que o sr. Bell fez para merecer ter alguém do calibre do senhor aqui para soltá-lo.

Outro segundo de silêncio de Schwartz, e o tablet de Davidson apitou novamente. Ele abriu a mensagem, olhou, em seguida virou para mostrar a Vann e a mim. O tablet estava aberto em um site colorido cheio de filhotes de bodes e carrosséis.

— Chama-se "Um dia no parque" – disse Schwartz. – Nem todo mundo que está encarcerado é advogado ou profissional, tenho certeza de que vocês sabem disso muito bem. Algumas das pessoas que estão encarceradas têm problemas de desenvolvimento. Para elas, operar um transporte pessoal é difícil ou quase impossível. Passam os dias sob estímulos muito controlados. Então, eu dirijo um programa que permite a elas um dia no parque. Elas vão até fazendinhas, cavalgam, comem algodão doce e, para variar, aproveitam a vida por algumas horas. Você deve conhecer, agente Shane. Seu pai foi um dos copatrocinadores nos últimos sete anos.

— Meu pai não discorre sobre todos os trabalhos beneficentes para mim, sr. Schwartz – retruquei.

— Sem dúvida – disse Schwartz. – De qualquer forma, o sr. Bell doa seu tempo para esse programa. Faz mais por ele do que qualquer integrador local aqui em Washington. Em troca, eu lhe disse que, se precisasse de um advogado, deveria me ligar. E aqui estou.

— Que linda história – disse Davidson, abaixando o tablet.

— Acho que é – falou Schwartz. – Principalmente porque agora vou dar ao meu cliente um final feliz para esse problema em especial: será sua liberdade ou um acordo do Departamento de Polícia Metropolitana e do FBI com o qual ele vai poder se aposentar. Vocês decidem, capitão e agente Vann. Digam o que vai ser.

— O que acha? — perguntou Vann no almoço.

— Sobre esse caso? — devolvi a pergunta. Estávamos em um restaurantezinho mexicano perto do 2º DP. Vann estava remexendo no prato de *carnitas*. Eu não, mas uma rápida verificação de status em casa me informava que meu corpo já havia recebido sua porção de líquido nutricional no almoço. Então, eu tinha essa vantagem.

— Claro que é sobre o caso — disse Vann. — É seu primeiro caso. Quero ver o que você captou e o que deixou passar. Ou o que *eu* deixei passar.

— A primeira coisa é que o caso deveria agora ser todo nosso — respondi. — Schwartz admitiu que Bell estava trabalhando como integrador. O procedimento padrão com hadens diz que o caso precisa ser transferido para nós.

— Isso — confirmou Vann.

— Acha que vai haver algum problema com isso? — perguntei.

— Não com Davidson — ela respondeu. — Fiz alguns favores a ele, e não temos problemas um com o outro. Trinh vai ficar possessa, mas não me importo com isso, e nem você deveria.

— Se você está dizendo.

— Vai por mim — disse Vann. — Que mais?

— Como o caso é nosso agora, deveríamos pedir que o corpo seja enviado para o FBI para ser examinado pelo nosso pessoal — respondi.

— Ordem de transferência já processada — informou Vann. — Está a caminho agora.

— Temos de lembrar também de pegar todos os dados da metropolitana. Alta resolução dessa vez — falei, lembrando do último vídeo de Trinh.

— Certo — disse Vann. — Que mais?

— Bell está sendo vigiado?

— Fiz uma solicitação. Eu não contaria com isso.

— Não vamos botar alguém atrás de um suspeito de um possível assassinato?

— Acho que você sabe que teremos uma marcha de protesto acontecendo na cidade neste fim de semana — disse Vann.

— Isso é problema da metropolitana.

— Lidar com a logística da marcha é — esclareceu Vann. — Manter vigilância para os líderes do protesto e outras pessoas valiosas, por outro lado, é nosso trabalho. E Schwartz?

— Ele é um babaca? — arrisquei.

— Não era aí que eu queria chegar — disse Vann. — Você acreditou na história dele sobre como virou advogado de Bell?

— Talvez — respondi. — Schwartz é realmente rico. Verifiquei quando puxei seus dados mais cedo. Pela Catalisadora, ele vale no mínimo 200 ou 300 milhões. Gente realmente rica faz muitas transações de reputação.

— Não tenho ideia do que isso significa. — Vann jogou outro pedaço de *carnitas* na boca.

— Pessoas ricas mostram seu apreço por meio de favores — expliquei. — Quando todos que você conhece têm mais dinheiro do que conseguem gastar, o dinheiro deixa de ser uma ferramenta útil de negociação. Em vez dele, você oferece favores. Negociatas. Trocas. Coisas que exigem envolvimento pessoal em vez de dinheiro. Pois, quando se é rico, seu tempo é seu fator limitador.

— Falando de experiência própria? — perguntou Vann.

— Falando de observação muito próxima, sim — respondi.

Pareceu uma resposta boa o suficiente para Vann.

— Então, acha que isso poderia ser um caso de *noblesse oblige* por parte de Schwartz perante um contratado.

— Estou dizendo que não me surpreenderia — eu disse. — A menos que você ache que tem algo mais.

— Acho que tem algo mais — disse Vann. — Ou alguém mais. Lucas Hubbard.

Fiquei lá imóvel, pensando sobre o nome que Vann dissera. Então, ele me acertou em cheio.

— Putz — falei.

— Isso mesmo. Presidente e diretor-presidente da Catalisadora. O haden mais rico do planeta. Mora em Falls Church. E, quase com certeza, usa um integrador nas reuniões do conselho e em negociações pessoais. É necessário um rosto para reuniões presenciais. Um que se mexa. Desculpe.

— Sem problema — respondi. — Sabemos se Nicholas Bell é o integrador que ele usa?

— Podemos descobrir. Não há tantos integradores assim na área de Washington, e metade deles são mulheres, o que as descarta, considerando o que sei sobre Hubbard.

— Conheço gente que tem integradores vinculados a contratos de serviço de longo prazo — eu disse. — Monopolizam seu uso, exceto para serviços públicos exigidos pelo Instituto Nacional de Saúde. Se Bell tiver um contrato, poderíamos descobrir com quem.

— Pois é — disse Vann. — Odeio essa merda.

— Abrams-Kettering — comentei. — Você disse isso para Bell, Vann. Eles aprovaram essa lei e, de repente, um monte de gente precisa pensar de onde vai vir seu salário. Todo mundo em torno dos hadens vai precisar mudar a maneira de trabalhar. Hadens ricos podem pagar pelos integradores. Integradores precisam comer.

Vann olhou mal-humorada para o prato de comida.

— Isso não deveria ser surpresa para você — comentei. Queria continuar perguntando sobre seu período como integradora, mas recebi uma chamada antes que pudesse fazê-lo.

— Com licença, um momento — pedi a Vann, que concordou. Abri uma janela na minha cabeça e vi Miranda, minha enfermeira vespertina. Estava em primeiro plano, ao fundo estava eu, no meu quarto.

– Oi, Miranda. O que houve?

– Três coisas – ela respondeu. – Primeiro: aquela escara no seu quadril voltou. Ainda não sentiu?

– Estou trabalhando com meu C3 hoje, por isso meus sentidos estão todos aqui comigo – eu disse. – Na verdade, não notei nada acontecendo com meu corpo.

– Tudo bem – disse Miranda. – De qualquer forma, anestesiei. Vamos ter de mudar seu cronograma de fisioterapia um pouco para contornar o ferimento, então não se surpreenda se vier para casa hoje e estiver de bruços na cama.

– Entendido.

– Segundo: lembre-se de que às quatro a doutora Ahl estará aqui para ver seu molar. Melhor reduzir bem a sensibilidade corporal. Ela me disse que há grandes chances de ficar complicado.

– Não me parece justo eu ter cáries sendo que eu nem uso meus dentes – brinquei.

– Terceiro: sua mãe mandou eu te lembrar de que ela espera você em casa a tempo para a reunião das sete. Pediu que eu te lembrasse de que é uma homenagem para você, para celebrar o novo emprego, então não a envergonhe chegando tarde.

– Não vou – prometi.

– E eu quero *te* lembrar de dizer à sua mãe que não faz parte do meu trabalho passar recados – disse Miranda. – Especialmente quando sua mãe é perfeitamente capaz de mandar mensagens sozinha.

– Eu sei. Desculpe.

– Gosto da sua mãe, mas se ela continuar com essas palhaçadas do início do século passado, talvez eu precise apagá-la com clorofórmio.

– É justo – falei. – Vou falar com ela sobre isso, Miranda. Prometo.

– Tudo bem – disse Miranda. – Me avise se a escara começar a te incomodar. Não estou feliz que ela tenha voltado.

– Aviso. Agradeço, Miranda – eu disse. Ela desconectou e eu me reconectei com Vann. – Desculpe.

– Está tudo bem? – perguntou ela.

– Estou com escara – respondi.

– Você vai ficar bem?

– Vou sim – disse. – Minha enfermeira está me rolando.

– Que imagem – disse Vann.

– Bem-vinda à vida dos hadens.

– Posso estar errada, mas fico surpresa por você não ter um daqueles berços projetados para impedir escaras, exercitar os músculos, coisa e tal.

– Eu tenho. Só que fico com feridas facilmente. É uma doença. Totalmente sem relação com a Haden. Teria mesmo se não fosse, sabe – apontei para meu braço, para mostrar meu C3 –, "isso aqui".

– Que bosta.

– Todos temos problemas.

– Vamos voltar a Bell – disse Vann. – Mais alguma coisa que deveríamos pensar?

– Precisamos considerar a irmã? – perguntei.

– Por que precisaríamos fazer isso? – Vann devolveu a pergunta.

– Não sei. Talvez porque Cassandra Bell é a haden separatista mais conhecida do país e, atualmente, está à frente de uma greve geral e daquele protesto do qual você me lembrou?

– Eu sei quem ela é – retrucou Vann. – O que estou perguntando é por que acha que isso é importante.

– Não sei se é. Por outro lado, quando o discreto irmão integrador de uma famosa haden radical está intimamente envolvido no que parece ser um assassinato, usando seu corpo como arma do crime, acho que talvez devêssemos considerar todos os ângulos.

— Hum – disse Vann. E voltou ao prato.

— Então – falei após um minuto. – Passei na sabatina?

— Você está com um pouco de ansiedade – Vann me disse.

— Nervosismo – falei. – É meu segundo dia no trabalho. O primeiro com você. Você é a parceira sênior. Quero saber como estou me saindo para você.

— Não vou te dar estrelinhas de participação a cada par de horas, Shane – disse Vann. – E não sou assim, tão misteriosa. Se me tirar do sério ou me chatear, eu aviso.

— Tudo bem.

— Então pare de se preocupar com como está indo e faça seu trabalho. Me fale o que acha e diga o que pensa sobre o que eu acho. Não precisa esperar que eu pergunte. Tudo o que precisa fazer é prestar atenção.

— Como quando você me olhou hoje, no gabinete do Davidson.

— Quando você estava prestes a contestar Davidson sobre C3 e integradores serem mais ou menos a mesma coisa – disse Vann. – Sim, esse é um exemplo. Fiquei feliz que você tenha entendido. Não precisa ajudar o Schwartz.

— Mas ele estava certo. Digo, o Schwartz.

Vann deu de ombros.

— Está me dizendo que eu deveria ficar em silêncio toda vez que alguém fala algo estúpido ou realmente errado sobre hadens? – perguntei. – Só quero saber claramente o que você espera de mim.

— Estou dizendo para prestar atenção em quando faz sentido dizer alguma coisa – respondeu Vann. – E prestar atenção em quando faz sentido ficar em silêncio. Percebi que você tem o costume de falar o que pensa a qualquer um, a qualquer momento. Deve ser porque foi uma criança rica e mimada.

— Para com isso – eu disse.

Vann ergueu a mão.

– Não é uma crítica, é uma observação. Mas esse não é seu trabalho, Shane. Seu trabalho é observar, descobrir e resolver. – Ela jogou o último pedaço de *carnitas* na boca, em seguida estendeu a mão até o casaco e pegou o cigarro eletrônico.

– Vou tentar – comentei. – Não tenho muito costume de fechar o bico.

– É por isso que tem uma parceira – disse Vann. – Para poder despejar em mim. Depois. Agora, venha. Vamos voltar ao trabalho.

– Para onde agora?

– Quero dar uma olhada melhor naquele quarto de hotel – disse Vann, tragando o cigarro. – Trinh arrastou a gente por lá rápido demais. Estou pronta para dar uma olhada mais demorada.

QUATRO

– Não parece o Watergate – falei quando entramos no terceiro subsolo do prédio do FBI.

– Não vamos para Watergate – disse Vann, avançando por um corredor. Eu a segui.

– Pensei que você queria dar outra olhada no quarto – falei.

– E quero – comentou Vann. – Mas não tem por que voltarmos lá agora. A polícia metropolitana já esteve lá. Trinh e seu pessoal com certeza bagunçaram todas as coisas. E eu não ficaria surpresa se Trinh já tiver liberado para a limpeza do hotel. – Ela parou diante de uma porta. – Então, em vez de ir até lá, viemos até aqui ver o quarto.

Li a placa ao lado da porta.

– Sala de Imagens.

– Vamos – disse Vann e abriu a porta.

Lá dentro havia um quarto com mais ou menos 6 metros quadrados, paredes brancas, vazias exceto pelos projetores em cada canto e por um espaço onde um técnico ficava atrás de uma bancada de monitores. Ele nos olhou e sorriu.

– Agente Vann – disse ele. – Você voltou.

– Voltei – concordou Vann e apontou para mim. – Agente Shane entrou no lugar da minha ex-parceira.

O técnico acenou.

– Ramon Diaz.

– Olá – cumprimentei.

– Estamos prontos? – perguntou Vann.

– Estou terminando o diagnóstico dos projetores – informou Diaz. – Um deles estava estranho nos últimos dias. Mas eu estou com todos os dados que vieram da metropolitana.

Vann assentiu e olhou para mim.

– Você subiu suas imagens do quarto para o servidor?

– Fiz isso antes de sairmos de lá – respondi.

Vann virou-se para Diaz.

– Vamos usar as imagens de Shane como base – ela falou.

– Entendido – confirmou Diaz, e pediu a Vann: – Avise quando estiver pronta.

– Pode ligar.

O quarto do hotel surgiu. A imagem não era um vídeo ao vivo mas uma massa de fotos reunidas para formar uma recriação estática e cheia de informações do quarto.

Dei uma olhada e sorri. Ali estava o quarto inteiro. Eu tinha feito um bom trabalho com as panorâmicas.

– Shane. – Vann apontou para um objeto curvo no tapete, não muito longe do cadáver.

– Capacete – expliquei. – Escâner e transmissor de cabeça para informações neurais. Sugere que esse cara, quem quer que seja, era um turista. – Imaginei que Vann soubesse disso, mas estava verificando se eu sabia.

– Querendo pegar o corpo de Bell emprestado – disse Vann.

– Isso – respondi. Ajoelhei e dei uma olhada melhor no capacete. Como todos esses tipos de aparelhos, ele era exclusivo. Tecnicamente falando, as únicas pessoas autorizadas a usar integradores eram os hadens. Mas onde há uma demanda não propriamente lícita, há um mercado negro.

O capacete era uma gambiarra feita com equipamento médico projetado para diagnóstico e comunicação de hadens em estágios primários. Era desajeitado, mas engenhoso. Não daria ao turista nada perto da experiência verdadeira e plena com um integrador – era necessária uma rede implantada dentro da cabeça para esse tipo de coisa –, mas ofereceria algo tridimensional de alta definição com percepção sensorial mínima, mas autêntica. No fim das contas, era mais real que cinema.

– Parece um bem avançado – comentei com Vann. – O escâner é um Phaeton e o transmissor parece um General Dynamics.

– Números de série?

– Não vi nenhum – respondi. – Temos o objeto coletado como prova?

Vann olhou para Diaz, que olhou para cima e assentiu.

– Posso dar uma olhada melhor nele se quiser – disse Diaz.

– Se não encontrar nada por fora, veja se consegue fazer uma busca por dentro – sugeri. – É provável que os processadores tenham números de série. Podemos ver quando os lotes foram enviados e, a partir daí, rastrear para ver quem seria o suposto dono do escâner e do transmissor.

– Vale a pena tentar – disse Vann.

Levantei e olhei para o cadáver de cara no tapete.

– E ele? – perguntei.

Vann olhou para Diaz.

– Nada ainda – respondeu ele.

– Como funciona? – perguntei para Diaz. – Você precisa deixar impressões digitais para conseguir uma carteira de motorista.

– Nossos legistas acabaram de pegá-lo – disse Diaz. – A metropolitana pegou as impressões digitais e fez uma leitura facial. Mas às vezes eles levam tempo para compartilhar informações, se é que me entende. Então, estamos fazendo nosso trabalho e checando com nossos bancos de dados agora. Vamos fazer DNA também. Provavelmente vamos ter encontrado quando vocês terminarem aqui.

– Deixe-me ver a leitura facial – disse Vann.

– Quer apenas o rosto ou uma imagem ampla tirada quando viraram o cara de barriga para cima?

– Imagem ampla – disse Vann.

O homem no chão virou instantaneamente. Tinha pele morena e parecia ter mais de 35 anos. Daquele ângulo, a gravidade do corte na garganta parecia muito mais dramática. O ferimento abriu o lado esquerdo do pescoço, próximo da linha da mandíbula, e continuou para baixo, terminando no lado direito, abaixo do pomo de adão.

– O que acha? – perguntou Vann.

– Acho que temos uma explicação para os jorros arteriais – respondi. – Caramba, foi um corte e tanto.

Vann concordou com a cabeça, mas ficou em silêncio.

– Que foi? – perguntei.

– Estou pensando – disse Vann. – Um minuto.

Enquanto ela ficou pensando, olhei para o rosto do cadáver.

– Ele é hispânico? – perguntei. Vann me ignorou, ainda pensando. Olhei para Diaz, que ergueu o rosto para examiná-lo.

– Talvez – respondeu depois de um minuto. – Talvez mexicano ou da América Central, mas não porto-riquenho ou cubano, acho.

Parece que tinha muito de mestiço nele. Ou talvez seja um nativo norte-americano.

– De que tribo?

– Não faço ideia – respondeu Diaz. – Características étnicas não são o meu forte.

Nesse momento, Vann foi até a imagem do cadáver e estava olhando para as mãos.

– Diaz – disse Vann –, temos um vidro quebrado entre as provas?

– Temos – Diaz respondeu após verificar.

– Shane fez uma imagem dele embaixo da cama. Aumente para mim, por favor.

A imagem do quarto girou loucamente quando Diaz a chacoalhou, levando todos para debaixo da cama e aumentando a imagem do vidro quebrado e ensanguentado sobre nós.

– Digitais – disse Vann, apontando. – Temos alguma ideia de a quem pertencem?

– Ainda não – respondeu Diaz.

– No que está pensando? – perguntei a Vann.

Ela me ignorou novamente.

– Você tem aí o vídeo do policial Timmons? – perguntou a Diaz.

– Tenho, mas está uma merda e em baixa resolução – ele explicou.

– Caramba, eu falei para Trinh que queria tudo – disse Vann.

– Talvez não seja proposital – disse Diaz. – Os policiais da metropolitana têm deixado os gravadores ligados o turno inteiro. Se fazem isso, deixam em baixa resolução, pois assim podem gravar por mais tempo.

– Está bem – disse Vann, ainda claramente irritada. – Aumente para mim e sobreponha com a foto do quarto que Shane tirou.

O quarto rodou novamente e voltou a suas dimensões reais.

– Vídeo chegando – disse Diaz. – Vai ser em baixo relevo pela posição de Timmons. Eu limpei as sujeiras.

Na cama, Bell apareceu de mãos erguidas. O vídeo começou a rodar em velocidade normal.

– Espere – disse Vann. – Pause aí.

– Pronto – confirmou Diaz.

– Consegue uma imagem mais clara das mãos de Bell?

– Não muito – disse Diaz. – Posso aumentar tudo, mas é um vídeo em baixa resolução. Tem limitações próprias.

– Aumente tudo – disse Vann. Bell sacudiu e cresceu, as mãos avançando sobre nós como um gigante tentando brincar de bater palminha.

– Shane – chamou Vann. – Diga o que está vendo.

Olhei para as mãos por alguns momentos, sem enxergar o que eu deveria estar vendo. Então me ocorreu que *não ver* era o que Vann estava procurando.

– Sem sangue – falei.

– Exato – disse Vann e apontou. – Ele tem sangue na camisa e no rosto, mas não nas mãos. O vidro quebrado está cheio de marcas de dedos ensanguentados. Diaz, afaste.

A imagem diminuiu novamente, e Vann foi até o cadáver.

– Mas esse cara tem sangue nas mãos.

– O cara cortou a própria garganta? – perguntei.

– É possível – respondeu Vann.

– Sinceramente, é bizarro – falei. – Então não foi assassinato. Foi suicídio. O que poderia inocentar Bell.

– Talvez – disse Vann. – Me dê outras opções.

– Bell poderia ter feito isso e se limpado antes de a segurança do hotel chegar.

– Ainda tem o vidro ensanguentado – retrucou Vann. – Temos as impressões digitais de Bell arquivadas. Ele precisou registrá-las quando se tornou integrador licenciado.

– Talvez tenha sido interrompido – eu disse.

– Talvez – repetiu Vann. Não parecia convencida.

Uma ideia surgiu na minha mente.

– Diaz – falei –, estou mandando um arquivo. Abra-o assim que chegar, por favor.

– Chegou – respondeu Diaz alguns instantes depois. Após dois segundos, a cena mudou para o exterior do Watergate, para o sofá arremessado e o carro quebrado.

– O que estamos procurando? – perguntou Vann.

– É o que não estamos procurando – respondi. – É a mesma coisa que *não estávamos* procurando nas mãos de Bell.

– Sangue – disse Vann e olhou mais atentamente o sofá. – Não há sangue no sofá.

– Não que eu esteja vendo – confirmei. – Então, há uma boa chance de que o sofá tenha voado pela janela antes de o nosso cadáver cortar a própria garganta.

– É uma teoria – disse Vann. – Mas por quê? – Ela apontou para o cadáver. – Esse cara contrata Bell para integrar e, quando Bell chega lá, ele joga um sofá pela janela e comete um suicídio sanguinolento diante dele? Por quê?

– Jogar um sofá da janela do sétimo andar é uma boa maneira de chamar atenção da equipe de segurança do hotel – comentei. – Ele queria culpar Bell por seu assassinato e essa foi a maneira de garantir que a segurança já estivesse a caminho antes que ele se matasse.

– Isso ainda não responde o porquê de ele cometer suicídio na frente de Bell, para começar – disse Vann. Ela olhou para o cadáver atrás dela.

– Bem, sabemos de uma coisa. Bell talvez estivesse dizendo a verdade quando falou que não cometeu o crime.

– Não foi o que ele disse – corrigiu Vann.

– Acho que foi. Vi o vídeo.

– Não – insistiu Vann, e virou-se para Diaz. – Rode de novo o vídeo de Timmons.

A imagem voltou para o quarto do hotel, e o baixo relevo de Bell reapareceu. Diaz deixou rodando. Timmons perguntou a Bell por que ele matara o homem no quarto. Bell respondeu que ele não achava que tinha matado.

– Pare aí – disse Vann. Diaz parou o vídeo assim que Timmons soltou o choque em Bell. Ele ficou paralisado em um meio espasmo.

– Ele não disse que não matou – Vann disse para mim. – Ele disse que *não achava* que havia matado. Disse que não *sabia*.

Uma luz piscou na minha cabeça, e eu me lembrei de minha experiência pessoal com um integrador.

– Isso não tá certo.

– Integradores ficam conscientes em suas sessões – disse Vann, assentindo. – Eles integram e ficam em segundo plano durante a integração, mas têm permissão para vir à tona se o cliente precisar de ajuda ou estiver prestes a fazer algo fora do escopo da sessão de integração.

– Ou estiver prestes a fazer algo estúpido ou ilegal – completei.

– Que em geral fica fora do escopo da sessão – enfatizou Vann.

– Tudo bem – falei e voltei ao cadáver. – Mas o que importa? Se esse cara é um suicida, Bell alegar que não acha que fez não nos diz nada que não saibamos. Porque agora estamos pensando que talvez ele não tenha feito nada mesmo.

Vann negou com a cabeça.

– Não importa se é assassinato ou suicídio. Importa o fato de Bell dizer que ele não consegue se lembrar disso. Ele *deveria* ser capaz de lembrar.

– Isso se ele estivesse integrado – comentei. – Mas achamos que ele foi até o quarto para pegar esse bico, certo? Nesse caso, não havia ninguém mais em seu cérebro quando ele supostamente apagou.

– Por que apagaria? – perguntou Vann.

– Não sei. Talvez seja alcoólatra.

– Ele não parece bêbado no vídeo – contestou Vann. – Não cheirava nem agia como se estivesse bêbado quando eu o interroguei. E, de qualquer forma... – Ela ficou em silêncio de novo.

– Vai fazer isso muitas vezes? – perguntei para ela. – Porque eu já posso dizer que isso vai me irritar bastante.

– Schwartz disse que Bell estava trabalhando – disse Vann. – Que o sigilo cliente-integrador se aplicava.

– Certo – comentei e apontei para o cadáver. – Aquele é o cliente.

– É exatamente essa a questão – disse Vann. – Ele *não* é um cliente.

– Não entendi.

– A integração é uma prática licenciada e regulamentada – disse Vann. – Você assume clientes e tem certas obrigações profissionais para com eles, mas apenas um certo tipo de pessoa tem permissão para ser sua clientela. Apenas hadens podem ser clientes de integradores. Esse cara – ela indicou o cadáver – é um turista. É fisicamente apto.

– Não me formei em direito, mas não concordo 100% com a teoria nesse caso – falei. – Um padre pode ouvir confissão de qualquer pessoa, não apenas de um católico, e um médico pode alegar confidencialidade a partir do segundo em que alguém entra pela porta do consultório. Acho que Schwartz provavelmente está fazendo o mesmo aqui. Só porque o cara é um turista não significa que não seja um cliente. Ele é. Como alguém que não é católico e, ainda assim, pode confessar.

– Ou Schwartz cometeu um erro e nos deu a dica de que alguém estava integrando com Bell – disse Vann.

– Não faz o menor sentido – contestei. – Se Bell já estivesse integrado, por que estaria se encontrando com um turista?

– Talvez estivessem em reunião por outra coisa.

— Então, por que trazer isso? — apontei para o capacete.

Vann ficou em silêncio por um minuto.

— Nem todas as minhas teorias vão ser certeiras — ela acabou dizendo.

— Entendo — falei secamente. — Mas não acho que seja você. Nada disso faz muito sentido. Temos um assassinato que provavelmente não é um, de um homem que não tem identificação, que teve um encontro com um integrador que talvez já estivesse integrado, que diz que não consegue se lembrar das coisas de que deveria. É uma verdadeira bagunça.

— O que acha? — disse Vann.

— Merda, sei lá. É meu segundo dia no trabalho e já ficou esquisito demais para mim.

— Vocês podem terminar aí? — perguntou Diaz. — Tenho outro agente que vai precisar da sala em cinco minutos.

Vann assentiu e se voltou para mim.

— Vamos pôr as coisas de um jeito diferente — ela disse. — Quais são nossos itens de ação?

Olhei para Diaz.

— Algum registro do nosso cadáver?

— Nada ainda — disse Diaz depois de um segundo. — É um pouco estranho. Em geral, o processo de busca não dura tanto tempo.

— Nosso primeiro item de ação é descobrir quem é o morto — falei para Vann. — E como ele conseguiu não ter nenhum tipo de registro em nosso banco de dados nacional.

— E o que mais?

— Descobrir em que Bell esteve metido ultimamente e sua lista de clientes. Talvez isso traga algo interessante.

— Certo — disse Vann. — Vou cuidar do presunto.

— Ah, claro — falei. — Você fica com a parte divertida.

Vann sorriu.

– Tenho certeza de que Bell vai trazer uma tonelada de diversão.

– Preciso ficar aqui para fazer isso? – perguntei.

– Por quê? – Vann quis saber. – Tem um encontro?

– Sim, com uma corretora de imóveis. Estou procurando apartamentos. Aprovados pelo governo. Tecnicamente, eu deveria ter uma folga de meio período para isso hoje.

– Não espere muitas dessas – disse Vann. – Digo, folgas de meio período.

– É. Já senti que não dá mesmo.

CINCO

A corretora era uma mulher pequena e de aparência elegante chamada LaTasha Robinson e me encontrou em frente ao prédio do FBI. Uma de suas especialidades imobiliárias era o mercado haden, então o FBI me botou em contato com ela para me ajudar a encontrar um apartamento.

Considerando sua clientela, as chances de ela não saber quem eu era chegavam perto de zero, uma desconfiança confirmada quando me aproximei. Ela abriu um sorriso que reconheci dos anos em que eu era a Criança-Propaganda Haden oficial, parte da Família-Propaganda Haden. Não a ressentia por isso.

– Agente Shane – ela disse, estendendo a mão. – É realmente um prazer conhecer você.

Tomei a mão dela e cumprimentei.

– Sra. Robinson. O prazer é meu.

– Desculpe, isso é tão empolgante – ela prosseguiu. – Não costumo conhecer muita gente famosa. Digo, que não sejam políticos.

– Não nesta cidade – concordei.

– E não considero políticos gente *famosa*. Você considera? Eles são só... políticos.

– Concordo plenamente – comentei.

– Meu carro está bem ali – ela disse, apontando para um Cadillac relativamente discreto estacionado em um local proibido. – Por que não começamos?

Entrei no banco do passageiro. A sra. Robinson foi para trás do volante e puxou o tablet.

– Devagar – ela falou, e o carro saiu do meio-fio e, bem à frente, notei um guarda de trânsito quando olhei pelo espelho retrovisor. Seguimos para leste, na avenida Pensilvânia.

– O carro só vai avançar por alguns minutos enquanto nos ajeitamos aqui – disse a corretora, digitando no tablet. Considerando toda sua efusividade poucos minutos antes, ela entrou em modo de negócios bem rápido. – Peguei sua lista de requisitos básica e suas informações pessoais – ela olhou como se para confirmar que eu era haden de verdade e que ela sabia disso –, então, vamos refinar alguns pontos antes de começarmos.

– Tudo bem – falei.

– O quão perto quer ficar do trabalho?

– Quanto mais perto, melhor.

– Estamos falando de uma distância para se andar a pé ou perto de uma linha de metrô?

– Perto de uma linha de metrô está bom.

– Prefere uma vizinhança agitada ou mais quieta?

– Por mim, tanto faz.

– Você diz isso agora, mas, se eu conseguir um apartamento em cima de um bar em Adams Morgan e você odiar, vai botar a culpa em mim – disse a sra. Robinson, olhando para mim.

– Juro que barulho não vai me incomodar – falei. – Posso desligar minha audição.

– Tem planos de usar o apartamento para festas e encontros?

– Na verdade, não – respondi. – Em geral, participo de eventos sociais em outros lugares. Talvez eu traga companhia às vezes.

A sra. Robinson me olhou novamente e parecia estar considerando pedir mais detalhes, mas acabou desistindo. Era uma dúvida justificada. Havia gente com fetiche por C3 por aí. Devo dizer que eu não gostava desse tipo de pessoa.

– Seu corpo estará fisicamente presente e, se estiver, precisará de um quarto para o cuidador? – ela perguntou.

– Meu corpo e sua cuidadora já estão acomodados – respondi. – Não vou precisar de espaço para eles. Ao menos não agora.

– Nesse caso, tenho algumas quitinetes na minha lista de disponibilidade – ela comentou. – Gostaria de vê-las?

– Valem a pena? – perguntei.

A corretora deu de ombros.

– Alguns hadens gostam delas – ela comentou. – São um pouco pequenas pro meu gosto. Por outro lado, não são projetadas para não hadens.

– Ficam perto daqui?

– Tenho um prédio delas na avenida D, em Southwest, bem ao lado do metrô Federal Center – disse a sra. Robinson. – O Departamento de Saúde e Assistência Social contrata muitos hadens, então são alojamentos convenientes para eles.

– Tudo bem. Podemos dar uma olhada neles.

– Vamos lá primeiro – disse a sra. Robinson e falou o endereço para o Cadillac.

Cinco minutos depois, estávamos em frente a um bloco deprimente de arquitetura brutalista anônima.

– Adorável – eu disse com secura.

– Acho que era um prédio governamental – ela comentou. – Converteram há uns vinte anos. Foi um dos primeiros prédios reprojetados com hadens em mente. – Ela apontou para o saguão, que era limpo e plano.

Uma recepcionista C3 estava atrás de uma mesa. Os C3 eram configurados para transmitir dados de identificação por um canal comum. No meu campo de visão, os dados da proprietária saltaram sobre a cabeça do C3: Genevieve Tourneaux. Vinte e sete anos. Natural de Rockville, Maryland. E seu endereço público para mensagens diretas.

– Olá – disse a corretora para Genevieve e mostrou sua identificação profissional. – Estamos aqui para olhar o apartamento do quinto andar.

Genevieve olhou para mim, e eu percebi, tarde demais, que não estava com meus dados pessoais no canal comum. Alguns hadens achavam isso grosseiro. Rapidamente disponibilizei os dados.

Ela me deu um aceno de cabeça, como que para reconhcer a disponibilização, deu uma segunda olhada, se recompôs e voltou a atenção para a corretora.

– A unidade 503 estará destrancada pelos próximos quinze minutos – informou.

– Obrigada – disse a sra. Robinson e meneou a cabeça para mim.

– Espere um segundo – falei. Voltei a atenção para Genevieve. – Pode me dar acesso de visitante ao canal do prédio, por favor?

Genevieve meneou a cabeça, e eu vi o marcador de canal aparecer no meu campo de visão. Conectei-me ao canal.

As paredes do saguão explodiram com a sinalização. Alguns dos bilhetes eram as notas básicas de murais: pessoas procurando colegas de quarto ou querendo sublocar ou perguntando sobre animais perdidos. Mas, naquele momento, placas sobre a greve e a marcha dominavam – recados lembrando aos locatários para ficarem em casa, planos para atividades durante a greve, solicitações para abrigar nos apartamentos os hadens que estavam chegando à cidade para a marcha, com a observação sardônica de que não ocupariam muito espaço.

– Está tudo bem? – perguntou a corretora.

– Tudo – respondi. – Estou apenas dando uma olhada nos anúncios na parede. – Li mais alguns e, em seguida, fomos até o saguão do elevador e subimos até o quinto andar.

– Elevadores extragrandes – observou a sra. Robinson enquanto subíamos. – Elevador hidráulico. Facilita para levar os corpos para os quartos.

– Pensei que todos eram quitinetes – comentei.

– Nem todos. Alguns são completos e têm suítes médicas dedicadas e quartos para cuidadores. E mesmo as quitinetes têm ligações para berços. São pensados para uso temporário, embora eu saiba que alguns hadens estão usando em tempo integral agora.

– Por quê? – perguntei. O elevador parou e as portas abriram-se.

– Abrams-Kettering – respondeu. Ela saiu do elevador e atravessou o corredor. Eu a segui. – A assistência está sendo cortada, então muitos hadens estão dando uma enxugada. Os que vivem em casas estão se mudando para apartamentos menores. Os que estão em apartamentos estão de mudança para quitinetes. E alguns daqueles que estão em quitinetes estão buscando colegas de quarto. Estão usando os carregadores em turnos. – Ela olhou para mim, e seus olhos piscaram para meu C3 caro e brilhante, como se dissesse "Não que isso seja um problema para você". – Para ser honesta, foi ruim para o mercado, mas é bom para você, que está querendo alugar. Agora há muito mais opções, muito mais baratas. – Ela parou diante do apartamento 503.

– Digo, se você não se impressionar com *este aqui*. – Ela abriu a porta e o caminho para me deixar passar.

A quitinete 503 para hadens tinha dois por três metros e estava totalmente vazia, exceto por um balcão embutido. Entrei e imediatamente senti claustrofobia.

– Isso não é um apartamento, é um closet – falei, avançando para deixá-la entrar.

– Em geral, penso nele como um banheiro – disse a corretora e apontou para a pequena área azulejada, que tinha uma bancada de soquetes elétricos e um par de ralos cobertos no chão, nivelados com os azulejos. – Aliás, este é o nicho médico. Bem onde seria o banheiro.

– Você não está exatamente se esforçando para me alugar este apartamento, sra. Robinson – comentei.

– Bem, para ser honesta, se tudo que você quer é estacionar seu C3 toda noite, não é uma má escolha – respondeu. Ela apontou para o canto direito atrás, onde aberturas e soquetes de alta voltagem estavam montados na parede, prontos para receber carregadores indutivos. – Foi projetado pensando em berços de C3 padrão, e redes físicas e sem fio são rápidas e têm uma taxa de transferência alta. O espaço foi feito para C3, então não há coisas desnecessárias ocupando espaço, como armários e pias. É tudo de que você precisa e não tem nada de que não precise.

– Detestei – confessei.

– Pensei que detestaria – disse a sra. Robinson. – Por isso mostrei primeiro. Agora que tiramos esse do caminho, podemos olhar algo pelo qual você possa realmente se interessar.

Olhei de volta para a área azulejada e pensei em como pôr um corpo humano ali, mais ou menos permanentemente.

– Esse tipo de apartamento está na moda atualmente? – perguntei.

– Está – disse a sra. Robinson. – Em geral, não lido com eles. Comissão insuficiente. Normalmente são alugados por meio de anúncios on-line. Mas está na moda. Atualmente, esse tipo de apartamento está vendendo como água.

– Agora acho que me deprimi – comentei.

– *Não* precisa se deprimir – disse Robinson. – Você não vai morar aqui. Não vai trazer seu corpo para cá.

– Mas aparentemente algumas pessoas estão trazendo – comentei.

– Estão – confirmou. – Talvez seja uma bênção que os corpos não percebam.

– Ah, mas isso não é verdade. Estamos encarcerados, não inconscientes. Acredite, sra. Robinson. Notamos onde estão nossos corpos. Notamos a cada momento em que estamos acordados.

Nas paradas seguintes, me senti como a Cachinhos Dourados. Os apartamentos ou eram pequenos demais – não olhamos outros apartamentos que fossem oficialmente quitinetes, mas alguns tinham, ao menos informalmente, metragem semelhante – ou grandes demais, inconvenientes demais ou muito distantes. Comecei a entrar em desespero, pensando que meu destino seria estacionar meu C3 ao lado da minha mesa no FBI.

– Última visita do dia – disse a sra. Robinson. Naquele momento, até mesmo seu entusiasmo profissional já se esvaíra. Estávamos na área da Colina do Capitólio, na rua 5, olhando para um antigo casarão vermelho.

– O que é? – perguntei.

– Um imóvel que em geral está fora do cardápio – revelou ela. – Mas é algo que talvez seja bem adequado para você. Sabe o que é uma comunidade intencional?

– Comunidade intencional? – perguntei. – Não é outra maneira de dizer "coletivo"?

— Não é exatamente um coletivo — respondeu Robinson. — Esta casa é alugada por um grupo de hadens que vivem juntos e dividem os cômodos comuns. Chamam de comunidade intencional porque compartilham responsabilidades, inclusive o monitoramento de seus corpos.

— Isso nem sempre é uma boa ideia.

— Um deles é médico do Hospital Universitário de Howard — comentou Robinson. — Se houver qualquer problema significativo, tem alguém por perto para lidar com ele. Entendo que não é algo de que você precise, claro. Mas há outras vantagens, e sei que eles têm uma vaga.

— Como conhece essas pessoas? — quis saber.

Robinson sorriu.

— O melhor amigo do meu filho mora aqui — ela disse.

— Ah. Seu filho mora aqui também?

— Está me perguntando se meu filho é haden — confirmou a sra. Robinson. — Não, Demien não foi afetado. Tony, o amigo de Demien, contraiu Haden quando tinha 11 anos. Conheço Tony desde pequeno, antes e depois da doença. Ele me avisa quando tem vaga. Sabe que eu não traria alguém que não imaginasse ser bom para todos.

— E você acha que eu seria.

— Acho que poderia ser. Já me enganei antes. Mas você é um caso especial, acho. Se não se importa que eu diga isso, agente Shane, você não está procurando uma casa porque *precisa* de uma. Está procurando uma casa porque *quer* uma.

— Isso mesmo — eu disse.

A sra. Robinson assentiu.

— Então, achei que poderia trazer você aqui para dar uma olhada e ver se gosta.

— Tudo bem. Vamos dar uma olhada.

Ela foi até a porta e tocou a campainha. Um C3 abriu a porta e estendeu os braços quando a viu.

– Mama Robinson! – a figura disse e lhe deu um grande abraço. Robinson apertou a bochecha do C3.

– Oi, Tony – disse ela. – Trouxe uma pessoa que talvez alugue o quarto.

– É mesmo? – perguntou Tony e olhou para mim. – Chris Shane – ele disse.

Eu me surpreendi por um instante – não achava que meu novo C3 já era tão conhecido assim –, mas lembrei que havia acionado minha identificação pública mais cedo naquele dia. Um segundo depois, a identificação de Tony surgiu: Tony Wilton. 31 anos. De Washington, D.C.

– Oi – cumprimentei.

Ele acenou para que entrássemos.

– Não vamos ficar aqui parados na varanda – ele disse. – Venha, Chris, eu mostro seu quarto. Fica no segundo andar. – Ele nos levou para dentro e escada acima. Enquanto caminhávamos pelo corredor do segundo andar, olhei para dentro de um dos quartos. Um corpo jazia em um berço, os monitores ao lado.

Olhei para Tony, que notara que eu estava observando.

– É, sou eu – ele disse.

– Desculpe. É reflexo.

– Não precisa se desculpar – disse Tony, abrindo a porta de outro quarto. – Se vier morar aqui, vai ter seu horário de verificar todos nós para saber se estamos respirando. Vai se acostumar. Aqui é o quarto. – Ele abriu caminho para deixar que Robinson e eu entrássemos.

O quarto era grande, mobiliado de forma modesta, mas confortável, com uma janela para a rua.

– É bem legal – falei, olhando ao redor.

– Que bom que gostou – disse Tony. Ele meneou a cabeça para a mobília. – O quarto é mobiliado, obviamente, mas, se não gostar do que viu, temos um porão para guardar essas coisas.

– Não, está ótimo – confirmei. – E eu gosto do tamanho.

– Na verdade, é o maior quarto da casa.

– Nenhum de vocês quis? – perguntei.

– Não é uma questão de querer – respondeu Tony. – É uma questão de *poder*.

– Entendi – falei e descobri outro motivo pelo qual a sra. Robinson pensou que talvez eu pudesse alugar aquele lugar.

– Entendeu como as coisas funcionam aqui? – perguntou Tony. – Mama Robinson explicou?

– Rapidamente.

– Não é muito complicado, juro – Tony falou. – Dividimos as tarefas da casa e de monitoramento, garantindo que os tubos e drenos de todo mundo estejam funcionando em ordem, reunindo recursos para melhorias na casa. Às vezes, saímos em grupo para socializar. Chamamos de comunidade intencional, mas é como um alojamento de faculdade. Só que com menos bebidas e menos maconha. Não que a gente tenha feito isso algum dia. E também menos dramas com colegas de quarto, que nós *fazíamos*, se você se lembrar do tempo de faculdade.

– Você é o médico? – perguntei. – A sra. Robinson disse que um de vocês é médico.

– É a Tayla – disse Tony. – Está trabalhando. Todo mundo trabalha fora, menos eu. Sou programador autônomo. Hoje estou trabalhando para a Genoble Systems em um software de interface cerebral. Amanhã, com outra pessoa. Em geral trabalho de casa, a menos que o cliente precise de mim no local.

– Então sempre tem alguém aqui.

– Normalmente, sim – disse Tony. – Agora, devo fingir que não conheço você ou posso confessar que estava lendo histórias suas ontem na Ágora?

— Ah, fique à vontade.

— Você percebeu que eu disse que todos estão no trabalho – disse Tony. – Então provavelmente não vão julgar você por isso. No momento, temos opiniões políticas variadas na casa.

— Então sabe que sou agente do FBI – eu disse.

— Sei. Lida com conspirações e assassinatos?

— Você nem imagina quantos.

— Aposto que sim. Bem, acabei de conhecer você e já me agradou. Mas vai precisar conhecer e ter a aprovação dos outros.

— Quantos mais são?

— Quatro. Tayla, Sam Richards e Justin e Justine Cho. São gêmeos.

— Interessante.

— Todo mundo gente boa, juro – disse Tony. – Pode dar uma passada aqui à noite para conhecê-los?

— Ah, não. Tenho um negócio em família hoje. É meu segundo dia de trabalho. Tenho que ir para casa para o jantar oficial do "eba, nosso bebê está empregado".

— Bem, não pode faltar – disse Tony. – Quando acha que vai estar livre?

— Não sei. Provavelmente às nove e meia, às dez no máximo.

— Pegue aí. – Tony mandou mensagem pelo canal comum com um convite. – Às quintas acontece nossa noite em grupo na Ágora. A gente se reúne e, em geral, estoura o cérebro um do outro em jogos de tiro. Apareça. Pode conhecer a galera e tomar um ou dois tiros na cabeça.

— Parece bacana – comentei.

— Ótimo. Vou mandar a ficha de requisição do quarto para podermos fazer tudo formalmente. Precisaremos do primeiro mês e de um depósito.

– Sem problemas.

– Muito bom. Se tiver a aprovação de todo mundo hoje à noite, pode se mudar assim que seu pagamento chegar.

– Não vai querer checar meus antecedentes? – brinquei.

– Acho que sua vida inteira tem sido uma checagem de antecedentes, Chris – disse Tony.

SEIS

– Que merda é essa? – falei no minuto em que vi um manobrista na porta de casa.

Os analgésicos da minha extração de dente haviam começado a perder o efeito às quatro da tarde, quando segui para casa, e isso já estava me irritando, para começo de conversa. Mas o manobrista significava uma coisa: jantar de arrecadação. A maioria dos carros podia autoestacionar, mas ainda havia gente que exigia poder estar atrás do volante, e tinham muito orgulho de seus carros idiotas. Uma porção deles era o tipo de pessoa velha mal-humorada que talvez apoiasse a candidatura do meu pai para senador. Isso me deixava ainda com mais mau humor do que a extração de dente.

Minha mãe obviamente adivinhou meu humor quando segui batendo os pés na direção dela, pois ergueu as mãos para me apaziguar.

– Não tenho culpa, Chris – ela disse. – Pensei que seria um

jantar de família. Não tinha ideia de que seu pai transformaria tudo em um evento de arrecadação de fundos.

– Tenho minhas dúvidas.

– Não te culpo. Mas é a verdade.

Atrás dela, a equipe do bufê estava arrumando a mesa na sala de jantar formal, liderados por Lisle, nossa governanta. Contei os lugares.

– *Dezesseis* lugares, mãe – eu falei.

– Eu sei. Me desculpe.

– Onde está todo mundo?

– Não chegaram ainda. Os que chegaram estão lá embaixo, no consultório do veterinário.

– Mãe – alertei.

– Eu sei, não deveria dizer isso em voz alta. Vou corrigir. Estão na *sala de troféus*.

– Então, não é apenas o bando de idiotas de sempre – comentei.

– Você conhece seu pai – minha mãe disse. – Deixa os novos ricos deslumbrados com os prêmios. Seria obsceno, só que funciona.

– Na verdade, ainda é obsceno – eu disse.

– É mesmo – concordou minha mãe. – E ainda funciona.

– Papai não precisa desse dinheiro para concorrer ao Senado – enfatizei.

– Seu pai precisa que acreditem que ele será eleito pelos interesses deles – confessou minha mãe. – É por isso que pega o dinheiro deles.

– Sim, nem um pouco maquiavélico isso.

– É. Bem – ela disse –, são as coisas que fazemos para ver seu pai eleito. – Ela estendeu a mão e tocou meu ombro. – E como foi seu dia?

– Interessante – respondi. – Estou trabalhando em um caso de assassinato. E acho que encontrei um apartamento.

– Ainda não sei por que acha que precisa de um apartamento – disse minha mãe, irritada.

– Mãe, você é a única pessoa no mundo que escolheria minha caçada por um apartamento em vez de um caso de assassinato como tema de conversa.

– Percebi que você não me respondeu – ela disse.

Suspirei e ergui a mão para enumerar os motivos.

– Um, porque seria um saco ir de Potomac Falls até o centro todos os dias, e você sabe disso. Dois, porque tenho 27 anos e é constrangedor ainda morar com meus pais. Três, porque minha tolerância em servir de cartaz para as ambições políticas do papai está menor a cada dia.

– Isso não é justo, Chris – disse a minha mãe.

– Fala sério, mãe. Você sabe o que ele vai fazer hoje à noite. Não sou a criancinha de 5 anos que ele pode arrastar para audiências do Congresso e para eventos beneficentes pró-hadens. Sou agente federal agora, pelo amor de Deus. Nem acho que é mais lícito me exibir por aí. – Senti uma pontada quando os analgésicos perderam mais um pouco do efeito e levei a mão ao queixo.

Ela entendeu.

– Seu molar – ela disse.

– Na verdade, falta de molar. – Abaixei a mão, totalmente ciente da ironia de apontar em meu C3 a dor na boca. – Vou dar uma olhada em mim – eu falei e virei para ir ao meu quarto.

– Quando você se mudar, não vai levar seu corpo, vai? – perguntou minha mãe. Havia uma ponta de ansiedade na voz.

– Não está nos meus planos para já – falei, voltando um pouco para olhá-la. – Vamos ver como funciona. Não percebi nenhum atraso de transferência hoje e, contanto que não tenha, não há motivo para levá-lo.

– Tudo bem – ela disse, ainda infeliz.

Fui até ela e lhe dei um abraço.

– Relaxa, mãe. Não é o fim do mundo. O C3 de reserva fica aqui. Vou visitar vocês. Muito. Vão até se perguntar se eu realmente me mudei.

Ela sorriu e deu um tapinha na minha bochecha.

– Normalmente eu te daria uma bronca por me tratar desse jeito condescendente, mas dessa vez vou aceitar – ela disse. – Agora, vá se ver. Não demore. Seu pai quer que você apareça antes de todos nos sentarmos para jantar.

– Claro que quer – eu falei e apertei de leve o braço da minha mãe antes de sair.

Jerry Riggs, meu novo enfermeiro da noite, acenou para mim quando entrei no quarto. Estava lendo um livro de capa dura.

– Tudo bem, Chris? – ele perguntou.

– Na verdade, com um pouco de dor – respondi.

Jerry assentiu.

– Escara? – quis saber.

– Extração do molar – eu disse.

– Certo. – Jerry deixou de lado o livro e foi até meu berço, que tinha sido programado para me deixar deitado do lado esquerdo, pois minha atual escara era no lado direito do quadril. Ele começou a fuçar no gabinete ao lado da cama.

– Tenho um pouco de Tylenol com codeína – disse Jerry. – Sua dentista deixou para você.

– Tenho que funcionar direito esta noite – falei. – Não há nada mais perigoso que um C3 doidão em um jantar de arrecadação política.

– Tudo bem – disse Jerry. – Vamos ver o que mais temos aqui.

Assenti e fui até meu corpo – até mim. Minha aparência era a de sempre, como alguém dormindo. Meu corpo estava limpo e arrumado, o que nem sempre era garantido com um haden. Alguns hadens não ligam de cortar o cabelo ou aparar as unhas, porque, honestamente, de que adiantava? No entanto, minha mãe tinha uma opinião totalmente contrária sobre o assunto. Quando envelheci, adotei a posição dela para mim.

A limpeza era um assunto diferente e mais complexo, como seria com um corpo cujos vários buracos e sistemas eram entubados, ensacados e cateterizados. Minha mãe preocupava-se com a minha mudança não apenas porque teria saudades. Também se preocupava que, se me deixasse ao sabor de meus próprios aparelhos e cronogramas, no fim das contas eu ficaria chafurdando na sujeira por dias. Era uma preocupação injustificada da parte dela, pensava eu.

Inclinei-me para olhar minha escara. Verdade seja dita, era uma ferida vermelha e feia no meu quadril. Toquei e senti a dor indistinta dela ao mesmo tempo que senti minha mão de C3 movendo-se sobre ela.

Tive aquela sensação única dos hadens, a vertigem que vem de ter a percepção de estar em dois lugares ao mesmo tempo. É muito mais perceptível quando seu corpo e seu C3 estão no mesmo ambiente. O termo técnico para isso é "polipropriocepção". Seres humanos que, em geral, têm apenas um corpo para cuidar não são naturalmente projetados para essa sensação. Literalmente muda seu cérebro. É possível ver a diferença entre o cérebro de um haden e um cérebro não afetado em uma ressonância magnética.

A vertigem acontece quando seu cérebro se lembra de que não deveria estar recebendo impressões de dois corpos separados. A solução simples para quando isso acontece é olhar para outro lugar.

Virei e concentrei-me em meu *outro* outro eu na sala: meu antigo C3, que foi meu principal até eu pegar o 660. Era um Kamen Zephyr, agora sentado em uma cadeira com carregador indutivo. Um modelo muito bom. O corpo era marfim com toques de azul e cinza nos membros – me formei e fiz o mestrado em Georgetown, e me pareceram as cores certas na época. Meu novo C3 era marfim fosco discreto com listras sutis de marrom nos membros. Imaginava vagamente se eu estaria decepcionando a *alma mater*.

– Vamos lá – disse Jerry e ergueu um frasquinho. – Lidocaína. Deve resolver por algumas horas. Vai ajudar durante o jantar e, depois disso, ponho um ibuprofeno forte em seu sistema. Contanto que fique com os sentidos desviados para seu C3, vai ficar bem.

– Agradeço.

– Interessante que você nem sempre fica totalmente com os sentidos desviados para o C3 – disse Jerry enquanto preparava a lidocaína.

– Não gosto da sensação – comentei. – Se não consigo sentir meu corpo, parece que estou… fora do ar. À deriva. É estranho.

Jerry assentiu.

– Posso imaginar, acho – ele falou. – Nem todo mundo faz desse jeito. Minha última cliente ficava com os sentidos totalmente desviados o tempo todo. Não gostava de sentir o que estava acontecendo com seu corpo. Cara, não gostava de reconhecer que *tinha* um corpo. Ela achava *inconveniente*, acho que é a melhor maneira de dizer. O que no fim das contas foi irônico.

– Por quê?

– Ela teve um ataque cardíaco e nem sentiu – disse Jerry. – Descobriu por meio de um alerta automatizado do C3. Começamos a trabalhar para salvá-la, e ela ligou do C3 com uma voz resmungona, dizendo que tínhamos que fazer com que ela voltasse a funcionar, pois tinha uma sessão com o terapeuta às três horas e *não* podia faltar.

– Ela faltou?

– Faltou – disse Jerry e pôs um par de luvas. – Caiu morta no meio da frase, ainda resmungando. Por um lado, ela realmente não sentiu nada, o que creio não ter sido ruim. Por outro lado, bem... acho que foi uma surpresa para ela o fato de ser possível morrer. Passou tanto tempo no C3 que acreditava que a máquina era ela. – Ele abriu minha boca, e eu consegui sentir minha mandíbula se estender. – Bem. Talvez você sinta uma picada por um minuto.

A sala de troféus do meu pai é impressionante. Por outro lado, esse é o problema. Marcus Shane não é o tipo de pessoa que lhe diz que é mais importante que você. Fica feliz em deixar suas parafernálias falarem por ele.

O lado esquerdo da sala detalha o início de sua carreira no basquete, o que inclui seus casacos do ensino fundamental e médio, os quatro troféus da Associação Atlética Interescolar do distrito de Colúmbia que ganhou pela Cardozo High, e a carta de aceitação que recebeu da Universidade de Georgetown, bolsa integral. Depois, segue um número ridículo de fotos dele em ação com os Hoyas, com quem chegou nas semifinais três vezes, levando o campeonato como primeiranista. A foto dele chorando enquanto cortava a rede fica lá em cima, com um pedaço da rede dentro da mesma moldura. É cercada pelos prêmios Wooden, Naismith e Robinson, que ganhou no mesmo ano, e seu anel de campeonato em uma almofadinha. A dor da eliminação das finais da Associação Nacional de Atletas Universitários na semifinal em seu último ano foi atenuada por uma medalha de ouro olímpica. Todos concordavam que as medalhas de ouro de sua Olimpíada eram mais feias que de costume. Por outro lado, era uma medalha de ouro olímpica, então todo mundo ficava quieto.

Na parte à frente da sala temos a carreira profissional do meu pai, toda ela com os Washington Wizards, para o qual foi levado após uma temporada particularmente espetacular de dezesseis vitórias. Muita gente achava que a equipe perdera a temporada de propósito para ter uma chance de conseguir o meu pai na escalação dos novatos. No fundo, meu pai não creditava tanto planejamento estratégico ao treinador ou ao técnico. Aquele treinador foi dispensado no fim da primeira temporada do meu pai, o diretor na segunda e, dois anos depois, meu pai levou o time para as finais. Dois anos depois disso, o Washington venceu o primeiro dos três campeonatos com três jogos em dias seguidos.

Essa parede trazia muitas fotos do meu pai suspenso no ar, seus prêmios de jogador mais valioso da liga e da temporada, alguns dos objetos mais icônicos de sua carreira de licenciamento profissional de produtos em seu nome, uma caixa com os quatro anéis de campeonato (o último vindo de seu último ano como jogador), tudo coroado com o longo e fino troféu que se recebe quando se é aceito no Hall da Fama Naismith, em que ele foi aceito em seu primeiro ano de elegibilidade.

O lado direito da sala começa com uma capa de revista da época em que meu pai ainda estava no Wizards – não da *Sports Illustrated*, mas de uma revista de negócios do distrito de Colúmbia, que foi a primeira a notar que o novato mais celebrado dos Estados Unidos não estava comprando uma casa estupidamente grande ou jogando dinheiro fora como um idiota faria, mas sim vivendo em um sobrado modesto em Alexandria e investindo em imóveis dentro e nos arredores do distrito. Quando meu pai aposentou-se do basquete, estava fazendo mais dinheiro com sua imobiliária do que jogando e recebendo grana de licenciamento de produtos, e se tornou oficialmente um bilionário no mesmo ano em que foi aceito no Hall da Fama. Essa parte da sala é cheia com vários prêmios e citações empresariais e imobiliários. Há mais desses do que qualquer outra coisa. Empresários gostam mesmo de premiações.

A parede ao fundo da sala era dedicada ao trabalho de filantropia do meu pai e, especificamente, seu trabalho com a síndrome de Haden – uma causa óbvia para ele depois de a única criança da família (eu) ter contraído a doença em sua terrível primeira onda, junto com milhões de outros, inclusive Margaret Haden, a primeira-dama dos Estados Unidos. Apesar de a síndrome ter recebido o nome da primeira-dama, foram meu pai e minha mãe (com seu nome de solteira Jacqueline Oxford, descendente de uma das mais antigas famílias políticas da Virgínia) que se tornaram o rosto público de conscientização da síndrome – junto comigo, claro.

Portanto, essa parede era cheia de fotos do meu pai fazendo uma declaração diante do Congresso em prol da pesquisa e do desenvolvimento intensos exigidos para lidar com 4,5 milhões de cidadãos norte-americanos que de repente tiveram sua mente desligada do corpo, estando presente quando o presidente Benjamin Haden assinou o Projeto de Lei de Pesquisa de Haden, transformando-o em lei, presente no conselho do Instituto Haden e da Sebring-Warner Industries, que desenvolveu os primeiros C3, e estando virtualmente presente quando a Ágora, o ambiente virtual desenvolvido especificamente para hadens, foi aberta para povoarmos e termos um espaço só nosso no mundo.

Intercaladas a essas fotos havia imagens minhas: eu, minha mãe e meu pai em vários lugares, encontrando líderes mundiais, celebridades e outras famílias com hadens. Fui uma das primeiras crianças hadens a ter e usar um C3, e meus pais insistiam em me levar a todos os lugares com ele – não apenas para que eu pudesse ter uma infância cheia de experiências pessoais invejáveis, embora fosse um benefício colateral bacana. A questão era encorajar os não afetados a verem os C3 como pessoas, não como androides bizarros que simplesmente apareceram no meio deles. Quem melhor para fazer isso do que a criança de um dos homens mais festejados do mundo inteiro?

Então, até eu fazer 18 anos, estive entre os hadens mais famosos e fotografados do mundo. Minha foto entregando uma flor ao papa na Basílica de São Pedro é regularmente mencionada como uma das fotografias mais famosas da última metade do século – a imagem de um C3 do tamanho de uma criança oferecendo um lírio branco ao bispo de Roma, sendo uma justaposição icônica da tecnologia moderna e da teologia tradicional, uma apresentando uma oferta de paz à outra, que estende a mão, sorrindo, para pegá-la.

Quando fui para a faculdade, tive um professor que me disse que aquela única imagem fez mais para o avanço da aceitação dos hadens como pessoas, não como vítimas, do que mil depoimentos no Congresso ou descobertas científicas poderiam ter feito. Eu lhe disse o que lembrava sobre o papa: ele tinha um bafo horrendo. Eu estudava na Georgetown. Meu professor era um padre. Não acho que tenha ficado muito feliz comigo.

Meu pai tirou a foto. Fica no centro exato da parede ao fundo. No lado esquerdo, o certificado de finalista ao Pulitzer na categoria Fotografia Não Factual, que mesmo ele, num gesto louvável, admite que é ridículo. Do lado direito, fica sua Medalha Presidencial da Liberdade, conferida a ele alguns anos antes por seu trabalho com a síndrome de Haden. Embaixo dela está a imagem dele recebendo a medalha, posta em seu pescoço pelo presidente Gilchrist, e curvando--se, rindo, para que o notoriamente baixo Gilchrist pudesse alcançá-lo.

Três meses depois, Willard Hill foi eleito presidente. O presidente Hill promulgou a Lei Abrams-Kettering. O presidente Hill não era muito bem-visto no lar dos Shanes.

Passei a vida toda vendo a sala de troféus, então nunca pensei que houvesse nada de particularmente especial nela. Era apenas outro cômodo da casa, e um bem chato, pois eu não podia brincar nele. E sei que meu pai é muito *blasé* quanto às premiações nesse momento.

Tirando um Prêmio Nobel da Paz, em matéria de prêmios, ele limpou a mesa. Tirando as oportunidades de alegrar visitantes ou realizar eventos, nunca o vi botar os pés na sala de troféus. Ele nem mesmo coloca coisas lá dentro – deixa isso a cargo da mamãe.

Por outro lado, a sala de troféus não é para nós. É para todo mundo menos nós. Meu pai lida com milionários e bilionários diariamente, o tipo de gente que tem egos do tamanho da sociopatia (e, às vezes, o ultrapassam). O tipo de pessoa que acredita que é o predador alfa perambulando em um universo de ovelhas. Meu pai os leva até a sala de troféus, e seus olhos ficam do tamanho de pires de tão arregalados, e eles percebem que qualquer merda que estejam fazendo é uma ninharia se comparada ao que meu pai já fez. Talvez existam três pessoas no mundo mais interessantes que Marcus Shane. Esse tipo de gente não está entre elas.

É por isso que mamãe, quando quer ser indiscreta, refere-se à sala de troféus como "consultório do veterinário". Porque é onde o meu pai leva as pessoas para arrancar as bolas delas.

No consultório do veterinário, caminhei com o queixo recém--anestesiado para ver quem era o grupo de doadores financeiros e testiculares daquela noite. Vi meu pai instantaneamente, claro. Ele tem mais de dois metros. Difícil não vê-lo.

Eu não estava preparado para a outra pessoa que vi, em pé com meu pai, olhando para ele com um sorriso e uma bebida na mão.

Era Nicholas Bell.

SETE

– Chris? – meu pai disse, e de repente se agigantou ao meu lado, como sempre faz, para me agarrar num abraço. – Como você está?

– Sentindo você me esmagar, pai – eu disse, e ele riu. Era esse o nosso padrão de chamada e resposta.

– Obrigado por vir conhecer as pessoas – ele disse.

– Temos de conversar sobre isso – falei. – Em algum momento, muito em breve.

– Eu sei, eu sei – ele disse, mas acabou acenando para Bell. Bell se aproximou, bebida na mão, ainda sorrindo. – Este é Lucas Hubbard, diretor-presidente e presidente do conselho da Catalisadora Investimentos.

– Olá, Chris – disse Hubbard/Bell, estendendo a mão. – É um prazer conhecer você.

Eu apertei a mão dele.

– O prazer é meu – falei. – Desculpe, estou tendo um *déjà vu* no momento.

Hubbard/Bell sorriu.

– Tenho muitos – ele falou. Bebericou do copo: uísque com gelo.

– Desculpe. Só me surpreendi.

– Então, você conhece o Lucas – disse meu pai, observando nossa conversa um tanto cifrada.

– Não, não é isso – respondi. – Digo, sim. Sei quem é Lucas Hubbard, claro. Mas também conheço... – Parei de falar. Era considerado falta de educação comentar que um haden integrado estava usando o corpo de outra pessoa.

– Conhece o integrador que estou usando – disse Hubbard, poupando-me de uma gafe.

– Sim, é isso – comentei. – Já nos encontramos antes.

– Socialmente? – perguntou Hubbard.

– Profissionalmente. Encontro breve.

– Interessante – disse Hubbard. Uma mulher bonita aproximou-se e ficou ao lado dele. Ele apontou para ela. – E este é o diretor jurídico da Catalisadora Investimentos, Samuel Schwartz.

– Já nos conhecemos – disse Schwartz, olhando diretamente para mim.

– Verdade? – disse Hubbard.

– Profissionalmente também – falei. – E também foi rápido.

– Verdade – disse Schwartz e sorriu. – Não liguei o nome à pessoa da primeira vez que nos encontramos, agente Shane. Não consegui erguer os olhos totalmente durante nossa conversa. Me desculpe.

– Não precisa se desculpar. Eu não pertencia ao contexto. Falando nisso, o senhor estava um pouco diferente da última vez que nos vimos, sr. Schwartz. Este é um visual inesperado.

Schwartz olhou para seu corpo.

– Suponho que sim – disse ele. – Conheço alguns hadens que gostam de integração transgênero, mas não costumo fazer isso. Porém, meu integrador habitual estava indisponível esta noite, e eu fui convidado para a festa de última hora. Então, precisei trabalhar com quem estava disponível.

– Poderia ter sido pior – garanti para ele. Ele sorriu novamente.

– Não sei como me sentir por você conhecer esses dois melhor do que eu – disse meu pai, charmoso e suave.

– Eu mesmo achei um pouco surpreendente – confessei.

– Eu também – disse Hubbard. – Não parece possível que seu pai e eu não tenhamos nos encontrado antes, considerando todas as coisas. Por outro lado, mesmo com nossos vários escritórios, a Catalisadora Investimentos não atua muito na área imobiliária.

– Por que, Lucas? – perguntou meu pai.

– Como haden, sou menos engajado no mundo físico, creio eu – disse Hubbard. – Simplesmente não é prioridade para mim. – Ele apontou para meu pai com seu uísque. – Não acho que você se importa se eu não for um concorrente na sua área.

– Não – comentou meu pai. – Embora eu não ligue para concorrência.

– Isso porque você é muito bom em derrubar a concorrência – disse Hubbard.

Meu pai deu risada.

– Acho que é verdade.

– Claro que é – insistiu Hubbard e olhou para mim, sorrindo. – É algo que temos em comum.

Quando sentamos à mesa para o jantar, liguei para Vann, usando minha voz interna para que ninguém na mesa soubesse que minha atenção estava em outro lugar.

Vann atendeu.

– Estou ocupada – disse ela. Eu mal consegui ouvi-la com o barulho ao fundo.

— Onde você está? — perguntei.

— Em um bar tomando umas e tentando levar alguém pra cama — ela respondeu. — O que significa que estou ocupada.

— Fiquei sabendo que Lucas Hubbard usa Nicholas Bell como integrador.

— Como?

— Hubbard está sentado na minha frente à mesa de jantar neste momento, usando Bell.

— Que merda — disse Vann. — Assim é fácil.

— O que devo fazer?

— Você não está a serviço, Shane — disse Vann. — Faça o que quiser.

— Pensei que você fosse ficar mais empolgada.

— Quando você me vir amanhã, a serviço, estarei empolgada — prometeu Vann. — Nesse momento, estou ocupada com outra coisa.

— Entendi. Sinto muito por incomodá-la.

— Também sinto — disse Vann. — Mas como já incomodou, devo dizer que fiz avanços no nosso cadáver. O DNA voltou.

— Quem é?

— Não sei ainda.

— Pensei que tinha dito que fez avanços — comentei.

— E fiz. A análise de DNA não deu em nada, mas determinou que provavelmente é de ascendência navajo. O que talvez explique por que não conseguimos encontrá-lo no banco de dados. Se ele é navajo e vivia em uma reserva, todos os registros deveriam estar nos bancos de dados das reservas. Não são ligados automaticamente aos bancos de dados norte-americanos, pois a nação navajo é autônoma. E, estranhamente, desconfia do governo dos Estados Unidos! — Vann deu uma bela risada na última frase.

— Com que frequência isso acontece? — perguntei. — Mesmo se você mora em uma reserva, se a deixa, provavelmente faz algo que te relaciona aos nossos bancos de dados.

– Talvez esse cara nunca tenha saído. Até que partiu.

– Vamos fazer uma solicitação para eles? Digo, para a nação navajo.

– Nossa equipe de legistas vai fazer – disse Vann. – DNA, impressões digitais e leitura facial. Os navajos vão se manifestar quando quiserem. Nem sempre botam nossas necessidades como prioridade.

Bem à frente da mesa, meu pai começou a tilintar um talher na taça de vinho e, em seguida, levantou-se.

– Tenho que ir. Meu pai está prestes a começar um discurso.

– Ótimo – disse Vann. – Eu estava prestes a desligar.

E desligou.

O discurso do meu pai era seu discurso padrão "em casa com contribuintes que todo mundo finge que são amigos", ou seja, era leve, familiar, casualmente íntimo, ainda que ao mesmo tempo tocasse em temas importantes para a nação e para sua campanha ao Senado não anunciada formalmente. Era bem recebido como sempre, ou seja, muito bem recebido, porque meu pai é o meu pai e ele está nas relações públicas desde a época do colégio. Se a pessoa não consegue ficar encantada por Marcus Shane, provavelmente é algum tipo de sociopata.

Mas, no fim do discurso, houve uma mudança no texto. Meu pai mencionou "os desafios e as oportunidades que a Abrams-Kettering oferece a cada um de nós", o que achei ser um pouco fora do contexto, pois Hubbard, Schwartz e eu tínhamos Haden. Então trapaceei, fazendo uma rápida leitura facial das outras pessoas à mesa. Cinco delas eram diretores-presidentes e/ou presidentes de conselho de empresas que serviam o mercado haden de uma forma ou de outra, todas com sede aqui em Virgínia.

Isso explicava tudo, então. E também por que meu pai fazia tanta questão da minha presença no jantar.

O que significava, claro, que eu estava na berlinda.

— E o que você acha da Abrams-Kettering, Chris? – um dos convidados me perguntou. A leitura facial registrou-o como Rick Wisson, o marido de Jim Buchold, diretor-presidente da Loudoun Pharma. Buchold, que estava sentado ao lado do marido, lançou um olhar para ele, que Wisson não viu ou ignorou. Não imaginei que a volta para casa hoje seria especialmente agradável.

— Não acho que é uma grande surpresa para vocês que minha opinião seja muito próxima à do meu pai – respondi, devolvendo a bola da conversa para meu pai.

Que, obviamente, pegou-a com facilidade.

— O que Chris está dizendo é que, como na maioria dos temas relacionados à Haden, conversamos muito em família – ele disse. – Então, o que acabo dizendo é resultado de longas discussões entre nós três. Agora, acho que todo mundo sabe que eu me opus publicamente à Abrams-Kettering. Ainda acho que foi uma solução errada para algo que não era um problema... sabemos, como grupo, que os hadens contribuem mais para a economia nacional do que tiram dela. Mas a Abrams-Kettering *foi* aprovada, para o bem ou para o mal, e agora é hora de ver como fazer esse novo ambiente trabalhar por nós.

— Isso – eu disse, apontando para o meu pai.

— Qual sua opinião sobre a greve? E a marcha? – perguntou Wisson.

— Rick – disse Jim Buchold, de forma tão agradável quanto um rosnado pode ser.

— Não está fora do contexto do jantar – disse Wisson para o marido. – Não desse jantar, ao menos. E Chris é haden de verdade.

— Na verdade, somos três à mesa – falei, assentindo para Hubbard e Schwartz.

— Com todo o devido respeito a Lucas e ao sr. Schwartz, eles não serão exatamente os afetados pelas mudanças na lei – disse Wisson. Hubbard e Schwartz abriram sorrisos amarelos. – Você, por outro lado, tem um emprego e está lá fora, nas ruas. Deve ter alguma opinião sobre a questão.

– Acho que todo mundo tem direito a uma opinião e direito de se reunir pacificamente – comentei. Quando em dúvida, recorra à Primeira Emenda da Constituição.

– Fico preocupada com a parte do "pacífico" – disse Carol Lamb, do outro lado da mesa. Era uma das pessoas para quem o manobrista fora contratado. Era uma velha rabugenta e conservadora do jeito que apenas os liberais velhos podiam ser. – Minha filha me disse que a polícia do D.C. está convocando sua força inteira para esse próximo fim de semana. Estão preocupados com revoltas.

– E por que isso, sra. Lamb? – perguntou Sam Schwartz.

– Ela disse que estão preocupados, pois os hadens que estão marchando não terão medo da polícia – disse Lamb. – Os C3 não são como corpos humanos.

– Sua filha está preocupada com uma revolta de robôs – falei.

Lamb olhou para mim e imediatamente corou.

– Não é isso – ela disse, apressada. – É que esse é o primeiro protesto haden em massa. É diferente de qualquer outro protesto.

– Revolta de robôs – disse novamente e, em seguida, ergui a mão antes que Lamb ficasse ainda mais desorientada. – Os C3 não são corpos humanos, claro. Mas também não são Exterminadores do Futuro. Aqueles que usamos para fazer nossas atividades diárias são intencionalmente projetados para ser o mais próximo do corpo humano possível, em termos de força, agilidade e outros fatores.

– Porque ainda é um ser humano que conduz os C3 – disse meu pai.

– Isso – falei. – E um ser humano vai usar uma máquina projetada com as habilidades humanas naturais melhor do que uma que não seja assim. – Ergui a mão. – Esta é uma mão mecânica, presa a um braço mecânico. Mas é ajustada para a força humana. Eu não sou capaz de virar essa mesa num acesso de fúria. Os manifestantes não vão invadir o Passeio Nacional jogando carros para cima.

– Os C3 ainda são mais resistentes que o corpo humano – observou Wisson. – Podem causar um bom estrago.

– Bem, vou contar uma história – eu disse. – Meus pais se lembram dessa. Quando eu tinha 8 anos, ganhei uma bicicleta nova de aniversário...

– Ai, meu Deus, essa história – disse minha mãe.

– ... e, na época, tinha acabado de descobrir as manobras de BMX – continuei. – Então, certa manhã, fiz uma rampa na frente da garagem e estava pulando com ela, reunindo coragem para fazer um giro ou algo assim. Finalmente me empolguei, pedalei o mais rápido que pude, subi na rampa, tentei girar, e meu corpo voou por cima do guidão até a rua, bem no caminho de uma caminhonete a cinquenta quilômetros por hora. Ela me atingiu...

– Eu odeio essa história, de verdade – disse minha mãe. Meu pai deu uma risadinha.

– ... e eu *desintegrei* – eu disse. – O impacto partiu meu C3 ao meio. Minha cabeça literalmente caiu e voou para dentro do jardim do vizinho. Eu não tinha ideia do que havia acontecido. Tive a sensação de ter me sacudido com muita força, o mundo girou e, em seguida, de repente, voei de volta para o meu corpo, imaginando que diabos havia acontecido.

– Se tivesse sido seu corpo humano, teria morrido – enfatizou meu pai.

– Sim, eu sei – comentei. – É o que você e a mamãe dizem todas as vezes que essa história vem à tona. O fato – voltei a olhar Wisson – é que os C3 podem ser mais resistentes que o corpo humano, mas também podem ser danificados. E não são baratos. Custam o mesmo que um carro. A maioria das pessoas não vai querer deixar um policial estourar seu C3 com um cassetete mais do que gostariam que um policial usasse um cassetete em seu carro. Então, não acho que a gente precise se preocupar com uma revolta de robôs. Robôs são muito caros para isso.

– O que aconteceu depois que o caminhão atingiu você? – perguntou Schwartz.

– Bem, eu fiquei sem C3 por um tempo – falei, e as pessoas deram risada. – E eu acho que o motorista da caminhonete ameaçou processar meu pai.

– Ele disse que era minha culpa, pois eu era o dono do C3, e a unidade entrara no caminho dele, e ele tinha direito de passagem – disse meu pai.

– Ele não ganharia o processo – falei. – Transportes pessoais são uma classe especial de máquina segundo a lei. Tirando homicídio, atingir um C3 com um automóvel acarreta as mesmas penas que atingir um corpo humano.

– Certo, mas eu não queria meu nome na imprensa desse jeito – disse meu pai. – Então, eu comprei o silêncio dele. Paguei pelo prejuízo da caminhonete e dei uns ingressos de primeira fila para um jogo dos Wizards.

– Você nunca *me* deu ingressos de primeira fila – disse Buchold.

– Nem pense nisso – meu pai falou, e todos riram novamente. – E agora Chris é agente do FBI. Agora você se mete em confusão se atingir Chris com uma caminhonete.

– A outra coisa de que me lembro é que o C3 seguinte era um verdadeiro calhambeque – eu falei e virei para o meu pai. – Que modelo era?

– Um Metro Junior Courier – respondeu meu pai. – Um modelo bem ruinzinho.

– Ops – disse Hubbard. – A Catalisadora é dona da Metro.

— Bem — eu falei. — Então, a culpa é sua.

— Justo — disse Hubbard. — Embora tenha sido há uns vinte anos, certo?

— Mais ou menos — respondi.

— Então não era nossa ainda — comentou Hubbard. — Compramos há uns dezoito anos. Não, dezessete. Dezessete? — Ele virou para Schwartz, que parecia surpreso. Hubbard olhou seu advogado com irritação, mas depois estendeu a mão e deu tapinhas na mão do outro, tranquilizador. — Dezessete — disse por fim. — Compramos porque as ações estavam em baixa por uma série ruim de modelos, inclusive o Courier e o Junior Courier.

— Posso acreditar — falei. — Foi o último modelo da Metro que compramos.

— Eles melhoraram — disse Hubbard. — Posso enviar um de nossos últimos modelos, se quiser testar.

— Eu agradeço, mas acabei de pegar este aqui. — Apontei para o meu 660XS. — Não vou comprar outro.

Hubbard sorriu.

— Engraçado, porque começamos a conversar com a Sebring-Warner sobre uma fusão.

— Li sobre isso no *Washington Post* desta manhã — meu pai comentou.

— Essa notícia foi apenas 60% imprecisa — disse Hubbard.

— Ahá — falei, e em seguida olhei para Schwartz.

— Que foi? — perguntou ele.

— É por isso que está usando um Ajax 370 — respondi. — Pesquisa de mercado.

Schwartz olhou para mim, inexpressivo.

— Bela observação — disse Hubbard. — Sim, Sam está testando alguns dos modelos, junto com outras pessoas da minha equipe. A experiência prática tem suas vantagens, ao que parece.

– Tem relação com a Abrams-Kettering? – perguntou meu pai. – A conversa sobre a fusão.

– De certa forma, sim – disse Hubbard. – O subsídio do governo para C3 vai acabar no fim do ano, então estamos vendendo todos os C3 que conseguirmos. Mas, quando janeiro chegar, isso vai acabar. A fusão é uma proteção contra isso. Mas também estou interessado no programa de P&D deles, que está fazendo algumas coisas interessantes. – Ele se virou para mim. – Agora mesmo, estão fazendo um trabalho revolucionário sobre gosto.

– Como estética ou, tipo, no *sabor* das coisas? – perguntei.

– No sabor das coisas – disse Hubbard. – É o único sentido que nunca foi bem desenvolvido em C3 porque não há um uso prático. C3 não precisam comer. Mas não há motivo para não comerem. – Ele apontou para o meu lugar na mesa, que estava sem comida. – Sua presença na mesa agora, por exemplo, seria mais natural se estivesse comendo, e não apenas à mesa.

– Para falar a verdade, eu *estou* comendo – comentei. – Só que em outro lugar. – *E por meio de um tubo,* o que eu não disse, porque talvez fosse um pouco sombrio para uma conversa durante o jantar. – E meu assento tem um carregador indutivo. Então, meu C3 está se alimentando também, por assim dizer.

– Mesmo assim – disse Hubbard. – Chris, um dos grandes objetivos que você e sua família tentaram alcançar é a ideia de fazer as pessoas verem os C3 como humanos. Apesar de seu bom trabalho, ainda há muito o que fazer nesse aspecto. – Ele apontou para Carol Lamb, que pareceu surpresa com a atenção repentina. – A filha da nossa colega aqui acabou de deixar isso bem claro para nós. A possibilidade de ter um C3 sentado para fazer uma refeição e realmente comer continuaria esse caminho de humanização.

– Talvez – eu disse. – Tenho que admitir que fico imaginando para onde iria a comida depois que eu sentisse o gosto.

– Há maneiras melhores de humanizar os hadens – disse Buchold. – Como lhes dar seu corpo de volta.

Hubbard voltou a atenção para Buchold.

– Ah, certo. Jim Buchold. A única pessoa na mesa cujos negócios *não são* afetados pela Abrams-Kettering.

– Não acho que você possa criticar o Congresso por manter os níveis de pesquisa médica com hadens em 100% – disse Buchold. – Estamos procurando resolver o problema, não lucrar com ele.

– Muito nobre da sua parte – disse Hubbard. – Embora eu tenha visto o último trimestre da Loudoun. Vocês lucram direitinho.

Buchold virou-se para mim.

– Chris, deixe-me perguntar uma coisa – disse, apontando para o meu prato vazio. – Como você preferiria provar sua comida? Por um C3 ou com sua língua?

Agora foi a vez de Wisson lançar um olhar para o marido, e com razão. Não havia como aquela discussão não ficar desconfortável rapidinho.

Mas antes que eu pudesse responder, Buchold continuou.

– Estamos trabalhando em pesquisas para desencarcerar os acometidos pela Haden – ele disse. – Não apenas estimulá-los a comer, mas devolver aos hadens a integridade básica do corpo para fazer coisas como mastigar e engolir. Para libertar os corpos e trazê-los de volta...

– Trazer-nos de volta de quê, exatamente? – questionou Hubbard. – De uma comunidade de 5 milhões de pessoas nos Estados Unidos e 40 milhões em todo o mundo? De uma cultura emergente que interage com o mundo físico, mas é independente dele, com preocupações, interesses e economia próprios? Você tem ciência de que um grande número de hadens não tem lembrança nenhuma do mundo físico? – Hubbard apontou para mim. – Por exemplo, Chris vivenciou o encarceramento aos 2 anos. O que você lembra de quando tinha 2 anos, Jim?

Olhei para meu pai, mas ele estava envolvido em uma discussão paralela com Carol Lamb e minha mãe. Não conseguiria ajudar ali.

– Você está fugindo do cerne da questão – disse Buchold. – O que estamos tentando oferecer são opções. A capacidade de romper com as limitações físicas com que os hadens vivem diariamente.

– Eu pareço *ter limitações* para você? – perguntou Hubbard. – Chris parece ter limitações?

– Estou bem aqui, senhores – falei.

– Então, me diga, você sente alguma limitação? – Hubbard me perguntou.

– Na verdade, não – admiti. – Por outro lado, como você disse, não tenho muita base de comparação.

– Eu tenho – disse Hubbard. – Tinha 25 anos quando fiquei encarcerado. O que faço desde então são coisas que qualquer pessoa poderia fazer. Que qualquer pessoa *gostaria* de fazer.

– Você precisa pegar o corpo de alguém emprestado para fazer isso – disse Buchold.

Hubbard sorriu, esgarçando os dentes.

– Eu não pego o corpo de ninguém emprestado para fingir que não tenho Haden, Jim – ele disse. – Eu pego o corpo de alguém emprestado porque, do contrário, há certo percentual de pessoas que esquece que eu sou uma pessoa também.

– Mais motivo ainda para uma cura – disse Buchold.

– Não – disse Hubbard. – Fazer as pessoas mudarem porque você não pode lidar com quem elas são não é o caminho. O que precisa ser feito é que as pessoas parem de olhar apenas o próprio rabo. Você diz "Cura". Eu ouço "Você não é humano o bastante".

– Ah, faça-me o favor – disse Buchold. – Não me venha com essa, Hubbard. Ninguém está dizendo isso, e você sabe muito bem.

– Sei? – perguntou Hubbard. – Vou dar uma informação para

você pensar, Jim. Agora mesmo, redes neurais, C3 e todas as inovações que vieram depois do Tratado de Iniciativa à Pesquisa de Haden foram feitas em benefício dos hadens. Até então, a FDA[1] os aprovou apenas para hadens. Mas os paraplégicos e tetraplégicos podem se beneficiar dos C3. Como outros americanos com problemas de mobilidade. Como americanos mais velhos cujos corpos estão decaindo de um jeito ou de outro.

— A FDA tem mantido C3 para vítimas de Haden porque enfiar um segundo cérebro na cabeça é fundamentalmente perigoso — disse Buchold. — Você faz isso se não tiver escolha.

— Mas todo mundo ainda deveria *ter* essa escolha — disse Hubbard. — E agora, finalmente, vão ter acesso a essas tecnologias. Entre todas as outras coisas que ela fez, a Abrams-Kettering abre um caminho para estender essas tecnologias para mais gente. Mais americanos estarão usando essas tecnologias no futuro. Milhões a mais. E quando fizerem, Jim, você vai continuar desprezando e desmerecendo essas pessoas também?

— Não acho que você está ouvindo o que eu estou dizendo — disse Buchold.

— Estou ouvindo muito bem — retrucou Hubbard. — Quero que você saiba que o que *eu* ouço soa como intolerância.

— Meu Deus — disse Buchold. — Agora você está soando como a desgraçada da Cassandra Bell.

— Ah, *cara* — eu disse.

— O quê? — disse Buchold, virando-se para mim.

— Hum.

---

1   Food and Drug Administration (Agência Norte-Americana de Alimentos e Medicamentos). [N. de E.]

– Chris não quer dizer que meu integrador desta noite é Nicholas Bell, o irmão mais velho de Cassandra Bell – esclareceu Hubbard. – Eu, ao contrário, não tenho nenhum problema em te contar.

Buchold encarou Hubbard em silêncio por um instante. Então:

– Porra, você só pode estar...

– *Jim* – disse Wisson, intervindo.

– Tudo bem por aí? – perguntou meu pai. Sua atenção finalmente voltou à nossa ponta da mesa.

– Tudo certo, pai – eu disse. – Mas acho que Jim tem algumas perguntas que talvez fosse melhor ele fazer diretamente para você. Se Carol não se importar de trocar de lugar com ele por um momento, seria ótimo.

– Sem problema – disse Lamb.

– Excelente – falei e olhei para Buchold, esperando que ele pescasse a dica ou, ao menos, ficasse grato por eu lhe dar algum tempo cara a cara com meu pai. Ele fez um breve aceno de cabeça, levantou-se e trocou de lugar.

Hubbard inclinou-se para frente.

– Boa saída – disse, bem baixinho.

Assenti e esfreguei minha mandíbula. A dor estava voltando. Tinha certeza de que não era por causa do meu molar.

Meu telefone interno tocou. Respondi com minha voz interna.

– Alô?

– Shane – disse Vann. – Você está a que distância de Leesburg?

– Uns 15 quilômetros. Por quê?

– Ficou sabendo da Loudoun Pharma?

– Na verdade, estou jantando com o diretor-presidente e o marido dele – respondi. – Por quê?

– Acabou de explodir – disse Vann.

– O quê? – Olhei para Buchold, que estava numa conversa próxima e animada com meu pai.

– Acabou de explodir – repetiu Vann. – E parece que tem um haden envolvido.

– Está brincando.

– Queria estar, porque assim eu estaria indo para a cama com alguém em vez de seguir para encontrar você – disse Vann. – Vá para lá agora. Comece a mapear o lugar e recolher dados. Estarei lá em quarenta minutos.

– O que eu digo para Jim Buchold? – perguntei.

– Ele é o diretor-presidente?

– É – respondi. Então percebi que Buchold estava pegando o telefone dentro do casaco. – Espere, acho que ele vai receber a notícia agora.

Buchold saltou da cadeira e correu para fora da sala, com o telefone na orelha. Rick Wisson ficou olhando ele sair, confuso.

– É, ele já sabe.

OITO

A central da Loudoun Pharma consistia em dois prédios principais. Um deles tinha escritórios para os diretores, gerência intermediária e equipe de apoio, representantes locais e lobistas da empresa para o D.C. e Richmond. O outro continha os laboratórios, que abrigavam cientistas, o pessoal de TI e as respectivas equipes de apoio.

O prédio de escritórios estava em ruínas. Todas as janelas do lado direito da estrutura foram estilhaçadas e caíram das paredes. O restante das janelas estava em diversos estágios de estrago. A papelada voava dos buracos, pairando no ar até caírem na alameda escura que separava os dois prédios.

Os laboratórios haviam praticamente desaparecido.

Carros de bombeiros de todos os cantos do Condado de Loudoun cercavam os escombros, e bombeiros procuravam focos de incêndio para controlar. Havia pouco para apagar. A explosão havia feito o prédio desmoronar, sufocando qualquer incêndio incipiente antes que pudesse se espalhar. Paramédicos circulavam o prédio desmoronado, usando escâneres para localizar crachás de funcionários equipados com identificadores por radiofrequência que a equipe da Loudoun Pharma usava.

Havia seis crachás apitando, todos da equipe de limpeza. Os paramédicos usaram robôs-baratas e robôs-cobras para se infiltrarem nas ruínas na direção dos crachás para verificar se ainda estavam presos a alguém vivo.

Não estavam.

– Isso aqui foi o que os guardas viram – eu disse para Vann. Estávamos em seu carro, e eu estava transferindo as imagens para seu console. Ela estava tragando um de seus cigarros como um demônio. Talvez fosse o efeito colateral da frustração sexual, mas não era o momento para perguntar. Mantive a porta aberta do meu lado para dar vazão à fumaça.

No console, recebemos uma visão de câmera da guarita de segurança: uma SUV acelerando pelo estacionamento e avançando pelo portão, arrancando-o das dobradiças ao passar.

– Volte e pare pouco antes da batida – disse Vann. Eu o fiz. Ela apontou. – Placa e rosto – disse ela.

– Certo. Mas nenhum dos dois casa com o crachá de radiofrequência que apitou quando a SUV derrubou o portão.

– De quem é o crachá?

– Karl Baer – respondi. – É geneticista. Trabalha no laboratório. Também é haden, por isso recebemos a mensagem.

– Não era um C3 dirigindo a SUV – disse Vann. – Então alguém roubou o crachá de Baer. Mas por que fariam isso e depois derrubariam a porcaria do portão?

– Precisavam do crachá para acessar a garagem sob os laboratórios – expliquei. – O estacionamento da equipe fica nas garagens. O estacionamento de visitantes, fora.

– E uma SUV cheia de explosivos é muito mais eficaz embaixo de um prédio que ao lado dele.

– Imagino que o pensamento foi bem esse.

– Então, se tem um crachá roubado, precisamos estar aqui? – perguntou Vann. – Ainda?

Parei por um segundo, imaginei por que ela me perguntaria isso, então lembrei que ainda era meu primeiro dia com ela, incrível como foi até aquele momento. Ela ainda estava me testando.

– Sim, precisamos – eu disse. – Um, precisamos verificar Baer para ter certeza de que o crachá foi roubado. Dois – apontei de volta para a imagem da SUV prestes a derrubar o portão –, há o fato de que essa SUV está registrada no nome de Jay Kearney.

– Era para eu saber quem é Jay Kearney?

– Talvez – respondi. – É um integrador. Ou era.

Vann deu a tragada final no cigarro e apagou-o na janela do carro.

– Mostre uma imagem clara de Kearney – ela ordenou.

Carreguei a foto de sua licença de integrador no console e coloquei-a ao lado da imagem da pessoa que estava dirigindo o carro. Vann inclinou-se para frente e observou.

– O que acha? – perguntei.

– Pode ser. Pode ser – ela respondeu. Olhou por cima do console na direção do prédio derrubado e das luzes piscantes dos policiais, bombeiros e paramédicos.

– Já o encontraram?

– Não acho que estejam procurando por ele – respondi. – Estão procurando pelo pessoal da limpeza. E, de qualquer forma, se ele estava na SUV quando ela explodiu, já virou uma camada fina de cinzas sobre a garagem.

– Já falou disso com alguém?

– Ninguém aqui está interessado em falar comigo. Sou do departamento de hadens, não de terrorismo. – Quando disse isso, o som distante de um helicóptero começou a aumentar cada vez mais.

– Nesse momento, provavelmente é o pessoal do terrorismo – disse Vann. – Gostam de entradas triunfais.

Apontei de volta para a imagem.

– Peguei essa imagem da segurança ao mesmo tempo que os policiais de Leesburg e os delegados de Loudoun, mas não acho que olharam para ela.

– Tudo bem – disse Vann. Ela limpou as imagens da tela. – Onde você estacionou?

– Não estacionei – disse eu. – Peguei uma carona com Jim Buchold, o diretor-presidente. Ele está lá na frente, gritando com os policiais de Leesburg.

– Ótimo – disse Vann. Ela ligou o carro.

– Aonde estamos indo? – Fechei a porta do meu lado.

– Vamos fazer uma visita a Karl Baer – disse Vann. – Puxe o endereço dele, por favor.

– Não precisamos de um mandado? – perguntei enquanto encontrava o endereço.

– Quero falar com ele, não prendê-lo – retrucou Vann. – Mas você pode ver se consegue um mandado para o prontuário de Kearney. Quero saber com quem ele estava integrando. Veja se consegue puxar o prontuário de Nicholas Bell também. Dois integradores possivelmente ligados a assassinatos em um único dia é um pouco demais para mim.

O apartamento de Karl Baer ficava em um condomínio pequeno e cinzento em Leesburg, perto de um supermercado e de uma lanchonete de panquecas. Era um apartamento de canto no térreo, enfiado embaixo de uma escadaria. Ninguém respondeu quando batemos na porta.

— Ele *é* um haden — enfatizei.

— Se está vivendo aqui, tem um C3 — disse Vann. — Se tem uma bosta de crachá de funcionário da Loudoun Pharma, então tem um C3. Ele pode atender à porta. — Ela bateu de novo.

— Vou dar a volta e ver se consigo olhar pela janela — falei depois de um minuto.

— Tá, tudo bem — disse Vann. — Não, espere. — Ela tentou a maçaneta, que virou inteira.

— Vai mesmo fazer isso? — perguntei, olhando para a maçaneta.

— A porta estava aberta — disse Vann.

— A porta estava fechada — falei. — Apenas destrancada.

— Está gravando?

— Nesse momento? Não.

Vann empurrou a porta até abrir.

— Olhe, está aberta — ela comentou.

— Você é um marco de práticas constitucionais seguras, Vann — comentei, ecoando o que ela dissera mais cedo.

Ela abriu um sorrisinho.

— Vamos — ela disse.

Encontramos Karl Baer no quarto, uma faca enterrada no cérebro. Um C3 estava em pé ao lado do berço, o cabo de faca na mão, com sangue escorrendo da têmpora de Baer.

— Puta merda — eu disse.

— Vá abrir as cortinas — disse Vann. Eu segui a orientação dela. — Se alguém perguntar, você veio por trás, olhou para dentro e viu isso, e foi quando entramos no apartamento.

— Não estou com um bom pressentimento — comentei.

— O que seria um bom pressentimento? — perguntou Vann. —

Está gravando agora?

– Não – respondi.

– Comece – ela disse.

– Gravando.

Vann foi até o interruptor e acendeu-o com o cotovelo.

– Comece a mapear – ordenou ela. Pôs um par de luvas enquanto eu o fazia. Depois de eu ter feito o mapeamento, ela avançou, pegou um tablet no criado-mudo ao lado do berço de Baer e ligou a tela.

– Shane – ela falou, virando o tablet para que eu pudesse ver a tela. Jay Kearney estava nela.

– É um vídeo? – perguntei.

– É sim – disse Vann, virando a tela de volta para si. Fui até ela, e Vann apertou o play.

Na tela, Jay Kearney veio à vida. Estava segurando o tablet para que ele e Karl Baer fossem gravados juntos pela câmera.

– Aqui é Karl Baer – disse Kearney. – Estou falando por mim e pelo meu bom amigo Jay Kearney, com quem estou integrado agora. Pelos últimos oito anos, trabalhei na Loudoun Pharma como geneticista de uma equipe que trabalha para reverter os efeitos da síndrome de Haden. Quando entrei na Loudoun, acreditava que estava fazendo o que era certo para os hadens. Ninguém pediu para ficar preso no corpo. Sei que eu não pedi. Eu era um adolescente quando fiquei doente, e todas as coisas que eu amava fazer foram tiradas de mim. Trabalhar para reverter as mudanças que a Haden trouxe para a minha vida fazia sentido para mim. Ansiava pela chance de ter essa nova vida. Mas, quando continuei, comecei a perceber que a Haden não era uma sentença de morte. Era apenas outra maneira de viver. Comecei a ver a beleza do mundo que nós, hadens, estávamos criando, milhões de nós, em nossos espaços e da nossa maneira. E comecei a ouvir as palavras de Cassandra Bell, que disse que pessoas como eu, pessoas que estavam trabalhando na, abre aspas, cura da Haden, fecha aspas, na verdade estavam matando a primeira nova nação da humanidade que surge em séculos. Ela tem razão. Nós somos. *Eu* sou. E é hora de por um ponto final nisso. Não é algo que eu poderia ter feito sozinho. Felizmente, meu amigo Jay acredita tanto quanto eu, o suficiente para me ajudar. Outros, que permanecerão sem nome, ajudaram nesse caminho para nos fornecer material e planejamento. E agora tudo que precisa ser feito é pôr o plano em ação. Jay e eu vamos fazê-lo juntos. E quando a parte dele terminar, então voltarei aqui para me juntar a ele na próxima parte de nossa jornada juntos. Acho que, se você estiver vendo isso, já sabe como eu o fiz.

Ele prosseguiu:

– Para minha família e amigos, eu sei que meus atos, nossos atos, podem não parecer compreensíveis. Sei que há uma chance de que alguns inocentes sejam machucados ou até mesmo mortos. Eu me arrependo e peço perdão àqueles que perderão seus entes queridos hoje à noite. Mas peço que entendam que, se eu não tomar essa atitude agora, o que a Loudoun Pharma está fazendo vai levar à extinção de um povo inteiro. Um genocídio cometido com, abre aspas, generosidade, fecha aspas. Para os meus colegas da Loudoun Pharma, sei que muitos de vocês ficarão bravos comigo, agora que meus atos atrasarão seu trabalho e pesquisa em anos. Mas o que eu peço de vocês agora é que pensem um pouco sobre as consequências do que estão fazendo. Leiam e ouçam as palavras de Cassandra Bell, como eu fiz. Acredito no que ela tem a dizer. Acredito nela. Sigo sua filosofia nas coisas que farei hoje. Acredito que talvez vocês façam o mesmo no tempo certo. Adeus e tudo de bom para os hadens em todos os lugares. Estou com vocês, sempre.

* * *

— Caramba, nada disso faz o menor sentido — disse Jim Buchold.

Estávamos na sala de estar da casa de Buchold e Wisson, fora de Leesburg. A polícia de Leesburg, os delegados do Condado de Loudoun e o FBI aparentemente tiveram de retirar forçosamente Buchold das instalações da Loudoun Pharma para tirá-lo do caminho e fazer seu trabalho. Como resultado, Buchold estava caminhando para lá e para cá em sua sala de estar, sentindo-se inútil. Wisson havia preparado um drinque para acalmar o marido. A bebida ficou intocada sobre a mesa. No fim das contas, Wisson acabou tomando.

— Por que não faz o menor sentido? — perguntou Vann.

— Porque Karl era o principal pesquisador do Neurolease.

— Que é? — questionou Vann.

— É a droga que estávamos desenvolvendo para estimular o sistema nervoso somático das vítimas da Haden — respondeu Buchold. Sem querer, senti uma leve irritação com o uso da palavra "vítima" naquela frase. — A Haden suprime a capacidade do cérebro de falar com o sistema nervoso somático. O Neurolease incentiva o cérebro a desenvolver novos caminhos até o sistema. Fizemos testes em chips que funcionaram e estavam funcionando em ratos geneticamente modificados. O avanço era lento, mas encorajador.

— Esse "neurolease" é o composto químico? — perguntei.

— É o nome de marca que estávamos planejando usar nele — disse Buchold. — O nome real do composto químico tem mais ou menos 120 letras. A iteração mais recente do composto, aquela na qual Karl estava trabalhando, era chamada LPNX-211 para os registros internos.

— E o doutor Baer nunca mostrou qualquer indício de desenvolvimento de uma oposição moral ao que estava pesquisando? — perguntou Vann.

— Claro que não — disse Buchold. — Não passava muito tempo

com ele, mas, pelo que eu saiba, as únicas coisas que importavam para Karl eram seu trabalho e o time de futebol americano Notre Dame. Ele fez faculdade lá. Quando tinha apresentação, sempre conseguia colocar um slide com o time. Eu tolerava isso porque seu trabalho era ótimo.

– E o relacionamento dele com Jay Kearney? – perguntei.

– Quem?

– O integrador cujo corpo achamos que Baer usou para entrar com o veículo na garagem – respondeu Vann.

– Nunca ouvi falar dele – disse Buchold. – Karl sempre usou seu C3 no trabalho.

– Viu Kearney integrar com Baer fora do trabalho? – perguntei.

Buchold olhou para o marido.

– Não frequentávamos exatamente os mesmos círculos sociais – disse Wisson. – Não incentivo Jim a ser amistoso demais com seus funcionários. É melhor que o vejam como o chefe, não como um amigo.

– Então, isso significa um não – disse Vann.

– Não é porque ele é um haden… era um haden – disse Buchold. Ele se virou para mim. – Trato todos os meus funcionários igualmente. Temos um diretor de autofiscalização no RH para garantir isso.

– Acredito em você.

– Sim, mas também ouviu aquele filho de uma puta do Hubbard me atacando hoje à noite – disse Buchold. – Tenho quinze pesquisadores hadens na minha equipe. Nenhum deles estaria lá se achassem que eu os trato como sub-humanos ou que estamos fazendo algo de ruim para os hadens.

– Sr. Buchold – disse e ergui a mão. – Não estou aqui para julgar o senhor. E não estou aqui para voltar correndo para o meu pai e falar do senhor na orelha dele. Nesse momento, estou aqui investigando um ataque a bomba em sua empresa. Nosso principal suspeito no momento é um de seus funcionários. Nosso único interesse é descobrir se ele é realmente o responsável e por que fez isso.

Buchold pareceu relaxar um pouco.

E Vann deixou-o tenso novamente.

– O doutor Baer falou alguma vez sobre Cassandra Bell? – perguntou ela.

– Por que diabos faria isso?

– Jim – disse Wisson.

– Não – respondeu Buchold, lançando um olhar para o marido. – Nunca o ouvi falar de Cassandra Bell.

– E os pesquisadores próximos dele? – insistiu Vann.

– Havia conversas sobre ela por conta de sua oposição bem documentada à nossa linha de pesquisa – respondeu Buchold. – Sempre nos perguntamos se os manifestantes apareceriam, como quando precisamos fazer testes em animais. Mas nenhum apareceu, e não acho que alguém se preocupa tanto com ela assim. Por quê?

Olhei para Vann para imaginar o que ela estava pensando. Ela meneou a cabeça para mim.

– O doutor Baer deixou uma mensagem de suicídio – falei. – E mencionou Cassandra Bell nela.

– Como? Ela está por trás disso de alguma forma? – perguntou Buchold.

– Não temos nenhum motivo para acreditar nisso – disse Vann. – Mas precisamos seguir todas as pistas também.

– Eu sabia que isso iria acontecer – disse Buchold.

– O que iria acontecer? – perguntei.

– Violência – respondeu Buchold. – Rick pode confirmar. Aqueles merdas aprovaram a Abrams-Kettering, e eu disse para ele que, mais cedo ou mais tarde, teria confusão. Você não pega 5 milhões de pessoas mamando nas tetas do governo, chuta para a rua e espera que elas aceitem sem lutar. – Ele olhou para mim. – Sem querer ofender.

– Não se preocupe – eu disse, embora tenha sentido certo incômodo, sim. Mas deixei passar. – O quanto isso atrasa vocês?

– Quer dizer, nossa pesquisa?

– Sim.

– Atrasa em alguns anos – respondeu Buchold. – Havia dados no laboratório que não estavam em nenhum outro lugar.

– Vocês não têm cópias múltiplas de seus dados? – perguntou Vann.

– Claro que temos – disse Buchold.

– E não pode puxar de sua rede?

– Você não entende – disse Buchold. – Não colocamos nada de genuinamente sigiloso on-line. Quando fazemos, os hackers vêm atrás. Colocamos servidores de mentira com nada neles além *fotos de gatos* criptografadas, pelo amor de Deus, e não contamos a ninguém que os colocamos lá. Em quatro horas, temos hackers da China e da Síria entrando neles. Seríamos idiotas se colocássemos dados realmente confidenciais em um servidor acessível via internet.

– Então, todos os seus dados eram armazenados localmente – concluí.

– Armazenados localmente – repetiu Buchold. – Cópias múltiplas armazenadas em servidores internos.

– E quanto a arquivos? – perguntou Vann. – Dados registrados fora de qualquer rede.

– Fizemos isso, claro. E armazenamos em uma sala segura na empresa.

– Então, tudo isso, dados arquivados e locais, explodiram com o prédio de laboratórios.

Vann olhou para mim com uma expressão que suspeitei significar "que gente mais despreparada".

– Exato – disse Buchold. – É possível que possamos juntar alguns dados recentes de e-mails e de computadores no prédio de escritórios. Se não tiverem sido destruídos pela explosão ou pelo sistema anti-incêndio. Mas, sendo realista, anos de pesquisa. Acabados. Mortos. Destruídos.

– Ah, olhe, é meia-noite – falei para Vann enquanto ela me levava para casa. – Meu primeiro dia de verdade no trabalho terminou.

Vann sorriu, o cigarro na boca balançou.

– Não vou mentir para você – falou. – Foi um pouco mais agitado do que a maioria dos primeiros dias.

– Mal posso esperar por amanhã.

– Duvido. – Vann soltou fumaça dos lábios.

– Sabe que essa merda vai matar você, não é? – perguntei. – O fumo. Tem um motivo pelo qual ninguém mais fuma.

– Tem um motivo para eu fumar – ela retrucou.

– É mesmo? Qual?

– Vamos manter um pouco de mistério no nosso relacionamento – disse Vann.

– Então, que se dane – eu disse, esperando que fosse a quantidade certa de impertinência. Vann sorriu de novo. Ponto para mim.

Meu telefone disparou. Era Tony.

– Merda – falei.

– Que foi?

– Eu devia ter me encontrado com meus possíveis colegas de residência hoje – respondi.

– Quer que eu faça um atestado para você? – perguntou Vann.

– Engraçadinha – falei. – Um minuto. – Abri o canal e falei com minha voz interna. – Ei, Tony.

– Esperávamos que você talvez aparecesse hoje à noite – disse Tony.

— É que... – comecei a falar.

— Mas eu vi que a Loudoun Pharma explodiu e achei que talvez fosse uma ação terrorista ou algo assim, e pensei comigo: "Acho que Chris vai ter um pouco de trabalho esta noite".

— Agradeço a compreensão – eu disse.

— Parece que teve um dia empolgante.

— Você não tem ideia.

— Bem, então, vou encerrá-lo com boas notícias – disse Tony. – O grupo julgou você à revelia e o considerou culpado de ser alguém que possa valer a pena ter como colega de residência. Doravante, você deverá cumprir sua sentença no quarto mais bacana da casa. Que Deus tenha piedade da sua alma.

— Que ótimo, Tony – falei. – Olha, de verdade. Agradeço muito.

— Bom ouvir isso. E o restante de nós agradece o pagamento do aluguel para que não sejamos jogados no olho da rua, então estamos quites. Estou enviando agora o código da casa. Assim que entrar, mude para um que ninguém saiba, a não ser você. Recebi seu primeiro e último aluguéis e o depósito de garantia, então está liberado. Apareça a qualquer hora.

— Provavelmente amanhã – eu disse. – Já estou perto da casa dos meus pais. Vou ficar por aqui mesmo hoje à noite.

— Ótimo – disse Tony. – Agora, descanse um pouco. Você deve estar precisando. Boa noite.

— Boa noite – falei, e troquei o canal para minha voz externa. – Consegui o apartamento.

— Que ótimo – disse Vann.

— Na verdade, é um quarto em uma comunidade intencional – comentei.

— Engraçado, você não parece hippie.

— Posso dar um jeito nisso – prometi.

— Por favor, não – ela respondeu.

NOVE

Na manhã seguinte, todas as estradas no D.C. ficaram congestionadas a partir das cinco e meia da manhã. Mais de uma centena de caminhoneiros hadens ficaram no complexo viário interestadual ao redor da cidade e organizaram os caminhões em padrões geométricos pensados para induzir a interrupção máxima dos sistemas de condução automática, e dirigiram a 40 quilômetros por hora. Aqueles que viajavam todos os dias a trabalho, frustrados com o complexo viário estar mais travado do que o de costume, mudaram para modo manual e tentaram desviar dos bloqueios, o que só piorou as coisas, claro. Às sete da manhã o complexo estava completamente parado.

E então, para ficar ainda mais divertido, os caminhoneiros hadens travaram a Interestadual 66 e o pedágio da rodovia para Virgínia.

— Atraso no terceiro dia de trabalho — Vann disse para mim, de sua mesa, quando cheguei ao escritório. Ela apontou para a mesa ao lado da dela enquanto falava, indicando que aquela era a minha.

— Todo mundo está atrasado hoje — respondi. — Eu deveria ter um desconto por isso.

— Aliás, como conseguiu chegar aqui de Potomac Falls? — perguntou Vann. — Diga que pegou o helicóptero do papai emprestado. Seria incrível.

— Claro que meu pai *tem* um helicóptero. Ou a empresa tem. Mas não tem permissão para aterrissar em nossa vizinhança. Então, não. Me deixaram na estação Sterling do metrô, e eu vim.

— E como estava?

— Desagradável. Superlotado, e recebi vários olhares raivosos. Como se fosse minha culpa as estradas estarem entupidas. Quase que disse: "Olha só, pessoal, se fosse minha culpa eu não estaria nesse maldito trem com vocês, estaria?".

— Vai ser a semana inteira essa merda — disse Vann.

— Não é um protesto eficaz se não tirar as pessoas do sério.

— Não disse que não era eficaz — ela falou. — Nem disse que não simpatizo com a causa. Só significa que vai ser uma semana longa. Agora, vamos lá. O pessoal da perícia tem notícias para nós.

— Que notícias? — perguntei.

— Sobre nosso cara morto — disse Vann. — Sabemos quem ele é. E, aparentemente, tem mais alguma coisa.

— Em primeiro lugar — disse Ramon —, conheçam John Sani, seu homem não mais misterioso.

Estávamos de volta à Sala de Imagens, olhando para uma imagem altamente detalhada e em tamanho maior que o real de Sani na mesa do necrotério. Era mais limpo e menos irritante para os legistas ter os agentes de campo olhando para o seu trabalho daquela maneira. O modelo que Diaz estava projetando podia ser manipulado para analisar qualquer parte do corpo que os examinadores haviam escaneado ou aberto. Nesse momento, o corpo não parecia ter sido cortado mais do que já fora no pescoço. Aquele era o scan "de capa".

– Então os navajos nos atenderam – disse Vann.

– Atenderam – confirmou Diaz. – Parece que mandaram as informações para cá por volta da meia-noite do horário deles ontem.

– Quem ele é? – perguntei.

– Pelas informações que temos, não é ninguém – disse Diaz. – A nação navajo tem um prontuário dele apenas por uma única bebedeira e desordem quando tinha 19 anos. Sem condenação, nem serviço comunitário. Além disso, conseguimos a certidão de nascimento e o número do seguro social, alguns registros médicos e o histórico escolar, que vai até o primeiro ano do ensino médio.

– Como ele era? – perguntou Vann.

– O fato de ter parado no primeiro ano do ensino médio diz alguma coisa.

– Nada de carteira de motorista ou documento de identidade? – perguntei.

– Nada – respondeu Diaz.

– Que mais? – perguntou Vann.

– Tinha 31 anos e não estava tão saudável assim – disse Diaz. – Fígado prejudicado, doença cardíaca e sinais de diabetes incipiente, o que não é muito surpreendente em um nativo norte-americano. Faltam alguns dentes no fundo. O corte no pescoço parece um ferimento autoinfligido. Ele fez isso consigo mesmo e fez com aquele pedaço de vidro que vocês encontraram.

– Isso é tudo? – perguntei.

Diaz sorriu.

– Não, não é. Tenho algo para vocês que penso que vão achar realmente interessante.

– Sem suspense, Diaz. Vá logo ao assunto – disse Vann.

— Fizeram um raio-X do crânio antes de tirar o cérebro – disse Diaz. Ele abriu uma projeção tridimensional da cabeça de Sani. – Digam o que estão vendo.

— Puta merda – exclamei imediatamente.

— Uau – disse Vann, depois de um segundo.

O raio-X da cabeça de Sani mostrava uma rede de fios e anéis finos dentro e em volta do cérebro, convergindo em cinco junções distribuídas de forma radial ao redor da superfície interna do crânio, as junções ligadas umas às outras em uma malha de conexões.

Era uma rede neural artificial, projetada para enviar e receber informações do cérebro, disposta quase à perfeição.

Dois grupos de pessoas tinham estruturas como aquelas. Eu pertencia a um dos grupos. Vann pertencia ao outro.

— Esse cara era um integrador – falei.

— E a estrutura cerebral? – Vann perguntou a Diaz.

— O relatório diz que bate com o de alguém que contraiu Haden – respondeu Diaz. – E bate com os relatórios médicos, que mostram que ele teve meningite quando garoto, o que poderia ser uma variedade de Haden. Tinha a estrutura cerebral para ser um integrador.

— Shane – chamou Vann, ainda olhando para o raio-X.

— Sim – disse eu.

— Problemas com esse contexto – disse Vann.

Pensei por um minuto.

— O cara não terminou o ensino médio – comentei por fim.

— E daí? – perguntou Vann.

— O treinamento de integrador é como uma pós-graduação – falei. – A pessoa faz após ter uma graduação adequada, como psicologia. Qual é a sua?

— Biologia – respondeu Vann. – American University.

— Certo. Além disso, deve haver uma porção de testes psicológicos e de aptidão pelos quais se deve passar antes de deixarem a pessoa entrar no programa. É um dos motivos pelos quais há tão poucos integradores.

— Sim — disse Vann.

— É caro também. O processo de treinamento.

— Não para os estudantes — disse Vann. — O INS cobre os custos.

— Devem ter ficado bravos com você quando saiu — comentei.

— Eles tiveram o suficiente de mim pra ficarmos quites — disse Vann. — Vamos voltar ao caso.

— Tudo bem, então a questão aqui é: temos um cara que não terminou o ensino médio e que não tem registros em lugar nenhum fora da nação navajo, significando que ele não teve um treinamento de integrador. — Apontei para o raio-X. — Então, como esse cara recebeu toda essa fiação na cabeça?

— É uma boa pergunta — disse Vann. — Não é a única. O que mais tem de errado com essa história?

— O que *não está* errado nessa história? — perguntei.

— Quis dizer especificamente.

— Por que um integrador iria querer integrar com outro integrador? — perguntei.

— Mais específico que isso.

— Não sei como ser mais específico que isso — falei.

— Por que um integrador iria querer integrar com outro integrador e levaria um capacete? — perguntou Vann.

Olhei para ela sem entender por alguns segundos. Então:

— Ah, merda, o *capacete*.

— Exato — disse Vann.

— Isso me lembra de uma coisa — disse Diaz para mim. — Fucei dentro do capacete como você pediu, para ver se havia alguma informação útil naqueles chips processadores.

– Havia? – perguntei.

– Não – respondeu Diaz. – Não havia chips no capacete.

– Se não havia chips no capacete, então não funcionava. Era um capacete de mentira – falei.

– Este seria o meu chute, sim – disse Diaz.

Virei para Vann.

– Sério, o que está acontecendo aqui, caramba? – perguntei.

– Como assim? – perguntou Vann.

– Digo, o que está acontecendo nesse caso? Temos dois integradores, um deles não deveria ser um integrador, e um capacete falso. Não faz o menor sentido.

Vann virou-se para Diaz.

– Impressões digitais no capacete?

– Sim – disse ele. – Casam com as de Sani, não com as de Bell.

– Então Sani trouxe o capacete para a festa, não Bell – disse Vann e olhou para mim. – O que isso sugere?

– Talvez que Bell não soubesse que Sani era um integrador – respondi. – E que Sani também não queria que ele soubesse.

– Certo – disse Vann.

– Tudo bem, mas agora, por quê? – perguntei. – Por que era útil para Sani convencer Bell de que era apenas um turista? Sem o capacete, nem isso ele poderia ser. A menos que haja alguma habilidade integrador-integrador que eu desconheça.

– Não – comentou Vann. – Há uma espécie de *loop* de realimentação neural que acontece quando você tenta botar um integrador na cabeça de outro. É possível fritar o cérebro de uma pessoa assim.

– Como no filme *Scanners*? – perguntei.

– Como o quê?

– Um filme antigo. Sobre paranormais. Eles podiam fazer a cabeça explodir.

Vann sorriu.

– Nada tão drástico exteriormente. Mas interiormente não deve ser agradável. De qualquer forma, isso fica bloqueado no nível da rede.

– Então não pode ter sido isso – falei. – Além disso, a coisa toda do suicídio…

Vann ficou quieta novamente. E depois:

– Que horas são no Arizona?

– Estão duas horas atrasados em relação a nós, então são 8h30 – respondi. – Talvez. O Arizona tem um fuso horário esquisito.

– Você precisa ir até lá hoje e falar com algumas pessoas – disse Vann.

– Eu?

– É, você – respondeu Vann. – Você pode chegar lá em dez segundos de graça.

– Há um pequeno porém: eu não terei corpo – comentei.

– Você não é a única pessoa no FBI com Haden – disse Vann. – A agência mantém C3 reservas nos principais escritórios. Phoenix terá um para você. Não será *sofisticado* – ela apontou para o meu C3 –, mas vai servir.

– Os navajos vão cooperar conosco? – perguntei.

– Se informarmos que estamos tentando desvendar a morte de um deles, talvez cooperem – disse Vann. – Tenho um amigo na central de Phoenix. Vou ver se pode facilitar as coisas. Vamos botar você lá por volta das dez, horário deles.

– Não posso simplesmente telefonar? – perguntei.

– Você precisa dizer aos familiares que seu filho ou pai está morto e, depois, fazer umas perguntas pessoais – disse Vann. – É, não, você não pode simplesmente ligar.

– Será minha primeira viagem ao Arizona – comentei.

– Espero que goste de calor – disse Vann.

* * *

Às 10h05 eu estava no escritório do FBI em Phoenix, olhando para um homem careca.

— Agente Beresford? — perguntei.

— Caramba, que sinistro — disse o homem. — Esse C3 estava no canto há três anos sem se mexer e, de repente, ele levanta. É como uma estátua criando vida.

— Surpresa! — brinquei.

— Digo, estávamos usando-o como cabide para chapéu.

— Desculpe privar vocês de uma mobília de escritório.

— É apenas por um dia. Shane, certo?

— Isso mesmo.

— Tom Beresford. — Ele estendeu a mão. Eu a apertei. — Não se importa se eu disser que nunca perdoei seu pai por esmagar os Suns nas quartas.

— Ah, não — falei. Estava falando sobre o segundo título da NBA que meu pai conquistou. — Se for algum alívio, ele sempre disse que a temporada foi mais apertada do que pareceu.

— Bondade dele mentir desse jeito — disse Beresford. — Vamos, vou levar você para conhecer Klah.

Comecei a caminhar e parei.

— Meu Deus — falei, e comecei a chacoalhar minha perna.

— Alguma coisa errada? — Beresford parou e me esperou.

— Você não estava brincando quando disse que essa coisa não se mexia — falei. — Acho que alguma coisa enferrujou nesse C3.

— Posso conseguir uma lata de WD-40, se quiser.

— Ótimo. Só me dê um segundo. — Acionei o sistema de diagnóstico do C3 para descobrir o que estava acontecendo. — Ótimo, é um Metro Courier.

– É um problema? – perguntou Beresford.

– O Metro Courier é um dos piores C3.

– Podemos tentar alugar um C3, se quiser – disse Beresford. – Talvez a *Enterprise* tenha algum no aeroporto. Só que vai demorar uma eternidade, e você vai passar o dia preenchendo formulários de requisição.

– Vai ficar tudo bem – eu disse. O diagnóstico mostrou que não havia nada de errado com o C3, o que podia querer dizer que havia algo errado com o diagnóstico. – Vou superar.

– Então, vamos lá. – Beresfold voltou a andar. Eu segui, mancando.

– Agente Chris Shane, esse é o policial Klah Redhouse – disse Beresford assim que chegamos ao saguão, apresentando-me para um jovem de uniforme. – Klah estudou com meu filho na Universidade do Norte do Arizona. Por acaso, estava em Phoenix resolvendo negócios da tribo, então você deu sorte. Se não estivesse, seria uma caminhada de 450 quilômetros até Window Rock.

– Policial Redhouse – falei e estendi a mão.

Ele pegou minha mão e sorriu.

– Não conheço muitos hadens – ele disse. – Nunca conheci nenhum haden que fosse agente do FBI.

– Sempre tem uma primeira vez para tudo.

– Você está mancando – ele comentou.

– Acidente na infância – respondi. Em seguida, depois de um segundo: – Era uma piada.

– Entendi – ele falou. – Venha. Estou estacionado bem aqui na frente.

– Já vou – falei e, em seguida, virei para Beresford. – Há uma possibilidade de que eu precise desse C3 por um tempo.

– Estava só pegando poeira aqui conosco – disse Beresford.

– Então não vai ser problema se eu o mantiver um tempo em Window Rock? – perguntei.

— Vai depender do pessoal lá daqueles lados — respondeu Beresford. — Nossa política oficial é de acatar a soberania deles. Então, se eles quiserem que você vá embora quando terminar, vá para o nosso escritório em Flagstaff. Vou avisar lá que talvez você apareça. Ou vá para um hotel. Talvez alguém alugue para você um armário de vassouras e uma tomada.

— Tem algum problema? — perguntei. — Não sou muito familiarizado com as relações entre o FBI e os navajos.

— No momento, não temos nenhum problema. Cooperamos com eles bastante nos últimos tempos, e Klah vai levar você até lá, ou seja, eles não vão implicar com você. Tirando isso, quem sabe? O governo dos Estados Unidos deu aos navajos e a várias outras nações norte-americanas muito mais autonomia umas décadas atrás, quando reduziu o Departamento de Assuntos Indígenas e o Serviço de Saúde Indígena. Mas isso também nos deu uma desculpa para ignorar tanto eles como os problemas deles.

— Ah — respondi.

— Ora, Shane, talvez você sinta compaixão — disse Beresford. — O governo acabou de fechar as torneiras para os hadens, não foi? Talvez seja algo que vocês tenham em comum com os navajos.

— Não sei bem se quero sair por aí fazendo essa comparação — comentei.

— Provável que seja melhor assim — disse Beresford. — Os navajos têm uma vantagem de 250 anos na categoria "fodidos pelo governo dos Estados Unidos". Talvez não gostem de você pegando carona assim. Mas talvez entenda por que alguns deles podem não gostar muito de você aparecendo por lá, fazendo perguntas. Então, tenha educação, respeito e dê o fora se disserem para sair.

— Entendido.

— Ótimo — disse Beresford. — Agora, pode ir. Klah é gente boa. Não o deixe esperando.

DEZ

A viagem até Window Rock levou quatro horas e meia, com Redhouse e eu passando o tempo com conversas inócuas seguidas por longos períodos de silêncio. Redhouse parecia gostar das minhas histórias sobre viajar o mundo com meu pai e observou que suas viagens foram muito menos extensas.

– Estive nos quatro estados em que a nação navajo se instalou – ele disse. – E a maior parte do tempo que passei longe foi quando fiz faculdade em Flagstaff. Tirando isso, não estive em outro lugar, senão aqui.

– Já quis ir para outro lugar? – perguntei.

– Claro – ele respondeu. – Quando você é criança, tudo que quer fazer é estar em outro lugar.

– Pode ter certeza de que é um sentimento universal – comentei.

– Eu sei – disse e sorriu. – E agora não ligo muito. Gosto mais da minha família agora, que estou mais velho. Tenho uma noiva. Tenho um emprego.

– Sempre quis ser policial? – perguntei.

– Não – respondeu, sorrindo de novo. – Fui para a faculdade de ciências da computação.

– Que mudança brusca – eu disse.

– Pouco antes de eu ir para a faculdade, o Conselho decidiu investir em uma central imensa de servidores perto de Window Rock – disse Redhouse. – Serviria às necessidades dos navajos e de outras nações, e também seria usado pelos governos estatais nas proximidades e mesmo para o governo federal para processamento e armazenamento de dados não confidenciais. Abastecido à energia solar e zero emissão de carbono. Empregaria centenas de navajos e traria milhões de dólares a Window Rock. Então, quando fui para a faculdade, estudei computação para poder ter um emprego. O site de notícias de Flagstaff chegou até a publicar uma história sobre mim e alguns de meus colegas de sala na Universidade do Norte do Arizona. Chamaram a gente de "Os navajos do silício", o que não gostei muito.

– Então, o que aconteceu?

– Construímos a central e, então, nenhum dos contratos estaduais ou federais foi cumprido – disse Redhouse. – Falaram de cortes orçamentários, reorganizações e mudanças nas agendas, e de novos governadores e presidentes chegando. Agora temos uma central de ponta que opera a 3% da capacidade. Não precisa de muita gente para operar com 3%. Então fui para a academia de polícia e virei policial.

– Sinto muito pela mudança.

– Não é tão ruim – admitiu Redhouse. – Tinha familiares que foram policiais antes de mim, então pude dizer que era tradição. E estou fazendo uma coisa boa, isso ajuda. Mas, se eu soubesse que minha faculdade seria inútil, talvez não tivesse me inscrito para tantas aulas às oito da manhã. E você sempre quis ser agente do FBI?

– Eu queria ser como um agente CSI – eu falei. – O problema é que minha graduação é em língua inglesa.

– Ops – disse Redhouse. – Vamos passar pela central de servidores. Vai poder dar uma olhada no potencial desperdiçado.

Uma hora depois, bem ao sul de Window Rock, passamos por um prédio grande e sem atrativos cercado nos três lados por painéis solares.

– Acho que é ali – falei.

– É sim – Redhouse confirmou. – A única coisa positiva sobre o lugar é que, como não precisamos de toda a capacidade solar que instalamos, vendemos energia para o Arizona e o Novo México.

– Ao menos vocês lucram de alguma forma.

– Eu não chamaria de lucro – disse Redhouse. – Significa apenas que a operação da central de servidores drena nossos recursos mais lentamente do que seria normal. Minha mãe trabalha para o Conselho. Ela diz que vão dar no máximo mais alguns anos para a central.

– O que vão fazer com o prédio? – perguntei.

– Boa pergunta, não é, agente Shane? – disse Redhouse. Ele arrumou o corpo, apertou um botão no console e assumiu o controle manual da viatura. – Agora, vamos dar uma passada na delegacia e, em seguida, podemos levar você para ver a família de John Sani. Meu capitão provavelmente vai querer que um policial o acompanhe. Tem algum problema?

– Acho que não.

– Ótimo – disse Redhouse.

– Vai ser você o policial? – perguntei.

Redhouse sorriu mais uma vez.

– Provavelmente.

* * *

A família de Sani vivia em uma casa móvel bem-cuidada, erguida em um terreno que seria muito menos charmoso sem ela, nas proximidades de Sawmill. A família consistia em uma avó e uma irmã. As duas estavam sentadas em um sofá olhando para mim, atordoadas.

– Por que ele se mataria? – a irmã, Janis, me perguntou.

– Não sei – respondi. – Esperava que vocês pudessem me dizer.

– Como ele fez isso? – perguntou a avó, May.

– *Shimasani*, você não quer saber isso, quer? – perguntou Janis.

– Quero – May respondeu com vigor.

Olhei para Redhouse, que estava em pé ao lado da cadeira em que eu estava sentado, segurando o copo de chá que haviam lhe oferecido. Ofereceram para mim também. O copo estava na mesa à minha frente, entre mim e as parentes de Sani.

Redhouse assentiu.

– Cortou a própria garganta – eu disse.

May me olhou com ódio, mas não disse nada. Janis segurou a avó e olhou na minha direção, inexpressiva. Esperei por alguns minutos e voltei a falar.

– Nossos registros mostram – falei e, em seguida, parei. – Bem, na verdade, não temos nenhum registro de John.

– Johnny – disse Janis.

– Desculpe. Johnny. Todos os registros que temos de Johnny vêm daqui. Da nação navajo. Então, nossa primeira pergunta é: por quê?

– Até o ano passado, Johnny nunca tinha saído daqui – respondeu Janis.

– Tudo bem. Mas por quê?

– Johnny era lento – disse Janis. – Fizemos um exame nele quando tinha 13 anos. O teste de QI deu 79 ou 80. Johnny conseguia descobrir as coisas se trabalhasse nelas, mas levava um bom tempo. Nós o deixamos na escola enquanto conseguimos para que ele pudesse ter amigos, mas ele não era capaz de acompanhar. Parou de ir, e paramos de fazer ele ir.

– Nem sempre foi assim – disse May. – Era um bebê esperto. Um garotinho esperto. Com 5 anos, ficou doente. Depois disso, nunca mais foi o mesmo.

– Foi Haden? – perguntei.

– Não! – disse May. – Ele não era aleijado. – Ela parou e considerou o que havia dito. – Desculpe.

Ergui a mão.

– Não tem problema nenhum – falei. – Às vezes, as pessoas ficam doentes com Haden, mas não ficam encarceradas. Mas a doença ainda pode causar danos. Quando a senhora diz que ele ficou doente, ele teve febre? E em seguida meningite?

– O cérebro dele inchou – respondeu May.

– Isso é meningite – comentei. – Fizemos um raio-X do cérebro dele após a morte e vimos que a estrutura cerebral era semelhante ao quadro da Haden. Mas descobrimos outra coisa. Encontramos uma coisa chamada rede neural, também dentro da cabeça dele.

Janis olhou para Redhouse.

– É como uma máquina na cabeça, Janis – ele disse. – Fazia com que ele mandasse e recebesse informações.

– Eu tenho uma na minha cabeça, lá em casa – eu falei, tocando a minha cabeça. – Permite que eu controle essa máquina aqui, assim posso estar nessa sala com vocês.

Janis e May pareciam confusas.

– Johnny não tinha nada disso na cabeça – disse May, por fim.

– Desculpe perguntar, mas a senhora tem absoluta certeza? – perguntei. – Uma rede neural não é algo que se coloca por acidente na cabeça de alguém. Está lá para mandar ou receber sinais cerebrais.

– Ele morou comigo a vida toda – disse May. – Morou aqui

com sua mãe e Janis, e quando a mãe dele morreu, eu cuidei dele. Não tem como isso ter acontecido com ele aqui.

– Então, talvez tenha sido colocado depois que ele foi embora – disse Redhouse.

– Por falar nisso – falei –, por que Johnny decidiu ir embora daqui se nunca tinha ido a lugar nenhum durante a vida toda?

– Conseguiu um trabalho – disse Janis.

– Que tipo de trabalho? – perguntei.

– Ele disse que era assistente executivo – respondeu Janis.

– De quem?

– Não sei.

– Johnny tinha um amigo que o levava para aquele prédio de computadores em Window Rock – disse May. – Ele tinha ouvido que haviam aberto uma vaga de faxineiro, e isso era algo que ele podia fazer. Queria poder me ajudar. Ele foi lá e perguntou sobre o trabalho, e no dia seguinte pediram para ele ir lá de novo. Quando voltou para casa naquela noite, ele me deu mil dólares e me disse que era metade do primeiro contracheque do novo trabalho.

– Um cargo de faxineiro – disse Redhouse.

– Não, o outro – disse May. – Ele disse que quando chegou lá perguntaram para ele se gostaria de um trabalho diferente que pagaria melhor e no qual ele viajaria. Tudo que tinha que fazer era ajudar o chefe a fazer as coisas. Ele disse que era como ser um mordomo.

– Então, ele foi embora – eu disse. – E depois?

– Toda semana eu recebia uma ordem de pagamento de Johnny, e ele ligava às vezes – respondeu May. – Ele me disse para me mudar para algum lugar bonito e comprar coisas novas, então eu me mudei para cá. Daí, poucos meses atrás, ele parou de ligar, mas as ordens de pagamento continuavam chegando, então não me preocupei muito.

– Quando chegou a última ordem de pagamento?

– Dois dias atrás – disse Janis. – Eu pego a correspondência para a minha avó.

– Se importam se dermos uma olhada nela? – perguntei.

– Agente Shane não vai levá-la como prova – disse Redhouse. – Mas talvez tenha algo nela que seja importante.

Janis se levantou para buscar a ordem de pagamento.

– Johnny nunca comentou nada sobre para quem ele trabalhava? – perguntei a May.

– Ele dizia que o chefe gostava de ficar na moita – disse May. – Eu não queria que Johnny perdesse o trabalho, então nunca perguntei mais que isso.

– Ele gostava do trabalho? – questionei. Nesse momento, Janis veio até mim com a ordem de pagamento. Escaneei rápido dos dois lados, devolvi para ela e agradeci.

– Ele parecia gostar – disse May. – Nunca falou nada de ruim a respeito.

– Estava empolgado para viajar – disse Janis, sentando-se novamente. – Nas primeiras vezes, ele ligou para dizer que estava na Califórnia e em Washington.

– O estado ou o distrito? – perguntou Redhouse.

– O distrito – disse Janis. – Acho.

– Por outro lado, ele dizia que o chefe não gostava que ele falasse onde estava, então não falou mais.

– Na última vez que ele ligou, não disse nada de estranho ou contou nada diferente? – perguntei.

– Não – respondeu May. – Ele disse que não estava se sentindo bem... não. Disse que estava preocupado com alguma coisa.

– Preocupado com o quê? – eu quis saber.

– Com um teste? – May arriscou. – Algo que ele precisava fazer o deixou nervoso. Não lembro.

– Tudo bem – eu disse.

– Quando vamos tê-lo aqui? – perguntou Janis. – Digo, quando o corpo dele volta para casa?

– Não sei – respondi. – Posso verificar.

– Ele precisa ser enterrado aqui – disse May.

– Vou ver o que posso fazer. Prometo.

May e Janis olharam para mim, inexpressivas.

– Elas aceitaram bem a perda – comentei depois que Redhouse e eu saímos da casa e fomos até o carro.

– Alguns de nós tentam não mostrar muita emoção em relação à morte – disse Redhouse. – O pensamento por trás disso é que, se você ficar falando muito nisso, pode impedir que um espírito siga seu caminho.

– Você acredita nisso? – perguntei.

– Não importa se eu acredito ou não – disse Redhouse.

– Tem razão.

– Algo sobre a ordem de pagamento?

– Número de série e informações de transferência – respondi. – Você quer?

– Não me importaria de receber – comentou Redhouse. – Não sei se o FBI ficaria feliz com você por compartilhar informações.

– Acho que minha parceira me diria que compartilhar com a polícia local é a coisa mais educada a se fazer, a menos que você odeie aquele policial.

– Tem uma parceira interessante.

– Tenho mesmo – falei, entrando no carro. – Vamos até a central de servidores.

* * *

– Johnny Sani – disse Loren Begay. Era o chefe de RH da Central Computacional de Window Rock, e também o chefe de vários outros departamentos, inclusive de vendas e limpeza. A equipe na CCWR era mesmo escassa, como Redhouse havia avisado. – Fomos colegas de escola. Por um tempo.

– Estou aqui por um fato um pouco mais recente que isso – comentei. – A família disse que ele se candidatou para um trabalho aqui no ano passado. Certo?

– Certo – disse Begay. – Eu tive de demitir um faxineiro por dormir no trabalho. Precisava de alguém que pudesse assumir o turno da noite. Ele se candidatou. Ele e mais sessenta pessoas. Dei o trabalho para a irmã de outro faxineiro.

– A família de Johnny Sani diz que vocês o chamaram de volta, e foi quando ele recebeu uma proposta para um trabalho diferente – disse Redhouse.

– Eu nunca o chamei de volta – disse Begay.

– Não? – perguntei.

– Por que eu o chamaria de volta? – perguntou Begay. – O homem é mais lerdo que sei lá o quê. Mal conseguiu preencher o formulário de candidatura.

– Não precisa de muita formação para usar uma vassoura – disse Redhouse.

– Não, mas quero alguém com cabeça o bastante para não tocar em nenhum botão que não deve – disse Begay. – Este lugar não funciona em sua capacidade total, mas ainda temos clientes.

– Quem são seus clientes, sr. Begay? – perguntei.

Begay olhou para Redhouse.

– Tudo bem – disse Redhouse.

Begay não parecia convencido de que estava tudo bem, mas falou mesmo assim.

– Todos os departamentos governamentais da nação estão aqui, mais alguns outros das nações ao redor do país. Também conseguimos alguns clientes particulares, a maioria empresas da região ou que fazem negócios na região. A maior delas era a Medichord.

– O que é Medichord? – perguntei.

– Uma empresa de serviços médicos – disse Begay. – Contratados para realizar os serviços médicos da nação. Já faz seis, sete anos.

– Lembro quando chegaram – disse Redhouse. – Prometeram treinar e promover o pessoal médico navajo em troca de um contrato de exclusividade.

– E cumpriram a promessa? – perguntei. Redhouse deu de ombros.

– São informações médicas de economia mista e confidenciais, então a Medichord mantém todos os dados dos navajos aqui em vez de conectá-los ao restante de sua rede – disse Begay.

– Ninguém mais usa esta central para fazer pesquisas profissionais? – perguntei.

– Gostaria que sim – disse Begay. – Temos espaço de escritório e poderíamos fazer uso do serviço. Mas não.

– Alguma empresa particular envia representantes ou caras de TI para cá?

– As empresas que temos, se tivessem um departamento de TI, provavelmente não precisariam tanto de nós – disse Begay. – Mas, de qualquer forma, eles não precisam vir aqui. Podem acessar servidores e dados remotamente com um software padrão. O que fazemos é hospedar e servir de backup se, por algum motivo, o povo de TI que eles têm fizer alguma coisa idiota. O que acontece.

– Algum hacker pode invadir este lugar? – perguntei.

– Eu deveria dizer não, mas você é haden, então acho que você entende um pouco sobre esse tipo de coisa – disse Begay. – Então, vou dizer que, se algo está ligado ao mundo lá fora, é "hackeável". Dito isso, todos os dados da nação ficam em servidores que são acessíveis apenas a partir de computadores da nação que têm chips de localização, exigem autenticação de duplo fator, ou os dois.

– E isso inclui essa tal Medichord – comentei.

– Sim – confirmou Begay. – Por que está perguntando sobre Johnny Sani?

– Ele morreu – respondi.

– Que pena – disse Begay. – Era um cara legal.

– Pensei que tinha dito que ele era lento.

– Ele era lento – repetiu Begay. – Não significa que não era legal.

– A merda está fedendo cada vez mais, não é? – Vann me perguntou. Eram sete e meia da noite no D.C. e, pelo som ambiente, pude dizer que ela estava de novo em um bar, possivelmente retomando sua jornada da noite anterior em busca de alguém para ir para a cama. Eu estava no Departamento de Polícia de Window Rock, em uma mesa sobressalente, usando minha voz interna.

– Temos duas escolhas neste ponto – eu disse. – Ou acreditamos que um cara que não conseguiu arranjar um emprego de faxineiro, apenas para mexer um esfregão, também é um integrador safo que de alguma forma atraiu Nicholas Bell para aquele quarto de hotel sob a desculpa de que era um turista buscando emoções fortes, ou acreditamos que alguém enganou esse pobre diabo para se afastar de casa, implantou uma rede neural na cabeça do homem e, então, o convenceu a entrar em seu plano, qualquer que fosse esse plano, que de alguma forma envolvia Bell.

– E, em seguida, cometer suicídio – disse Vann. – Não se esqueça disso.

– Como posso esquecer? Falei com a família do cara hoje.

– Uma notícia boa: consegui que um juiz desse permissão para puxarmos os registros de Bell e Kearney – disse Vann.

– E?

– Bell não nos disse nada que não soubéssemos – ela falou. – Ele apenas assinou um contrato de longo prazo com Lucas Hubbard, justamente *hoje*. Também é a primeira opção para um monte de hadens abonados quando não estão trabalhando com Hubbard. E trabalha por empreitada para o INS, como todos os outros integradores. Bem, até a próxima segunda-feira, quando a Abrams-Kettering vai matar *esse* programinha.

– E Kearney? – perguntei.

– Também tinha um contrato de longo prazo – respondeu Vann. – E, por acaso, o dele é com um Samuel Schwartz, diretor jurídico da Catalisadora.

– Isso explica a noite passada – comentei.

– Não entendi – disse Vann.

– Hubbard e Schwartz estavam na reuniãozinha do meu pai na noite passada – expliquei. – Hubbard estava integrando Bell, mas Schwartz estava integrado com uma mulher. Disse que seu integrador de costume tinha um compromisso.

– É, explodir a Loudoun Pharma – disse Vann. – Quem era a integradora?

– Não sei. Você sabe que não é educado perguntar.

– Repasse as listagens de integradores no D.C. – pediu Vann. – Você vai encontrá-la.

– Então, Bell com Hubbard e Kearney com Schwartz – eu disse.

– O que tem?

– Não parece um pouco coincidência demais? – perguntei.

– Que dois integradores envolvidos em merdas muito esquisitas no mesmo dia trabalhem para as duas pessoas mais poderosas da mesma corporação?

– Exato.

— Honestamente? Sim. Mas aqui há um porém. Existem 10 mil integradores trabalhando no mundo inteiro. Talvez 2 mil deles nos Estados Unidos. Então não há muitos deles para se usar. D.C. talvez tenha uns vinte na área. Enquanto isso, provavelmente há uns 100 mil hadens na região, porque os hadens se reúnem em locais urbanizados onde há estrutura. Um integrador para 5 mil hadens. Você vai ver muitas coincidências nesse caso.

— Talvez.

— Com certeza — disse Vann. — Se quiser começar a fazer conexões, vamos precisar de mais para avançar.

— Tudo bem, mais um dado para lançar — falei. — Medichord.

— O que tem ela?

— Empresa de serviços e cuidados médicos — respondi. — Tem contratos aqui na nação navajo.

— Tudo bem — disse Vann. — E daí?

— A Medichord é parte da Blue Cross da quádrupla fronteira do Oeste — respondi. — Adivinhe quem é dona da Blue Cross nesses estados.

— Se me disser Catalisadora, vai me deixar bem chateada — disse Vann.

— Pegue outra bebida — sugeri.

— Estou me controlando — disse Vann. — Quero poder sentir o corpo mais tarde.

— Muita coisa volta a Hubbard, Schwartz e a Catalisadora — comentei. — Temos muitos encontros para ser coincidência. Digo, caramba, Schwartz é advogado de Bell!

— Tudo bem, mas me deixe dizer uma coisa: se você for sugerir que Schwartz foi de alguma forma cúmplice na explosão da Loudoun Pharma, vai precisar de mais que um contrato de integrador. E está se esquecendo de que, quando as bombas explodiram,

Schwartz estava em uma festa com um dos homens mais famosos da face da Terra e uma pessoa que é agente do FBI que, se for arrastada para a frente de um juiz, terá de admitir tê-lo visto lá. *Você é o álibi dele, Shane.*

– Tem isso.

– Além do mais, Baer era mesmo cliente de Kearney. Ele o contratou três vezes nos últimos dois anos. É prova de relacionamento anterior.

– Nem todas as minhas teorias vão ser certeiras – eu falei.

– Pare de pensar por hoje – disse Vann. – Você já fez o bastante. Quando volta?

– Estou quase terminando aqui – falei. – A polícia de Window Rock deixou que eu estacionasse meu C3 emprestado aqui por alguns dias, caso eu precise voltar. Assim que as coisas se ajeitarem, pensei que talvez eu pudesse tentar visitar aquele lugar onde estou alugando um quarto.

– Ideia maluca – disse Vann. – Vá lá. Boa noite, Shane.

– Espere – eu disse.

– Falar com você está atrapalhando as festividades noturnas que planejo – disse Vann.

– Johnny Sani.

– Que tem ele?

– A família quer o corpo de volta.

– Quando terminarmos de usar ele, podem ficar à vontade. O FBI vai conversar com eles para que possam providenciar alguém para buscar o corpo.

– Não acho que a avó e a irmã vão ter esse dinheiro – comentei.

– Não sei o que dizer quanto a isso, Shane – disse Vann.

– Tudo bem. Vou avisá-las. – Desliguei e voltei para minha voz externa. – Estou quase terminando aqui – disse para Redhouse.

— Ninguém está usando a mesa — ele falou, apontando para onde eu estava. — Se quiser se conectar aí, tem uma tomada no chão. O capitão pediu que você avisasse antes de passar por aqui, mas, tirando isso, pode ficar por alguns dias.

— Agradeço.

— Falou com eles sobre o corpo de Sani? — perguntou Redhouse.

— Falei — respondi. — Quando terminarmos o trabalho com o corpo, vou lhe dar o contato em D.C. para o traslado.

— Não vai ser barato.

— Quando descobrirem quanto, me informe. Vou cuidar disso.

— O que digo para eles se perguntarem quem está cuidando disso? — perguntou Redhouse.

— Diga que é uma contribuição amiga e anônima.

ONZE

Eu estava na esquina da avenida Pensilvânia com a 6ª avenida, saindo da estação de metrô Eastern Market, quando os ouvi na praça Seward: um monte de jovens, provavelmente bêbados e quase certamente estúpidos zurrando uns com os outros sobre algo.

Aquele fato em si não me interessava. Jovens idiotas e bêbados são um adorno de qualquer paisagem urbana, especialmente durante a noite. O que chamou minha atenção foi a voz que ouvi em seguida, que era de uma mulher que não parecia especialmente feliz. O cálculo de tantos jovens bêbados e uma única mulher não me batia muito bem. Então continuei pela avenida Pensilvânia até a praça Seward.

Encontrei o grupo onde uma pequena passagem cortava a grama entre a Pensilvânia e a 5ª avenida. Havia quatro caras que resolveram cercar alguém, que imaginei ser a mulher em questão. Quando cheguei mais perto, vi que a mulher também era haden.

Aquilo mudou um pouco a dinâmica do que estava acontecendo. Também significava que aqueles caras estavam mais bêbados ou eram mais estúpidos do que eu havia pensado antes. Ou uma combinação das duas coisas.

A mulher no centro do círculo de caras estava tentando abrir caminho com o ombro. Quando o fazia, os quatro se moviam para refazer o círculo ao redor dela. Não estava muito claro o que planejavam fazer, mas também estava claro que não pretendiam deixá-la em paz.

A mulher se moveu de novo, e os quatro homens repetiram o movimento, e aquela foi a primeira vez que vi o bastão de alumínio que estavam carregando.

Bem, aquilo não era nada bom.

Então, fui até lá, fazendo o máximo de ruído possível com o C3.

Um dos homens viu o movimento e chamou a atenção dos outros. Em um minuto, os quatro estavam olhando para mim, a mulher ainda no centro do círculo. O que estava com o bastão o balançava levemente na mão.

– Ei – eu falei. – Praticando softbol a essa hora da noite?

– É melhor você continuar andando – um deles disse para mim. Ficou claro que aquilo era para ser ameaçador, mas ele estava tão bêbado que saiu uma versão embriagada de ameaça, o que não é nada assustador.

– É melhor eu dar uma olhada na sua amiga aí – falei e apontei para a haden no meio do grupo. – Está tudo bem? – perguntei para ela.

– Não muito – ela respondeu.

– Tudo bem – falei, olhando para cada um dos homens individualmente, usando aquele segundo para fazer a leitura facial e enviar ao banco de dados do FBI para identificação. – Então tenho uma ideia. Por que não deixam ela ir embora, e vocês todos e eu podemos ter uma conversa sobre qualquer coisa que vocês queiram. Vai ser divertido. Vou até pagar uma rodada para vocês. – *Porque o que vocês precisam é de outra bebida*, pensei, mas não disse. Estava tentando fazer tudo aquilo com tranquilidade e fingir gentileza. Tinha certeza de que não iria funcionar, mas valia a pena tentar.

Não funcionou.

– Que tal você ir se foder, geringonça dos infernos – disse outro deles. Estava tão bêbado quanto o primeiro, então a frase saiu com a mesma fúria ineficaz da primeira ameaça.

Então, decidi por uma abordagem de motivação menos convencional.

– Terry Olson – eu disse.

– Quê? – perguntou o cara.

– Seu nome é Terry Olson – disse e apontei para o próximo. – Bernie Clay. Wayne Glover. E Daniel Lynch. – Apontei para aquele que estava segurando o bastão. – Embora eu aposte vinte pratas que você atende por Danny. E seu sobrenome, por ironia, lembra a situação aqui.

– Como você sabe quem... – começou Olson.

– Cala a boca, Terry – interrompeu Lynch, inadvertidamente confirmando a identidade de pelo menos um dos quatro. Esses caras eram gênios, não?

– Ele tem razão, Terry – eu disse. – Vocês *têm* o direito de permanecer em silêncio. E é provável que queiram ficar. Mas, para responder a sua pergunta, eu sei quem vocês são porque acabei de fazer uma leitura facial dos quatro, e suas informações apareceram na mesma hora no banco de dados em que me conectei. É o banco de dados do FBI. Me conectei porque sou agente do FBI. Meu nome é agente Chris Shane.

– Balela – disse Lynch.

Eu o ignorei.

— Tentei ser legal com vocês, mas vocês não quiseram que fosse assim. Então, por que não tentamos de outro jeito. Enquanto estamos aqui tendo essa conversinha, já alertei a polícia metropolitana. A delegacia fica a duas quadras daqui; acredito que vocês não sabiam disso, senão não teriam sido estúpidos a ponto de encurralar alguém aqui. Então, vocês vão deixar que ela – apontei para a mulher – venha até aqui e fique do meu lado, e depois cada um vai para sua casa. Porque, se ainda estiverem aqui quando os policiais aparecerem, pelo menos um de vocês estará em problemas por beber sendo menor de idade, *Bernie*, e pelo menos um de vocês já é fichado por agressão, *Danny*. Os policiais têm uma opinião bem ruim sobre essas coisas.

Três dos quatro olharam para mim, inseguros. Pude ver que o quarto, Lynch, estava calculando suas possibilidades.

— Imagino que ao menos um de vocês esteja pensando que não vai se meter numa enrascada *tão grande* se atacar um C3 – comentei. – Então é o momento de lembrar que a lei do D.C. trata crimes contra C3 da mesma forma que crimes contra corpos humanos. Então *todos* vocês serão fichados por agressão. E, como está muito claro para mim que vocês escolheram essa pessoa porque ela é haden, vocês terão uma acusação de crime de ódio para acompanhar. Então, deveriam parar pra pensar nisso. Enquanto estão pensando, devo mencionar que já gravei o evento inteiro desde o minuto em que me aproximei e que essa gravação já está nos servidores do FBI. Até agora, tudo que tenho são quatro moleques bêbados e idiotas. Vamos evitar que essa situação mude.

Terry Olson e Bernie Clay abriram caminho. A mulher começou a andar na minha direção. Quando se afastou dos homens, Lynch soltou um grunhido e puxou o bastão para dar um golpe na cabeça da haden.

Foi quando dei um choque nele, pois estava com minha arma paralisante do trabalho escondida nas costas o tempo todo e já tinha Lynch na mira. Tudo que eu realmente precisei fazer foi atirar quando minha retícula interior ficou vermelha. Eu o fixei como um dos indivíduos "não muito cientes das consequências a longo prazo" assim que me aproximei, pois havia apenas um idiota presente com um bastão. Ele acabou provando que eu tinha razão. Os outros eram apenas cúmplices bêbados.

Lynch ficou rijo e caiu no chão, convulsionando e vomitando. Os outros três homens partiram em disparada. A mulher ajoelhou ao lado dele, verificando como estava.

– O que está fazendo? – perguntei, chegando perto dos dois.

– Estou vendo se não vai aspirar o próprio vômito – respondeu ela.

– E você por acaso é médica?

– Na verdade, sou – ela disse.

– Pode fazer isso enquanto eu o algemo? – perguntei, e ela assentiu. Assim, eu algemei o cara.

– Ótimo – falei e me levantei. – Agora, eu *realmente* tenho que chamar a polícia.

Ela olhou para mim.

– Já não tinha chamado?

– Estava puxando as informações do banco de dados e botando esse babaca na mira – respondi. – Eram muitas coisas para fazer ao mesmo tempo. Por que não chamou, se posso perguntar?

– Pareciam apenas bêbados inofensivos – ela respondeu. – Vieram atrás de mim, e eu não liguei para eles até começarem a falar comigo. Não percebi que eram um problema até *esse* babaca começar a me perguntar qual distância eu achava que minha cabeça voaria se ele batesse com um bastão nela.

– Me fala que você gravou ao menos essa parte.

– Gravei – confirmou. – E disse para ele que gravei. Ele só riu.

– Não acho que o sr. Lynch aqui tenha muito cérebro. Ou isso, ou ele imaginou que, depois de bancar o rebatedor com sua cabeça, não restaria gravação. Bem, já acabou com os exames, doutora?

– Acabei – respondeu ela. – Ele vai sobreviver. Aliás, obrigada.

– Por nada – respondi e estendi a mão. – Chris Shane.

– Eu sei quem você é – ela disse, pegando minha mão.

– Ouço muito isso.

A médica fez que não com a cabeça.

– Não é isso – disse. – Sou Tayla Givens. Sua nova colega de residência.

Tayla e eu tínhamos acabado de dar nossos depoimentos aos policiais quando percebi que alguém estava se aproximando de nós. Era a detetive Trinh.

– Detetive Trinh – falei para ela. – Que surpresa.

– Agente Shane – ela retrucou. – Teve uma noite agitada.

– Só para encerrar o dia – respondi.

– Está planejando levar esse caso para os federais também?

– Na verdade, não – respondi. – A haden neste caso mora no D.C. Então isso vai ser incumbência da polícia metropolitana.

– Inteligente de sua parte – disse Trinh.

– Está planejando se envolver? – perguntei. – Estamos no Primeiro Distrito Policial. Tive a impressão de que você trabalhava no Segundo.

– Eu trabalho no Segundo. Mas moro aqui. Estava tomando um drinque no Henry's quando o chamado chegou pelo rádio. Pensei que deveria vir até aqui e ver como você estava se saindo.

– Estou bem agora – eu disse.

– E talvez ter uma conversa com você.

– Tudo bem.

– Em particular – disse Trinh, meneando a cabeça para Tayla. Olhei para a médica.

– Quer que eu peça que te levem para casa?

– Estamos a menos de 100 metros de onde moramos – disse Tayla. – Acho que posso chegar lá sozinha.

– Tudo bem – eu disse.

– Até logo – ela se despediu e rumou para casa.

– Mora com ela? – perguntou Trinh quando Tayla se afastou.

– Minha nova colega de residência. Na verdade, é a primeira vez que a encontro.

– Um jeito interessante de conhecer uma colega de residência. Sorte dela que você estava por perto. Tivemos uma porção de espancamentos de hadens hoje.

– Por quê? – perguntei.

– A greve e a parada com os caminhoneiros no anel viário, mas tenho certeza de que você já sabia disso – disse Trinh. – Quando se passa dias dificultando a vida das pessoas, elas ficam loucas. E como tantos de vocês estão lotando a cidade para a marcha, aparentemente há muitos alvos. É temporada de caça aos C3. Tivemos cinco ataques no Segundo Distrito hoje.

– E como você se sente a respeito? – perguntei.

– Vou ficar feliz quando a marcha terminar e eu puder voltar a prender a molecada universitária por mijar na calçada.

– Hum. No que posso ajudá-la, detetive Trinh?

– Fiquei curiosa sobre o que você acha de sua nova parceira – respondeu Trinh.

– Até agora, estamos nos dando bem.

– Ouviu falar sobre a última parceira dela?

– O quê?

– Vann não contou o que aconteceu com ela?

– Entendi que houve um acidente com uma arma de fogo – falei.

– É uma maneira de ver as coisas – Trinh respondeu. – Há outras interpretações.

– Como o quê?

– Como a parceira de Vann ter decidido que atirar na própria barriga era uma opção melhor do que continuar lidando com ela.

– Parece drástico.

– Tempos de desespero geram medidas desesperadas – disse Trinh.

– Não fiquei sabendo disso – falei.

– Não, achei que não saberia. Também sabe que Vann já foi uma integradora.

– Ouvi dizer.

– Nem imagina por que não é mais?

– Eu a conheci faz dois dias – respondi. – Um dos quais passei, em grande parte, no fuso horário da costa oeste. Então não tivemos muito tempo para contar histórias de nossa vida.

– Com certeza ela sabe da sua – disse Trinh.

– Todo mundo sabe da minha. Não é muito difícil.

– Vou atualizar você dos fatos sobre ela, então – comentou Trinh. – Ela saiu porque não conseguiu aguentar. O governo gastou todo aquele dinheiro para fazer dela uma integradora, e ela acabou com fobia de pessoas usando seu corpo. Talvez você queira pedir para ela contar sobre as últimas sessões de integração. Os rumores sobre elas são bem surpreendentes.

– Também não sabia disso – confessei.

– Isso explica toda a automedicação. A menos que você não tenha achado estranho ela fumar tanto, beber e ficar de bar em bar, procurando alguém para transar.

– Isso eu percebi.

– Ela não é muito exigente nesse sentido.

– É verdade. Isso explica você, então?

Trinh sorriu para mim.

– Nunca transei com a Vann, se é o que está insinuando. Mas não tenho tanta certeza sobre ela e a ex-parceira. Não acho que isso será um problema para você.

– Você tem problema com hadens, Trinh? – perguntei. – Porque não se joga um comentário como esse último do nada.

– Acho que não me entendeu – ela disse. – Acho que é *bom* ela não ter a oportunidade de foder com você desse jeito. Mas não ficarei surpresa se ela encontrar outro jeito.

– Tudo bem – eu disse. – Olha só, Trinh, é tarde e eu tive mesmo um dia longo. Então, se você pudesse ir direto ao ponto nessa nossa conversinha, seria ótimo. Digo, além de você ter esculachado a minha parceira de todas as formas possíveis.

– A questão é que você deveria estar pensando sobre sua parceira, agente Shane – disse Trinh. – Ela é esperta, mas não tão esperta quanto acha que é. É boa, mas não tão boa quanto acha que é também. Ela fala bonito sobre o que as outras pessoas devem fazer, mas, quando chega no rabo dela, ela não sabe o que fazer. Talvez já tenha notado isso, talvez não tenha. Mas, falando como a voz da experiência nessa questão, se não notou ainda, é algo que vai perceber logo.

– Então ela é uma bomba-relógio prestes a explodir, e eu não vou querer estar por perto quando ela estourar – falei. – Direto do bingo dos clichês. Já entendi.

Trinh ergueu a mão de um jeito que mostrava uma tranquilidade entediada.

– Talvez eu esteja errada, Shane. Talvez eu seja apenas uma babaca que teve uma experiência ruim quando tive de lidar com ela. E talvez vocês se deem muito bem, e você não tenha vontade de dar um tiro na própria barriga, ou seja lá o que for. Nesse caso, ótimo. Espero que sejam felizes lado a lado. Porém, talvez eu não esteja errada. Nesse caso, fique de olho na sua parceira, Shane.

– Vou ficar.

– Tem alguma coisa muito errada acontecendo com os hadens – disse Trinh. – Aquela coisa no Watergate. E sei que você está trabalhando no que aconteceu na Loudoun Pharma. Se estão trabalhando em algo grande, a última coisa que vai precisar é dela degringolando. Se ela cair, você não vai querer que te leve junto.

– Mais clichês – falei.

Trinh aquiesceu.

– É um clichê. Certo. Por outro lado, sua fama como haden ainda é muito grande, não é? Ou pelo menos era. Ainda tem tanta fama que as pessoas chamaram você de fura-greve por aparecer no trabalho anteontem. O que vai acontecer quando se foder por causa de Vann, Shane? Como vai ser para o seu pai, o próximo senador da Virgínia?

Eu não tinha nada para responder.

– Só uma coisinha para você pensar – disse Trinh. – Aceite como quiser. Tenha uma boa noite, Shane. Espero que não tenha que salvar mais ninguém antes de chegar em casa.

E se afastou.

Havia um comitê de boas-vindas de C3 esperando por mim quando cheguei em casa. Eles jogaram confete em mim quando cruzei a porta.

– Uau – eu disse, defendendo-me dos pedacinhos de papel.

– Queríamos que você se sentisse em casa na primeira noite – disse Tony.

– Em geral, não tenho chuva de confete quando chego em casa.

– Talvez devesse ter – comentou Tony.

– Aliás, por que vocês têm confete aqui? – perguntei.

– Sobrou do ano-novo – ele respondeu. – Deixa para lá. Também queríamos agradecer por você ter intervindo no probleminha com a Tayla lá fora. Ela me contou quando chegou aqui.

– Não é a maneira habitual de se conhecer uma nova colega de residência – disse Tayla.

– Não vamos tornar isso um hábito – comentei.

– Por mim, tudo bem – Tayla disse.

– E estes são seus outros novos colegas de casa – disse Tony, apontando para os outros dois C3. – Aquele ali é o Sam...

– Oi – disse Sam, erguendo a mão.

– Olá – respondi.

– ... e aqui temos os gêmeos, Justin e Justine – disse Tony, apontando para o último C3. Estava prestes a pedir explicação quando um texto surgiu no meu campo de visão, vindo de Tony. *Tudo bem, eu explico depois*, o texto dizia.

– Olá – falei para o C3 gêmeo.

– Olá – ao menos um dos gêmeos respondeu.

– Podemos fazer alguma coisa para deixar você mais à vontade? – perguntou Tony. – Sei que teve alguns dias cheios de diversão.

– Na verdade, tudo o que quero agora é dormir um pouco – respondi. – Sei que não é muito empolgante, mas foi um dia realmente longo.

– Sem problema – disse Tony. – Seu quarto está do jeito que viu da última vez em que esteve aqui. A cadeira da escrivaninha tem um carregador de indução nela. Deve funcionar até você conseguir trazer algo melhor para cá.

– Perfeito. Então boa noite, pessoal.

– Espere – disseram os gêmeos e me entregaram um balão. – Esquecemos de lançar esse aqui quando você entrou.

– Valeu – falei, pegando o balão.

– Nós mesmos sopramos – os gêmeos acrescentaram.
Pensei nas implicações daquela declaração.
– Como? – finalmente perguntei.
– Nem queira saber – eles responderam.

DOZE

E, claro, eu não consegui dormir. Depois de três horas tentando, finalmente desisti e fui para a minha caverna.

Para os hadens, o espaço pessoal é um assunto delicado. No mundo físico, sempre houve um debate sobre o espaço de que um haden realmente precisa. Nossos corpos não se mexem, e a maioria deles está em berços clínicos especializados de maior ou menor complexidade. Um haden precisa do espaço para seu berço e para os equipamentos médicos que se ligam a ele, e, estritamente falando, é tudo de que precisamos.

Da mesma forma, para nossos C3, espaço não deveria ser um problema. Os C3 são máquinas, e máquinas não deveriam precisar de um espaço pessoal. Um carro não se importa com quantos outros carros existem na garagem. Apenas precisa de espaço para entrar e para sair. Junte esses dois fatos, e quando as pessoas começaram a pensar em projetar espaços para hadens e seus C3, todos ficaram como as quitinetes que LaTasha Robinson me mostrou: pequenos, clínicos, práticos.

Então, as pessoas começaram a perceber que os hadens desenvolveram um pico de depressão, independente das causas habituais. O motivo era óbvio se alguém tirasse um tempinho para pensar. O corpo dos hadens podia ser limitado aos berços, e os C3 podiam ser máquinas, mas, quando um haden estava dirigindo um C3, ainda era um ser humano – e a maioria dos seres humanos não fica feliz sentindo como se estivesse vivendo em um armário. Talvez os hadens não precisem de tanto espaço físico quanto as pessoas naturalmente móveis, mas ainda precisam de *algum espaço*. Por isso, essas quitinetes eram a última opção residencial para hadens.

No mundo não físico (não o mundo *virtual*, pois para um haden o mundo não físico é tão real quanto o físico), existe a Ágora, o grande ponto de encontro global de hadens. Dodgers – pessoas que não são hadens – tendem a pensar nele como uma espécie de rede social tridimensional, um jogo on-line com capacidades imensas para multijogadores no qual não há missões além de ficar por lá, batendo papo. Um dos motivos pelos quais pensam isso é porque as áreas públicas abertas a dodgers (e, sim, as chamamos de Estádios dos Dodgers) funcionam bem assim.

Explicar como a Ágora funciona para alguém que não é haden é como explicar a cor verde para alguém que é daltônico. Eles conseguem entender o conceito, mas não há maneira de apreciar a riqueza e a complexidade desse mundo, porque seus cérebros não funcionam exatamente daquela maneira. Não existe jeito de descrever nossos grandes pontos de encontro, nossos debates e jogos, ou como desenvolvemos intimidade uns com os outros, sexualmente ou de outra forma, de modo que não soe estranho ou até mesmo incômodo. É uma nova definição de "você precisa estar lá para ver".

Por tudo isso, na Ágora propriamente dita, não há nenhuma noção substancial de privacidade. Você pode fechar a Ágora por períodos, ou temporariamente criar estruturas e salas para exclusividade – pessoas ainda são pessoas, com suas turmas e grupos. Mas a Ágora foi deliberadamente construída de modo a criar uma comunidade para pessoas que estavam para sempre e inevitavelmente isoladas na própria cabeça. Foi construída como espaço aberto de propósito, e nas duas décadas desde sua criação, evoluiu para algo sem comparação direta com o mundo físico. É uma franqueza que vaza para o modo como os hadens lidam com os outros no mundo físico também. Eles deixam sua identificação visível, têm canais em comum e trocam informações de forma que faria os dodgers pensarem em promiscuidade e, possivelmente, insanidade.

Nem todos os hadens, que fique bem claro. Os hadens que eram mais velhos quando contraíram a doença estavam mais profundamente ligados ao mundo físico, onde já haviam passado quase toda a sua vida. Então, após contrair a doença, viviam em grande parte dentro dos C3 e usavam a Ágora – isso quando chegavam a usá-la – como um sistema de e-mail sofisticado.

O outro lado dessa moeda eram os hadens que contraíram a doença jovens e eram menos ligados ao mundo físico, preferindo ficar na Ágora e em seu sistema de vida a forçar sua consciência para dentro de um C3 e bater perna de lata pelo mundo físico. A maioria dos hadens existia nos dois espaços, tanto na Ágora como no mundo físico, dependendo da circunstância.

Porém, no fim das contas, nem o mundo físico tampouco a Ágora conseguiam oferecer o que a maioria dos hadens realmente precisava: um lugar onde pudessem ficar sozinhos. Não *isolados* – não o encarceramento a que a síndrome de Haden os forçava –, mas *consigo mesmos*, em um lugar de sua escolha para relaxar e pensar calmamente. Um espaço liminar entre os mundos para eles e para os poucos selecionados que escolherem deixar entrar.

O que é esse espaço liminar depende de quem você é, e também da estrutura computacional que você tem para apoiá-lo. Pode ser simples como uma casa-modelo, armazenada em um servidor compartilhado – "loteamentos" gratuitos pagos por anúncios que aparecem em molduras de quadro e desaparecem digitalmente assim que o haden sai pela porta – até mundos imensos, duradouros, que cresciam e evoluíam, enquanto os hadens muito ricos, proprietários desses mundos, residiam em palácios flutuantes que pairavam sobre suas criações.

Meu espaço liminar ficava entre esses dois tipos. Era uma caverna, grande e escura, com um teto do qual pendiam vagalumes, imitando um céu noturno. Era, na verdade, uma recriação das Cavernas Waitomo, na Nova Zelândia, se as cavernas fossem dez vezes maiores e não tivessem indícios de ser uma atração turística.

Nessa caverna, projetada sobre um rio subterrâneo com corredeiras, havia uma plataforma na qual eu ficava em pé ou me sentava em uma cadeira simples que pus lá.

Eu quase nunca deixava pessoas entrarem na minha caverna. Uma das poucas vezes que o fiz foi quando estava namorando outra pessoa com Haden na faculdade, que olhou ao redor e exclamou "Aqui é a Batcaverna!" e começou a rir. O relacionamento, já um pouco instável, desmoronou pouco depois.

Hoje em dia, eu acho que o comentário foi mais adequado do que eu gostaria de admitir. Até aquele momento, havia passado muito do meu tempo sendo uma pessoa pública cujos movimentos eram seguidos, não importava onde eu estivesse. Meu único espaço era escuro e silencioso, um lugar onde eu poderia ser um *alter ego* – um que poderia metodicamente enfrentar a lição de casa ou refletir sobre quaisquer que fossem as minhas ideias que estivessem se apresentando como pensamentos profundos na época.

Ou, nesse caso em particular, tentando combater o crime.

Nos últimos dois dias, estavam acontecendo coisas demais para que eu pudesse entender todas as relações entre os eventos, processar os dados e talvez tirar algo de útil daí. Aquele momento era a hora. De qualquer forma, não estava conseguindo dormir.

Comecei a puxar imagens da memória e jogá-las na escuridão. Primeiro, a imagem de Johnny Sani, morto no carpete do Hotel Watergate. Essa imagem foi seguida pela de Nicholas Bell, mãos para cima, na cama do hotel. Samuel Schwartz e Lucas Hubbard vieram depois, representados aqui não pelos C3 ou pelos integradores, mas por fotos de arquivo de seus ícones de mídia aprovados – imagens baseadas em suas feições faciais do corpo físico, mas alteradas de maneira que lhes dessem uma aparência de mobilidade e vitalidade. Os ícones eram artificiais, mas eu não podia culpá-los por isso. Não eram os únicos hadens com ícones de mídia aprovados. Eu tinha um. Ou tivera, em todo caso.

Na sequência, Karl Baer, de uma imagem tirada do crachá da Loudoun Pharma, e Jay Kearney, de sua licença de integrador. Parei por um momento para acessar o banco de dados de integradores e encontrar a mulher com quem Schwartz havia integrado na noite anterior.

Seu nome era Brenda Rees. Subi a imagem dela.

Depois de um momento de reflexão, subi imagens de Jim Buchold e de meu pai, esse último principalmente para minha noção interna de navegação. Por fim, pus uma imagem simbólica de Cassandra Bell, que não tinha ícone de mídia aprovado.

Agora, acrescentar conexões. Sani ligado a Nicholas Bell. Nicholas Bell a Hubbard, Schwartz e sua irmã, Cassandra. Hubbard a Schwartz e ao meu pai. Schwartz ligado a Hubbard, meu pai, Brenda Rees e Jay

Kearney. Kearney a Schwartz e Baer. Baer a Kearney e Buchold. Buchold de volta ao meu pai. Era um grupinho de comadres bem típico.

Então, hora de puxar históricos. Perto de Sani, encaixei a última ordem de pagamento à avó, parei por um momento para acessar o servidor do FBI e solicitar a busca dos números de série e transferência para conseguir o local de origem. Isso feito, fiz surgir a Central de Computação de Window Rock, puxei uma linha dela para a Medichord e liguei de volta a Lucas Hubbard.

A partir de Buchold, conectei uma linha até a Loudoun Pharma. Pesquisei as notícias do dia sobre a explosão. O vídeo confessional de Baer havia vazado primeiro e depois liberado oficialmente, assim a especulação intensa agora recaía sobre Cassandra Bell por estar explícita ou tacitamente ligada ao ataque a bomba. Pus uma linha saindo dela até a Loudoun Pharma.

A partir de Cassandra Bell, fiz uma pesquisa de histórias sobre a greve dos hadens e a marcha iminente no Passeio Nacional. Trinh não estava mentindo – no dia anterior ocorreram vinte ataques a hadens apenas em Washington, D.C. A maioria deles veio na forma de ataques a C3. Houve alguns espancamentos como aquele que impedi, mas também alguns ataques em que pessoas ativaram o controle manual dos carros e atropelaram os C3. Uma pessoa empurrou um C3 na frente de um ônibus, danificando a unidade e o veículo.

Imaginei qual era o pensamento por trás desses episódios. "Matar" um C3 não fazia nada além de destruir o equipamento físico, que era substituível, enquanto a pessoa que estava atacando o C3 ainda era indiciada por atacar fisicamente uma pessoa. Em seguida, puxei Danny Lynch na memória e lembrei que o pensamento lógico não era o forte em muitos desses encontros.

Em ao menos dois desses ataques, foi o haden que terminou vencendo o enfrentamento, o que tinha seus problemas. Vídeos de máquinas semelhantes a androides pisoteando corpos humanos provocou algo atávico na parte mais estúpida, em geral masculina, em geral mais jovem da humanidade. Eu não queria ser da polícia metropolitana nos dias seguintes.

Um aviso do servidor do FBI. A ordem de pagamento tinha vindo de uma agência do correio em Duarte, Califórnia. Abri um artigo enciclopédico sobre a cidade e soube que seu lema cívico era "Cidade da Saúde", o que parecia bastante aleatório até eu saber que era o lar do Centro Médico Nacional Cidade da Esperança. O Cidade da Esperança ajudara a desenvolver insulina sintética e era considerado um "Centro Oncológico Abrangente", pelo Instituto Nacional do Câncer. Também, e mais importante para os meus objetivos, era uma das cinco principais instituições médicas no país para pesquisa e tratamento da síndrome de Haden.

Se Johnny Sani teve uma rede neural instalada, aquele teria sido o lugar perfeito.

Por outro lado, se recebeu a rede neural lá, precisava ter aparecido em nosso banco de dados.

Voltei a Cassandra Bell e abri uma pesquisa sobre ela, puxando uma biografia de enciclopédia e artigos recentes não relacionados à Loudoun Pharma.

Cassandra Bell era uma das poucas hadens que nasceu encarcerada. A mãe contraiu a síndrome quando estava grávida de Cassandra e passou para ela no ventre.

Normalmente, teria sido fatal. Na esmagadora maioria dos casos em que uma grávida contrai Haden, o vírus passa pela barreira placentária como se ela não estivesse lá e destrói a criança em gestação.

Apenas 5% em média dos bebês em gestação que contraíram Haden sobreviveram ao nascimento. Quase todos ficaram encarcerados. Metade dos que sobreviveram ao nascimento morreu antes do primeiro ano, pois o vírus suprime o sistema imunológico dos recém-

-nascidos ou causa outras complicações pela doença. Quase todos aqueles que sobreviveram tiveram vários problemas causados pelo dano que o vírus fizera no desenvolvimento cerebral inicial da criança e pelo isolamento que a Haden criava, atrofiando o desenvolvimento emocional e social dos primeiros anos.

Era um pequeno milagre Cassandra Bell estar viva, ser inteligente e saudável.

Mas chamá-la de "normal" talvez fosse forçar a barra. Ela fora criada quase inteiramente dentro da Ágora, primeiro pela mãe, que acabou encarcerada. Quando a mãe morreu, por causas não relacionadas à doença, aos 10 anos de Cassandra, a criação da garota foi passada a pais de criação hadens e a seu irmão mais velho, Nicholas, que fora infectado ao mesmo tempo que a mãe e desenvolvia capacidades de integrador à época.

Do seu jeito, Cassandra era tão famosa quanto eu, outra curiosidade pública entre os hadens. Longe de ser intelectualmente atrofiada, Cassandra mostrava agudeza mental notável, passando em um teste de equivalência do ensino médio aos 10 anos de idade e rejeitando a admissão em faculdades de renome como MIT e CalTech, porque teriam exigido que ela usasse um C3, o que ela se recusou a fazer.

Em vez disso, tornou-se ativista do separatismo haden, defendendo que os hadens deveriam abrir mão das limitações do mundo físico impostas a eles pelo uso de C3 e abraçar e estender a metáfora do viver que a Ágora possibilitava. Não sugeria que os hadens não interagissem com os dodgers – apenas que interagissem com eles em seus termos, e não nos dos dodgers.

A receptividade aos argumentos de Cassandra Bell correspondia de forma significativa a quanto tempo o indivíduo passava no mundo físico *versus* na Ágora. Mas o número de hadens que estava disposto a ouvi-la aumentou consideravelmente quando Abrams-

-Kettering tomou força e foi aprovada como lei. Foi ela quem sugeriu e instigou a greve. Também havia rumores de que ela finalmente entraria no mundo físico para falar na manifestação até o Passeio Nacional no fim de semana seguinte.

Basicamente, na tenra idade de 20 anos, Cassandra Bell era comparada a Gandhi e a Martin Luther King por admiradores, e a vários terroristas e líderes de seitas por detratores.

As ações de Baer e Kearney na Loudoun Pharma não estariam ajudando sua imagem no momento, e as pessoas já estavam começando a pisotear os hadens, incluindo ela, pela greve. Passei por comentários e declarações recentes para ver o que ela tinha a dizer sobre o ataque a bomba.

Sobre isso, no momento, ela estava calada. O que não a ajudava na mídia. Ainda assim, possivelmente era melhor ficar quieta do que falar bobagem.

Em retrospecto, me pareceu estranho eu nunca ter conhecido Cassandra Bell. Estávamos entre os mais notáveis jovens hadens existentes. Por outro lado, grande parte de sua notoriedade começou a crescer ao mesmo tempo que eu estava tentando sair dos holofotes e ter algo parecido com uma vida privada.

Também, honestamente, pensei em voz alta, *você é parte do* establishment. *Ela é o lado radical.*

E aquilo era bem verdade. Por meio do meu pai e de suas atividades, eu ficava no mundo físico mais do que a maioria dos jovens hadens. Cassandra Bell, por outro lado, nunca estava nele, a não ser pela fama.

Deixei Cassandra Bell de lado por um momento e voltei a Jay Kearney, que se explodira em nome de Karl Baer. Uma repassada em sua lista de clientes confirmou, como dissera Vann, que Baer era mesmo um cliente de Kearney, com três sessões em 21 meses. A última delas acontecera onze meses antes. De acordo com as observações de Kearney, eles foram praticar *parasailing*.

Mas, além das breves notas sobre a natureza das sessões, não havia nada que eu pudesse ver que aparentemente conectasse os dois. Três sessões em dois anos eram prova de um relacionamento anterior, mas não de um grande relacionamento.

O FBI conseguira mandado para cada fiapo da vida de Baer e Kearney no momento em que ficou claro que haviam realizado o ataque a bomba. Cheguei àquela coleção de dados para puxar mensagens e registros de pagamentos. Queria ver quanta conversa houve entre eles, fosse em correspondência pessoal ou nos rastros financeiros que sugeriam que os dois interagiam de qualquer maneira significativa.

Havia muito pouco. As mensagens concentravam-se nas sessões de integração e coisas discutidas como atividades em potencial, quanto Kearney cobraria por seu tempo e outros assuntos mundanos. Da mesma forma, os registros financeiros coincidiam apenas com sessões de integração, quando Baer pagava Kearney pela sessão.

Essa falta de um rastro não significava que os dois não tivessem se encontrado e planejado o ataque. Apenas sugeria que, se o tivessem feito, não eram idiotas. Mas não parecia ter muito a se aprofundar.

Parei e ergui os olhos, afastei-me do paredão de imagens e buscas que havia construído, olhando para a estrutura nele e nas conexões. Imagino que, para muita gente, aquilo pareceria um completo caos, uma bagunça de imagens e trechos de notícias.

Eu achava relaxante. Ali estava tudo que eu sabia até aquele momento. Tudo era ligado de uma forma ou de outra. Eu conseguia ver as conexões ali de uma maneira que não poderia ver quando estavam empilhadas no meu cérebro.

Próximos passos, ouvi Vann dizer na minha cabeça. E sorri.

Um. Havia dois nexos de interação que eu enxergava. Um era Lucas Hubbard, a quem Nicholas Bell, Sam Schwartz e meu pai se conectavam, e com quem Jim Buchold brigara sobre uma questão relacionada aos negócios mútuos.

O outro era Cassandra Bell, a quem Nicholas Bell, Baer e Kearney estavam ligados, de quem Buchold era antagonista, e com quem Hubbard, possivelmente, com base em sua discussão com Buchold, simpatizava.

Então: mergulhar nos dois, especialmente em Cassandra Bell. Era a única pessoa em toda essa história que eu não havia conhecido fisicamente. Providenciar uma entrevista, se possível.

Dois. Baer e Kearney: eu ainda não havia me convencido da relação aqui. Aprofundar.

Três. Johnny Sani. Descobrir o que estava fazendo em Duarte e se alguém lá o conhecia. Saber se havia uma relação entre ele e a Cidade da Esperança.

Quatro. Duas discrepâncias aqui: meu pai e Brenda Rees. Eu tinha certeza de que meu pai *não* estava aprontando, ainda que estivesse concorrendo para senador. De qualquer forma, eu teria um conflito de interesse gigantesco se quisesse investigá-lo.

Quanto a Brenda Rees, talvez também devesse conseguir uma entrevista com ela e ver se teria algo útil a dizer.

Cinco. Nicholas Bell. Que disse estar trabalhando quando encontrou Sani, mas também pareceu ter ido até lá para integrar com Sani, embora fosse impossível, pois os dois eram integradores e porque o capacete era falso.

Então, o que diabos estava acontecendo realmente lá?

E por que Johnny Sani cometeu suicídio?

Eram as duas coisas que não se esclareciam ao levar todos esses dados para fora do meu cérebro e espalhá-los no espaço.

TREZE

Um sinal leve ecoou na minha caverna. Reconheci o tom como uma saudação não invasiva, uma chamada que seria entregue apenas se o destinatário estivesse consciente. Hadens, como todo mundo, odiavam ser acordados por chamadas aleatórias no meio da noite. Puxei uma janela para ver quem era. Era Tony.

Abri a chamada para apenas áudio.

– Está acordado a essa hora? – perguntei.

– Prazo de um trabalho a cumprir – respondeu Tony. – Desconfiei que você talvez estivesse mentindo quando disse que queria dormir.

– Não estava – comentei. – Só não consegui dormir.

– E o que está fazendo?

– Tentando descobrir um monte de merda da qual infelizmente não posso te falar muito. E você?

– No momento, compilando códigos. Que eu *posso* contar para você, mas que não imagino que se importe – disse Tony.

– Bobagem – eu disse. – Me fascino infinitamente.

– Vou tomar isso como um desafio – comentou Tony e, então, um painel de dados fez surgir um botão. – Esse é um código de entrada. Venha.

Tony estava me oferecendo um convite para seu espaço liminar, ou ao menos uma área pública dele.

Hesitei por um segundo. A maioria dos hadens era superprotetora com seus espaços pessoais. Tony estava me oferecendo uma espécie de intimidade. Eu não o conhecia tanto assim.

Mas decidi que estava pensando demais e toquei o botão. Ele se expandiu para um batente de porta, e eu entrei.

O espaço de trabalho de Tony parecia um cubo de videogame retrô com paredes altas, todo um espaço preto com paredes definidas por linhas azuis de neon. Do lado de fora, padrões geométricos se ramificavam.

– Não me diga, deixe eu adivinhar – falei. – Você é fã de *Tron*.

– Acertou de primeira – disse Tony. Ele estava em uma mesa para trabalho em pé, sobre a qual pairava um teclado que brilhava em neon. Ao lado dele, estava uma tela flutuante com códigos, uma barra de ferramentas que pulsava lentamente, marcando a quantidade de tempo até o código de Tony ser compilado. Acima dele, girando devagar, havia um redemoinho de linhas, aparentemente conectadas ao acaso.

Reconheci-as imediatamente.

– Uma rede neural – comentei.

– Também acertou de primeira – confirmou Tony. Sua autoimagem era, como a da maioria das pessoas, uma versão de seu eu físico, mais em forma, mais bronzeado e com roupas estilosas. – Se quiser mesmo me impressionar, vai me dizer a marca e o modelo.

– Não tenho a menor ideia – admiti.

– Que mirim! – disse Tom, brincando. – É uma DaVinci da Santa Ana Systems, Modelo Sete. É a última iteração lançada. Estou codificando um patch para ela.

– Eu deveria estar vendo essas coisas? – perguntei, apontando para o código na tela. – Acho que isso tudo deve ser confidencial.

– E é – disse Tony. – Mas você não tem cara de quem sabe programar... sem querer ofender... e arrisco acreditar que a DaVinci ali em cima parece muito mais um espaguete arranjado com astúcia para você.

– Tem razão.

– Então, tudo bem – disse Tony. – E, de qualquer forma, você não pode gravar nada aqui.

O que era verdade. Em espaços liminares pessoais, as gravações de visitantes eram desligadas por padrão.

Olhei para o modelo de rede neural pairando sobre a cabeça de Tony.

– Isso é estranho, não é? – perguntei.

– Redes neurais em geral ou a DaVinci Sete em particular? – Tony devolveu a pergunta. – Pois, cá entre nós, na confidencialidade, as D7 são um pé no saco. Sua arquitetura é meio louca.

– Quis dizer de forma geral – falei e ergui os olhos. – O fato de que temos uma dessas dentro do crânio.

– Não apenas em nosso crânio – disse Tony. – Dentro do cérebro. Dentro de verdade, tirando amostras de atividade neural milhares de vezes por segundo. Uma vez dentro, não se pode mais tirá-las. O cérebro acaba se adaptando a elas, sabe. Se tentasse retirá-las, não conseguiria mais se mover. Mais do que já não conseguimos.

– Que pensamento positivo.

– Se quiser pensamentos felizes mesmo, precisa se preocupar com o software – disse Tony. – Ele rege como as redes funcionam, e tudo não passa de uma correção atrás da outra. – Ele apontou para o código. – A última atualização de software que a Santa Ana liberou acidentalmente fez com que a vesícula biliar ficasse superestimulada em cerca de 0,5% dos operadores.

– Como isso acontece?

– Interferência inesperada entre a D7 e os sinais neurais do cérebro – explicou Tony. – Que acontece com mais frequência do que deveria. Eles rodam todos os softwares por simuladores de cérebro antes de subirem para os clientes, mas cérebros de verdade são únicos, e os cérebros dos hadens são ainda mais, porque a doença bagunça a estrutura. Então sempre há algo inesperado acontecendo. Esse patch deve dar um jeito no problema antes que cause pedras na vesícula. Ou, no mínimo, se as pedras aparecerem, não serão associadas à rede neural.

– Maravilhoso – comentei. – Você me deu o alívio de não ter uma rede Santa Ana na cabeça.

– Bem, para ser honesto, não é apenas a Santa Ana – disse Tony e meneou a cabeça para mim. – Qual você tem aí dentro?

– É uma Raytheon – respondi.

– Uau! – exclamou Tony. – Das antigas. Eles saíram do negócio de redes neurais faz uma década.

– Eu não precisava saber disso.

Tony fez um aceno tranquilizador para o comentário.

– A manutenção foi para Hubbard.

– Desculpe? – questionei. Fiquei em choque por um momento.

– Hubbard Tecnologies – respondeu. – A primeira empresa de Lucas Hubbard, antes de ele criar a Catalisadora. Hubbard não monta redes, outra empresa da Catalisadora faz isso, mas ganha muito dinheiro fazendo a manutenção de sistemas de empresas que saíram do setor após a primeira corrida do ouro. Ele fez muito código e patches no início. Isso é o que diz o RP corporativo.

– Entendi – eu disse. A repentina intrusão de Hubbard na minha cabeça, tanto literal como figurativamente, me desconcertou.

– Também trabalhei para Hubbard – comentou Tony. – Aliás, faz alguns meses. Acredite, eles têm problemas.

– Eu devo saber? – perguntei.

– Sofreu de espasmos no cólon recentemente?

– Hum, não.

– Então não há nada com o que se preocupar.

– Excelente.

– Trabalhei com todas elas – disse Tony. – Todas as redes. O maior problema não é a interferência neural, na verdade. É a segurança básica.

– Como gente hackeando as redes neurais.

– Isso mesmo.

– Nunca soube que isso podia acontecer.

– Tem um motivo – contou Tony. – Primeiro: a arquitetura das redes neurais é projetada para ser complexa e dificultar a programação e o acesso externo. A D7 ser um saco de lidar é uma função, não um bug. Toda rede, desde a primeira iteração, é desenhada dessa maneira também. Segundo: eles contratam pessoas como eu para garantir que não aconteça. Metade dos meus contratos são para incursões como *white-hat*, hackeamento autorizado, tentando entrar nas redes.

– E o que você faz quando entra? – eu quis saber.

– Eu? Faço um relatório – disse Tony. – Com a primeira iteração de redes, os hackers rodaram esquemas de chantagem. Dispararam uma série de imagens sanguinolentas ou puseram musiquinhas infantis em *loop* até a vítima pagar para fazer parar.

– Que merda – eu disse.

Tony deu de ombros.

– Foram bestas – ele falou. – De verdade. Um computador dentro do cérebro? O que eles *acharam* que aconteceria com ele? Ficaram sérios com essa história de patches quando algum hacker ucraniano começou a causar arritmia nas pessoas só por diversão. Na verdade, uma merda dessas é tentativa de homicídio em primeiro grau.

– Ainda bem que consertaram isso – comentei.

– Bem, por ora – disse Tony. Seu código já havia compilado e ele agitou a mão para executá-lo. Lá de cima, a rede pulsou. Não era apenas uma imagem bonita. Era uma simulação genuína da rede.

– O que quer dizer com "por ora"? – questionei.

– Pense bem, Chris – disse Tony e apontou para a minha cabeça. – Você tem o que é efetivamente um sistema legado na cabeça. A manutenção atualmente está sendo paga com o orçamento do Instituto Nacional de Saúde. Quando a Abrams-Kettering entrar em vigor na próxima segunda-feira, o INS vai parar de pagar a manutenção assim que o lote atual de contratos expirar. Santa Ana e Hubbard não atualizam e produzem patches pela bondade de seu coração corporativo, você sabe. Eles recebem para isso. Quando isso acabar, ou alguém vai ter de pagar por isso, ou as atualizações vão parar de chegar.

– E daí vamos estar todos ferrados – comentei.

– *Algumas* pessoas vão estar ferradas – disse Tony. – Eu vou ficar bem, porque essa merda é meu trabalho e eu posso cuidar da minha rede. Você vai ficar bem, pois tem como contratar alguém como eu para manter sua rede. Nossos colegas de apartamento ficarão bem porque eu gosto deles e não quero que eles tenham spams vazando pelo cérebro contra sua vontade. E os hadens de classe média provavelmente conseguirão pagar por uma assinatura mensal de atualizações, algo que eu sei que a Santa Ana, ao menos, já está planejando. Hadens pobres, por outro lado, estão fodidos. Eles não vão ter nem atualizações, o que vai deixá-los vulneráveis a deterioração de software ou a hackers, ou vão ter que lidar com algum tipo de modelo de atualização que tenha, sei lá, anúncios. Então, toda manhã, antes que possam fazer qualquer coisa durante o dia, vão ter que assistir seis malditos anúncios de novos C3 ou pó nutricional, ou bolsas para suas necessidades.

– Ou seja, spam.

– Não é spam se você concorda em receber – disse Tony. – Eles não vão ter muita escolha.

– Que bosta.

– E não são apenas atualizações – continuou Tony. – Pense na Ágora. A maioria de nós pensa nela como um espaço mágico que flutua livre em algum lugar por aí. – Ele gesticulou com as mãos. – Na verdade, ele roda a partir de uma central de servidores do INS em Gaithersburg.

– Mas ele não está na fila do abate – eu falei. – Haveria pânico se estivesse.

– Não vai ser cortado, não. Mas eu sei que o INS está conversando com compradores em potencial. – Ele apontou para a rede neural. – Santa Ana está montando sua oferta, a Catalisadora está fazendo uma, a GM está dentro, e assim vai ser com todas as *holdings* do Vale do Silício. – Ele deu de ombros. – No fim das contas, quem comprar a central provavelmente vai ter de prometer deixar a constituição da Ágora inalterada por uma década mais ou menos, mas veremos o quanto isso vai valer a pena. Vai haver taxas de acesso mensal a partir daí, com certeza. Não sei como se fazem outdoors na Ágora, mas tenho certeza de que vão descobrir, mais cedo ou mais tarde.

Depois de um minuto em silêncio, eu disse:

– Você já pensou bastante sobre isso.

Tony sorriu, afastou o olhar e fez um gesto de indiferença.

– Desculpe. É quase um hobby meu, eu sei. Não sou tão mal-humorado com a maioria das coisas.

– Tudo bem. E é ótimo que você esteja pensando nisso.

— Bem, também há o efeito colateral de que, assim que os contratos governamentais forem para o buraco, minha ocupação vai ficar cada vez mais complicada – disse Tony. – Então, não é apenas como se eu fosse socialmente ativo pela bondade do meu coração. Eu gosto de comer. Bem, me alimentar de líquidos de nutrição balanceada. Os hadens que fazem greve essa semana estão levantando a bandeira para informar que nosso mundo está prestes a sofrer muito, e o restante dos Estados Unidos não parece estar dando a mínima.

— Mas você não entrou na greve.

— Sou incoerente. Ou talvez seja um covarde. Ou apenas alguém que quer guardar o máximo de dinheiro que puder agora porque já antecipa torneiras secando. Reconheço a sabedoria da greve. Não vejo como algo que eu possa fazer no momento.

— E a manifestação no Passeio Nacional? – perguntei.

— Ah, sem dúvida eu vou estar lá – disse Tony e sorriu. – Acho que todos estaremos. Já tem planos para esse dia?

— Com certeza estarei trabalhando – respondi.

— Certo. Acho que essa será uma semana cheia para você.

— Só um pouco.

— Parece que te jogaram numa roubada – disse Tony, olhando para o código. – Você escolheu uma semaninha ingrata para começar no trabalho.

Sorri e olhei novamente para a rede neural pulsando, pensando.

— Ei, Tony – falei.

— Oi?

— Você disse que um hacker fez pessoas terem ataques cardíacos.

— Bem, arritmia, na verdade, mas foi o bastante – retificou Tony.

— Por quê?

— É possível para um hacker implantar pensamentos suicidas? – perguntei.

Tony franziu o cenho por um instante, refletindo.

— Estamos falando de sensações vagas de depressão que levam a pensamentos suicidas ou a pensamentos suicidas como "Hoje eu deveria engolir uma bala de revólver"?

— Qualquer um dos dois — eu disse. — Ou ambos.

— Provavelmente seria possível causar depressão por meio de uma rede neural, sem dúvida — disse Tony. — É uma questão de manipular a química cerebral, algo que as redes já fazem — ele apontou para seu simulador de rede —, embora, em geral, seja por acidente. O patch que estou fazendo é projetado para impedir esse tipo de manipulação química.

— E pensamentos específicos?

— Provavelmente não — disse Tony. — Se estivermos falando de pensamentos que pareçam originados do próprio cérebro da pessoa. Gerar imagens e ruídos que vêm de fora da rede é comum, estamos fazendo isso agora. Esta sala é uma ilusão mutuamente combinada. Mas manipular diretamente a consciência para fazer alguém pensar que está tendo um pensamento que você lhe deu... e fazer com que esse alguém aja a partir dele... é difícil.

— Difícil ou impossível? — perguntei.

— Nunca digo "impossível". Mas, quando eu digo "difícil" aqui, é porque, pelo que eu saiba, ninguém jamais fez isso. E não sei como fazer, mesmo se quisesse, o que não quero.

— Porque é antiético — lembrei.

— Ah, isso *com certeza* — disse Tony. — E também porque eu sei que, se eu descobrisse, alguém mais também teria descoberto, porque sempre há alguém mais esperto lá fora, que talvez não tenha ética. E que realmente bagunçaria a porra toda. Já é bem difícil acreditar em livre arbítrio do jeito que é.

— Então, muito difícil, mas não impossível de fato.

— Muito, muito, muito difícil – Tony assentiu. – Mas teoricamente possível, porque, olha, é um universo de física quântica. Por que está perguntando, Chris? Sinto que não é uma questão totalmente à toa.

— Como está sua agenda de trabalhos? – perguntei.

Tony meneou a cabeça para cima.

— Parece que meu patch está fazendo o que deveria fazer. Assim que eu limpá-lo um pouco, o que deve levar menos de uma hora, vou mandar para os caras e estou livre.

— Já trabalhou para o governo federal?

— Moro em Washington, D.C., Chris – respondeu Tony. – Claro que já trabalhei para o governo. Tenho um registro de fornecedor e tudo o mais.

— Tem habilitação de segurança?

— Já fiz trabalhos sigilosos antes, sim – disse Tony. – Se no nível que você parece estar pensando é algo que teremos de descobrir, eu acho.

— Então, talvez eu tenha um trabalho para você.

— Envolvendo redes neurais?

— Isso – respondi. – Hardware e software.

— Quando quer que eu comece?

— Provavelmente amanhã. Provavelmente, tipo, nove da manhã.

Tony sorriu.

— Bem, então – ele disse –, acho que preciso terminar o que estou fazendo para poder ao menos tentar dar uma dormida.

— Agradeço a força.

— Não. Eu que agradeço. Não é todo dia que alguém que acabou de chegar ao apartamento traz trabalho. Sem dúvida, você já está no topo do ranking de favoritos.

— Não contarei para ninguém.

— Não, pode contar – disse Tony. – Talvez inspire a concorrência. Vai servir para mim. Preciso de trabalho.

CATORZE

– Não diga a Trinh que eu te disse isso – falou capitão Davidson, apontando para os cinco hadens que mantinha na cela de detenção temporária –, mas eu ficaria *satisfeito* se o FBI tirasse esses idiotas das nossas mãos.

Os cinco hadens, ou mais precisamente seus C3, encararam Vann, Davidson e eu com raiva de dentro da cela. Podíamos dizer que estavam furiosos porque seus modelos de C3 vinham com cabeças personalizadas que exibiam rostos e expressões. Os rostos que esses C3 carregavam não eram seus de verdade, a menos que os donos fossem as imagens perfeitas de George Washington, Thomas Jefferson, Patrick Henry, Thomas Paine e Alexander Hamilton. Os C3 também usavam uniformes da era colonial, que podiam ou não ser historicamente precisos. Era como um diorama vivo de ensino fundamental do Congresso Continental.

Os C3 eram apenas C3, claro. Os hadens que os conduziam estavam em outro lugar do país. Mas, quando se é haden e está detido em seu C3, se houver desconexão, ela é considerada como resistência à prisão e fuga da cena do crime. Uma cortesia de uma haden jovem e rica que, nos primeiros anos dos C3, atropelou de forma negligente uma senhora, entrou em pânico, desconectou-se do C3 e passou três anos e algumas centenas de milhares de dólares da mamãe tentando escapar do que teria sido uma violação de trânsito padrão. No fim das contas, acabou acrescentando os crimes de perjúrio e suborno à sua lista de processos. Se não fosse isso, teria cumprido apenas serviços comunitários.

Portanto, nossos coloniais estavam esperando as cenas dos próximos capítulos e nos encarando através dos pixels.

– O que você aprontou, George? – perguntei a Washington. Davidson havia chamado a gente para lidar com diversos hadens em sua cela de detenção provisória. Aquele era o primeiro grupo.

– Exerci os direitos de nossa Segunda Emenda da Constituição – respondeu Washington. Seu nome verdadeiro era Wade Swope, de Milltown, Montana. Suas informações apareceram no meu campo de visão. – Aqui, na ditadura do distrito de Colúmbia, aparentemente é negado a um homem o direito de portar armas.

Vann virou-se para Davidson.

– Chocada, estou chocada por encontrar homens com armas que de alguma forma acabam na cadeia.

– Bem – disse Davidson. – Nosso pai fundador aqui está correto de que tem direito de portar armas, que no caso eram fuzis de longo alcance para cada um deles. A parte que ele está evitando contar é a de que o pequeno grupo de combatentes coloniais entrou em uma cafeteria, uma propriedade privada, e começaram a fazer arruaça, e quando foram convidados a se retirar, começaram a apontar os fuzis para todos os lados. Temos isso armazenado em vídeo, sem mencionar as câmeras dos telefones de todas as pessoas do café.

– Estamos aqui para garantir a segurança da marcha – disse

Thomas Jefferson, mais conhecido como Gary Height, de Arlington, Virgínia. – Somos uma milícia, segundo permite a Constituição. Estamos aqui para defender nosso povo.

– Vocês podem ser uma milícia – eu disse. – Mas não acho que apontar suas armas de fogo em uma cafeteria descreve precisamente "bem-regulamentada".

– Quem se importa com o que você pensa? – disse Patrick Henry, ou Albert Box, de Ukiah, Califórnia. – Você está do lado deles. Daqueles que nos oprimem. – Ele apontou para mim. – *Você* nos traiu, se vendeu.

Ocorreu-me que Henry/Box de fato não tinha ideia de quem eu era, embora eu não soubesse se aquilo teria mudado a opinião dele. Olhei para Vann e Davidson.

– Nos oprimindo, como em nós, hadens, ou oprimindo *vocês*, caras apontando armas em um café? – perguntei. – Quero esclarecer a profundidade da minha traição.

– Sabe o que me confunde, Shane? – disse Davidson antes de qualquer um conseguir responder.

– Diga.

Davidson apontou para os hadens coloniais.

– Por um lado, esses caras parecem com conservadores malucos básicos, com a Segunda Emenda e seus chapéus de ianques. Mas, por outro lado, estão dizendo que são a segurança de uma manifestação em protesto contra as reduções nos benefícios governamentais. O que parece bem liberal para mim.

– É um enigma – concordei.

– Não sei – disse Davidson. – Talvez não seja a política. Talvez esses caras sejam apenas imbecis.

– Parece a explicação mais simplista – eu comentei.

– Temos o direito de reunião… – começou Washington/Swope, claramente ficando tenso.

– Ah, meu Deus, não – disse Vann. – Porra, tá muito cedo para vir com essa bobagem patriótica e patética.

Washington/Swope calou a boca, surpreso.

– Melhor assim – disse Vann, e inclinou-se na direção do grupo. – Agora, seus C3 estão aqui, mas cada corpo físico está em um estado diferente. Isso torna vocês um problema do FBI. O que significa que são *meu* problema. E *eu* digo que cinco babacas vestidos como o verso da nota de dois dólares, alegando ser uma milícia e balançando fuzis em um mero café de Georgetown, viola o Artigo 18 do Código Penal Norte-Americano, capítulos 26, 43 e 102.

Rapidamente puxei os capítulos relevantes do Artigo 18 e observei que o capítulo 43 era de "Falsidade ideológica". Não sabia se alguém poderia confundir Swope com o verdadeiro George Washington. Mas eu sabia ficar em silêncio.

– Então, o negócio é o seguinte – continuou Vann. – Vocês têm duas opções. A primeira seria eu decidir não tornar isso um caso federal, e vocês, idiotas, vão com seus C3 para a sala de armazenagem da delegacia, onde vão desligá-los, e nós tiraremos as baterias. Terão três dias para conseguir levar os C3 e seus preciosos rifles para casa, ou vamos considerá-los doações à polícia metropolitana. A segunda opção seria eu *tornar* isso aqui um caso federal. Nesse caso, confiscaremos seus C3 e rifles, e um oficial irá até a casa de todos para levá-los até o centro de detenção federal com celas para hadens mais próximo, que provavelmente não será perto para vocês. Daí vocês terão a alegria de gastar todo o dinheiro que cada membro de sua família jamais ganhará com advogados, porque, além desses três capítulos do Artigo 18 que comentei com vocês, vou jogar aí todas as coisas que eu puder pensar na acusação.

– Isso é mentira – disse Thomas Paine, conhecido como Norm Montgomery, de York, Pensilvânia.

– Talvez seja, e talvez não seja – disse Vann. – Mas, independentemente de qualquer coisa, eu vou *enterrar vocês até o pescoço nisso*. E vou *gostar*, porque vocês optaram por gastar meu tempo lidando com vocês. Então, hora de decidir. Porta número um ou porta número dois? Escolham.

Sete segundos depois, nossos pais fundadores escolheram a porta número um, e Davidson estava gritando para uma escolta levá--los, um a um, para a sala de provas e armazenagem.

Depois, seguimos para a próxima haden presa, essa por esmurrar uma mulher que a chamou de "geringonça".

– Essas foram as boas-vindas aos próximos quatro dias – disse Vann para mim quando saímos da delegacia do Segundo Distrito. – Temos um monte de C3 presos para ver no Primeiro, no Terceiro e no Sexto distrito também. Depois, quando terminarmos com esses, podemos voltar para o Segundo e começar tudo de novo. E assim por diante até a manifestação terminar e todos os hadens voltarem para casa. Você deveria pedir para o seu cuidador pôr uma gota de cafeína na sua alimentação.

– E Johnny Sani e a Loudoun Pharma? – perguntei.

– O departamento de terrorismo vai assumir a Loudoun Pharma – disse Vann. – Estávamos apenas no início desse caso. Sani está em nosso necrotério e não vai a lugar nenhum. Os dois podem esperar até segunda-feira. A menos que você ache que encontrou alguma coisa.

– Acho que tenho alguma coisa – falei. – Talvez tenha.

– Talvez? – perguntou Vann. – Não temos tempo para "talvez" no momento. Temos uma fila de C3 e precisamos decidir o que fazer com ela.

– Quero alguém para olhar a rede neural de Sani.

– Já temos nosso pessoal de laboratório olhando.

– Quero alguém que olhe e saiba como funciona – retruquei. – Alguém que trabalhe com elas todos os dias.

– Tem alguém em mente? – perguntou Vann.

– Meu novo colega de residência – respondi.

Vann pegou seu cigarro eletrônico no bolso do casaco.

– Você está se precipitando na camaradagem – disse ela.

– Não é isso – falei com irritação. – Johnny Sani tinha um QI de 80. Não tinha motivo para ter uma rede neural de integrador na cabeça. Alguém instalou nele e o usou, e quando terminaram o serviço com ele, fizeram de alguma forma ele cortar o próprio pescoço. Acho que tem algo a ver com o software daquela rede.

– Algo que forçou o cara a cortar a própria garganta? – questionou Vann.

– Talvez – eu disse.

– Olha o "talvez" aí de novo – disse Vann. Ela tragou o cigarro.

– Tony faz softwares de rede neural o tempo todo – insisti. – E ele tem contrato com empresas que fazem testes para questões de segurança e problemas técnicos. Ele saberia o que procurar. Ou, no mínimo, seria capaz de ver se algo está muito fora do normal.

– E "Tony", nesse caso, é seu colega de residência.

– Isso. Ele já fez trabalhos confidenciais para o governo antes. Tem registro de fornecedor e tudo o mais.

– Ele é caro? – perguntou Vann.

– E isso importa? – devolvi a pergunta.

– Claro que importa – disse Vann, e foi sua vez de ficar irritada comigo. – Vamos ter que prestar contas de qualquer gasto que tivermos além dos nossos. E se acharem ruim, vão gritar comigo para gritar com você.

– Acho que vai valer a pena – insisti.

Vann deu outro trago no cigarro. E:

– Ótimo, vamos chamá-lo. Falo para eles que tem relação com a Loudoun Pharma se encherem o saco.

– E vão acreditar?

— Talvez — respondeu Vann.

— Porque eu realmente acho que tem alguma coisa aí — falei e contei a Vann minha sessão de *brainstorming* da noite anterior.

— Você faz muito isso? — perguntou Vann depois de eu ter terminado. — Essa coisa de jogar as coisas no espaço e riscar linhas entre elas.

— Quando não consigo dormir? Sim.

— Você precisa encontrar outras atividades noturnas — disse Vann.

— Nem vou tocar nesse assunto — falei.

Vann abriu um sorriso irônico, deu mais uma tragada no cigarro e guardou-o.

— Bem, não quero ir para cima de Hubbard se não tivermos nada para nos basearmos. Se formos atrás dele, quero pegá-lo desprevenido. Podemos perguntar por Cassandra Bell, mas garanto que o pessoal da divisão de terrorismo já está com um microscópio enfiado no cérebro dela depois da explosão da Loudoun Pharma, então talvez não queira falar com a gente, e o povo dessa divisão talvez não queira que a gente meta o bedelho nas coisas deles mesmo se ela estiver disposta. Qual era o nome daquela integradora que Schwartz estava usando?

— Brenda Rees.

— Vou bater na porta dela hoje — disse Vann. — Ver se sai alguma coisa de lá.

— Não vou com você? — perguntei.

— Não — disse Vann. — Como você parece pensar que tudo isso está de alguma forma relacionado, precisa ir até a Califórnia rastrear aquela ordem de pagamento e, depois, seguir para a tal Cidade da Esperança e verificar se tem alguma coisa lá. Isso deve te dar algo para fazer.

— E quanto a Tony? — perguntei.

— Mande as informações dele para mim, e eu providencio a entrada dele no necrotério ainda hoje — respondeu Vann. — Se for um esquisito, vou te dar um esporro.

– Ele não é esquisito, juro.

– Melhor não ser. Odiaria ter de matá-lo e botar a culpa em você.

– Isso me lembra de uma coisa – falei.

– Minha ameaça de matar alguém te lembra de alguma coisa? – perguntou Vann, surpresa. – Não nos conhecemos há tanto tempo assim, Shane.

– Tive uma discussão com a detetive Trinh na noite passada.

– Sério?

– Sério. Entre outras coisas, ela deu a entender que você levou sua ex-parceira a tentar suicídio.

– Hum – disse Vann. – O que mais ela disse?

– Que você exige demais dos outros no trabalho, mas não de si mesma, que você é negligente, um pouco perigosa quando precisa agir, e que você tem vários vícios que foram ou resultado ou fator contribuinte para você ter saído do programa de integradores.

– Ela também disse que eu boto fogo em filhotes? – perguntou Vann.

– Não. Talvez tenha ficado implícito.

– O que você acha?

– Não acho que você bote fogo em filhotes.

Vann sorriu.

– Quis dizer sobre as coisas que Trinh de fato disse.

– É meu terceiro dia com você. Você exige bastante de mim, o que, a propósito, não me incomoda, mas faz coisas como as que fez lá dentro, quando deixou um monte de babacas com armas de fogo escapulir em vez de indiciá-los por agressão. Se chamassem um advogado, o fato de você tê-los ameaçado com "falsidade ideológica" não teria ajudado em nada sua acusação.

– Você notou isso.

– Notei. Então, talvez isso te qualifique como negligente. Percebi que você fuma muito e, quando falo com você depois das seis da tarde, sempre parece estar em um bar, procurando alguém para transar. Pelo que eu vejo, isso não afeta seu trabalho, e você faz o que quiser com seu tempo. Então, na verdade, não me importo, exceto por achar que encher os pulmões com veneno de inseto seja uma má ideia.

– Acha que isso tem a ver com meu tempo como integradora?

– Não tenho a menor ideia – respondi. – Não tenho a sensação de que você esteja ansiosa para me contar sobre esses dias, o que me diz que algo realmente ruim aconteceu na época. Mas ou você me conta quando quiser ou não conta. O mesmo serve para o que tenha acontecido entre você e Trinh, porque é óbvio que ela tem um ranço de você.

– É um jeito interessante de colocar as coisas – disse Vann.

– Tem apenas uma coisa que Trinh disse que me preocupa – disse eu. – Ela acha que você vai entrar em parafuso comigo e, quando o fizer, vai acabar me derrubando também.

– E o que você acha disso?

– Me pergunte quando a manifestação terminar – eu disse. – Talvez eu tenha uma resposta para te dar.

Vann sorriu novamente.

– Olha só, Vann – eu falei. – Se você me prometer que não vai entrar em parafuso do meu lado, eu vou acreditar. Mas não prometa se não for capaz de cumprir. Se não pode prometer, tudo bem. Mas é algo que quero saber logo.

Vann hesitou por um momento, olhando para mim.

– Vou te dizer uma coisa – ela falou por fim. – Quando esse fim de semana acabar, você e eu vamos nos sentar em algum lugar, eu vou tomar uma cerveja e você vai fazer o que quiser, e eu vou contar por que parei de ser integradora, por que minha última parceira deu um tiro na barriga e por que essa babaca da Trinh pega no meu pé.

– Mal posso esperar.

– Enquanto isso: não vou pirar com você, Shane. Eu prometo.

– Eu acredito em você – confirmei.

– Muito bem – disse Vann e pegou o telefone para olhar o horário. – Combinado, então. Agora, vamos lá. Temos mais dois distritos para visitar.

– Pensei que eu ia para a Califórnia.

– Não até ser umas nove da manhã lá – disse Vann. – Ainda temos algumas horas. Vamos ver se conseguimos mandar mais alguns encrenqueiros para casa antes disso. Um dos C3 na cela de detenção do Primeiro Distrito está lá por embriaguez e desordem. Quero saber como *isso* aconteceu.

QUINZE

Olhei ao redor e estava em uma sala de provas no escritório do FBI em Los Angeles. Uma agente estava olhando para mim.

– Agente Shane? – perguntou ela.

– Sou eu – disse e comecei a me levantar. Quando tive um pequeno problema. – Não consigo me mexer – falei, um minuto depois.

– Sim, queria falar sobre isso – disse a agente. – Nosso C3 sobressalente está sendo usado por uma de nossas agentes locais. O dela está em manutenção. O único C3 que tínhamos disponível para você foi esse. Está aqui faz um tempo.

– Quanto tempo? – perguntei. Encontrei as configurações de diagnóstico e comecei a rodá-las.

– Acho que, talvez, quatro anos – disse a agente. – Talvez cinco? Podem ser cinco.

— Você vai me deixar usar um C3 que é prova de um crime? — perguntei. — Isso não significa, sei lá, corromper a cadeia de custódia?

— Ah, o caso já está encerrado — disse a agente. — O dono desse C3 morreu em nosso centro de detenção.

— O que aconteceu?

— Foi esfaqueado.

— Alguém esfaqueou um haden? — perguntei. — Que frieza.

— Era um homem ruim — comentou a agente.

— Olhe, hum... — percebi que não sabia o nome da agente.

— Agente Isabel Ibanez — disse ela.

— Olhe, agente Ibanez. Não quero que pareça ingratidão, mas eu acabei de rodar um diagnóstico neste C3 e as pernas não estão funcionando. Parece que estão bem danificadas.

— Provavelmente porque o C3 foi alvejado com uma escopeta — disse Ibanez.

— Escopeta — repeti.

— Isso, durante uma troca de tiros com agentes do FBI.

— O dono devia ser *mesmo* um homem ruim.

— Isso, muito ruim.

— Entende que ter um C3 que não pode mover as pernas vai ser um impedimento para o trabalho que preciso fazer hoje?

Ibanez abriu caminho e apontou para a cadeira de rodas diante da qual ela estava o tempo todo.

— Uma cadeira de rodas.

— Isso — disse Ibanez.

— Um C3 numa cadeira de rodas.

— Isso — repetiu Ibanez.

— Entende o absurdo, certo?

— Esse escritório cumpre com o regulamento sobre cidadãos com deficiências — disse Ibanez. — E, pelo que entendo, você vai até uma agência dos correios, que também deve por lei cumprir esse regulamento. Deve ser suficiente.

– Vocês levam isso bem a sério – comentei.

– É o que temos disponível no momento – retrucou Ibanez. – Poderíamos alugar um C3 para você, mas exigiria aprovações e papelada. Você ficaria aqui o dia todo.

– Certo. Pode me dar uma licencinha, agente Ibanez?

Desconectei-me do C3 danificado antes que ela tivesse a chance de dizer alguma coisa.

Vinte minutos depois, saí de uma agência da Avis em Pasadena, com um C3 Kamen Zephyr marrom novinho em folha que aluguei do meu bolso, entrei em um Ford igualmente marrom que também aluguei e segui para a agência de correios de Duarte. Toma essa, papelada.

O correio de Duarte era um caixote despretensioso de tijolos beges, com arcos nas janelas para dar um ar vagamente espanhol. Entrei, fiquei educadamente na fila enquanto três senhoras compravam selos e postavam pacotes, e quando cheguei à frente da fila mostrei meu distintivo no monitor de peito do C3 para a funcionária e pedi para ver o chefe da agência.

Um homem baixinho e mais velho veio até mim.

– Meu nome é Roberto Juarez – disse. – Sou o chefe dessa agência.

– Olá. Agente Chris Shane.

– Engraçado – disse Juarez. – Tem o mesmo nome daquela criança famosa.

– Hum… acho que tenho.

– Era do seu grupo também. Digo, haden.

– Lembro disso.

– Às vezes, deve ser irritante para você – disse Juarez.

– Pode ser. Sr. Juarez, cerca de uma semana atrás, um homem veio a essa agência para enviar uma ordem de pagamento. Gostaria de falar com o senhor sobre ele.

– Bem, muita gente vem até aqui para fazer ordens de pagamento – disse Juarez. – Temos muitos imigrantes na área, e eles enviam remessas de dinheiro para casa. Uma remessa nacional ou internacional?

– Nacional – respondi.

– Bem, isso reduz um pouco as possibilidades – disse Juarez. – Fazemos menos. Tem uma imagem?

– O senhor tem um tablet que eu possa usar por um segundo? – perguntei. Podia mostrar a imagem no meu monitor de peito, mas acaba sendo desconfortável para as pessoas olharem para o meu peito. A funcionária, cuja plaquinha de identificação trazia o nome Maria Willis, me deu o dela para usar. Fiz o login e acessei a imagem de Sani, limpa, com os olhos dele fechados, e mostrei para eles. – Não é a melhor imagem.

Juarez olhou para a imagem impassível. Willis, por outro lado, levou a mão à boca, surpresa.

– Ai, meu Deus – disse ela. – É Ollie Green.

– Ollie Green? – repeti o nome. – Como em Oliver Green e como a cor.

Willis assentiu e olhou para a imagem de novo.

– Ele está morto, não está? – perguntou ela.

– Está. Sinto muito. A senhora o conhecia?

– Ele vinha toda semana mais ou menos para pedir ordens de pagamento, um envelope e um selo – disse Willis. – Era um cara legal. Talvez pudéssemos dizer que era um pouco *lento* – ela olhou para mim para ver se eu entendia a implicação daquilo –, mas era ótimo. Gostava de jogar conversa fora se deixasse e não houvesse fila.

– Sobre o que falava? – perguntei.

— Coisas normais – disse Willis. – O tempo. Algum filme ou programa de TV que tivesse visto recentemente. Às vezes, falava sobre esquilos que via na caminhada até aqui. Ele realmente gostava deles. Uma vez disse que gostaria de ter um cachorrinho que corresse atrás deles. Comentei que, se fizesse aquilo, o esquilo e o cachorro acabariam atropelados.

— Então, ele morava por perto. Se vinha caminhando até o correio.

— Acho que vivia nos apartamentos do Bradbury Park – disse Willis. – Bradbury Park, Bradbury Villa. Algo assim.

Imediatamente fiz uma pesquisa e encontrei o Bradbury Park Apartment Homes a cerca de um quilômetro de distância. Próxima parada, então.

— Ele chegava a falar de seu trabalho? – perguntei.

— Não – disse Willis. – Mencionou uma vez, mas então disse que fazia algo confidencial, por isso não poderia contar. Não pensei muito nisso na época. Pensei que estava tentando fazer uma piada.

— Certo.

— Mas acho que não gostava do trabalho – revelou Willis.

— O que faz a senhora achar isso?

— Das últimas vezes que esteve aqui, não parecia muito feliz – disse Willis. – Estava quieto, o que não era normal nele. Então perguntei se tudo estava bem. Ele disse que o trabalho o deixava para baixo. Não disse nada mais que isso.

— Tudo bem – falei.

— E agora está morto – disse Willis. – Teve a ver com o trabalho?

— Não poderia afirmar no momento. Ainda estamos investigando.

Juarez pigarreou. Olhei para trás e vi duas novas senhorinhas, esperando. Assenti para ele em agradecimento.

— Parece que preciso sair da fila – comentei. – Alguma outra coisa sobre Oliver Green que a senhora lembre?

– Ele pediu uma caixa postal em uma das últimas vezes que esteve aqui – disse Willis. – Queria saber quanto era e o que precisava para ter uma. Dei o preço e disse que precisava de duas formas de identificação. Ele pareceu ter perdido o interesse depois disso. De qualquer forma, disse que provavelmente seria melhor para ele um cofre.

– Por quê?

– Porque ele disse que tinha algo que queria manter em algum lugar seguro.

– Oliver Green – disse Rachel Stern, gerente do Bradbury Park Apartments. – Bom rapaz. Aluga um apartamento térreo de um quarto, perto do pomar e da lavanderia. Bem, ele não aluga diretamente. A empresa aluga.

Fiquei interessado naquilo.

– Empresa.

– Sim – disse Stern. – A Filament Digital.

– Não sei se já ouvi falar dela.

– Eles mexem com alguma coisa de computadores e serviços médicos, acho – disse Stern. – Não tenho muita certeza. Sei que fazem muitos trabalhos com a Cidade da Esperança, por isso alugam apartamentos conosco. Para que as pessoas que trabalham para eles lá tenham um lugar para ficar.

– Então o sr. Green não é seu primeiro inquilino.

– Não, houve alguns antes dele – disse Stern. – Com a maioria deles, correu tudo bem. Tivemos de pedir para um deles, um tempo atrás, fazer silêncio depois das dez da noite. Ele gostava de ouvir música alta.

– Mas não era Green.

– Não – confirmou Stern. – Inquilino modelo. Viaja muito, especialmente nos últimos tempos. É difícil saber quando está lá. – Ela me olhou por um momento, confusa. – O sr. Green está com problemas com o FBI?

– Não exatamente – eu disse. – Ele morreu.

– Ai, meu Deus – disse Stern. – Como?

– Sra. Stern, tudo bem se eu olhar o apartamento de Green? – perguntei, mudando de assunto.

– Claro – ela respondeu. – Digo, se ele estivesse vivo, creio que precisaria de um mandado, mas agora que está morto... – Ela parou por um momento, aparentemente tentando decidir como proceder. Em seguida, meneou a cabeça e olhou para mim. – Claro, agente Shane. Venha comigo. – Ela apontou para a porta de seu escritório.

– É um condomínio bonito – falei para ela enquanto caminhávamos, apenas para puxar papo e impedir que pensasse se realmente deveria pedir um mandado.

– É ok – disse ela. – Temos condomínios mais legais em outros lugares. Esse aqui é um dos nossos empreendimentos intermediários. Mas Duarte é uma cidadezinha bacana, tenho que dizer. Agente Shane, se importa se eu fizer uma pergunta?

– Pode perguntar.

– Você tem parentesco com Sienna Shane?

– Acho que não. É alguém famoso?

– Como? Ah, não – disse Stern. – Fiz o ensino médio com ela em Glendora, e quando voltei lá para um encontro de dez anos de formatura, ela disse que alguém na família havia pegado Haden. Pensei que talvez pudesse ser você.

– Não. Nem sou daqui. Nasci na Virgínia.

– Por que perguntou se ela era famosa?

– Quando as pessoas perguntam se eu conheço alguém, em geral é alguém famoso. Só isso.

– Não consigo pensar em ninguém famoso com o nome Shane – disse Stern e, em seguida, apontou um apartamento. – Chegamos.

Olhei para cima e agarrei seu braço.

– Espere um segundo – eu disse.

– Que foi? – perguntou Stern.

Apontei para o quintal do apartamento. Grande parte estava escondida por um muro, mas o alto da porta de correr do pátio estava visível. Apenas uma fresta aberta.

– Green tinha colegas de quarto? – perguntei em voz baixa.

– Não no contrato de locação – respondeu Stern.

– A porta do quintal estava assim antes?

– Acho que não estava.

Busquei minha arma paralisante, tentando puxar o fecho do meu coldre, e percebi que estava usando um C3 alugado.

– Merda – disse, olhando para onde minha arma paralisante não estava.

– O que foi?

– Está com celular?

– Estou.

– Fique aqui – eu disse e apontei para a porta do apartamento. – Se eu não sair por aquela porta em exatamente um minuto, chame a polícia. Depois, volte para seu escritório e fique por lá. Entendido?

Stern olhou para mim como se eu tivesse acabado de virar um polvo gigante ou algo parecido. Deixei-a para trás, fui até o muro do quintal e escalei, aterrissando com o máximo de silêncio possível no pátio vazio. Abaixei, caminhei até a porta, ativei o modo de gravação e deslizei a porta o suficiente para passar e entrar no apartamento. Foi quando me ergui.

Um C3 preto fosco estava lá parado na saleta de jantar, a seis metros de distância, com um envelope na mão.

Nós nos encaramos por uns bons cinco segundos. Em seguida, fechei a porta do pátio e tranquei. Virei para olhar o C3.

– FBI – eu disse. – Fique parado.

O outro C3 correu para a porta da frente.

Fui atrás dele, saltando sobre o sofá, e colidi com o androide a menos de um metro da entrada, jogando-o contra a parede de gesso, que rachou, mas aguentou.

O C3 tentou me acertar na cabeça, mas não tinha apoio. Eu o agarrei e levantei, mandando-o aos tropeços de volta para a sala de estar e a saleta de jantar. O envelope que tinha na mão caíra no chão.

– Você está preso por invasão domiciliar – eu disse, andando na direção dele em forma de arco para impedir que tivesse a ideia de tentar sair pela porta do pátio. – Também está preso por atacar um agente federal. Renda-se. Não torne a situação mais complicada do que já está.

O C3 fez uma finta na direção da porta e seguiu para a cozinha, o que foi burro, pois era parede dos três lados. Eu parei na entrada. O C3 olhou ao redor, viu um conjunto de facas num suporte de madeira, agarrou uma e estendeu na minha direção.

Olhei para a faca e depois para o C3.

– Você só pode estar *brincando* – falei. O corpo do meu C3 era de fibra de carbono e grafeno. Uma faca não faria merda nenhuma com ele.

O C3 jogou a faca em mim, e eu desviei involuntariamente. Ela bateu na minha cabeça e ricocheteou para o chão da cozinha. Quando me recompus, o C3 havia puxado uma panela grande de uma pilha de louça suja na pia e mirou bem na minha cabeça. Fez um som de gongo quando bateu, girando minha cabeça de lado e afundando uma parte dela.

Foi quando percebi que meus receptores de dor do C3 de aluguel estavam realmente altos. Uma parte do meu cérebro reconheceu que aquilo fazia sentido, pois a locadora queria impedir que seus clientes fizessem coisas idiotas com o C3, e aumentar a sensação de dor certamente ajudava.

O resto do meu cérebro estava *ai, minha nossa, puta merda, ai, ai.*

O C3 ergueu o braço para outro golpe e atacou. Fechei o punho, esmurrei a panela quando ela desceu novamente e me joguei para cima do C3, enterrando meu cotovelo no pescoço da máquina quando o fiz.

Quer dizer, era isso que eu queria fazer. O que acabei fazendo foi muito menos kung fu e mais uma briga de bêbados. Mas, por outro lado, consegui empurrar o C3 para trás e fazê-lo cambalear. Que era o objetivo.

No fogão havia uma frigideira com restos de ovos mexidos. Puxei a frigideira e olhei para o C3, que já estava em pé com a panela na mão.

– Vem – eu disse. – Vai fazer isso mesmo?

O outro C3 girou o cabo da panela na mão, esperando.

– Olha só – eu disse. – A polícia já foi chamada. Está a caminho. Você poderia muito bem...

O C3 ergueu a panela e atacou com força. Eu recuei e dei um passo para o lado, evitando a panela. Os braços do C3 estavam abaixados, deixando a cabeça exposta. Bati com minha frigideira como se fosse um jogador de tênis devolvendo um voleio. O C3 caiu de bunda no chão.

Aproveitei e chutei sua lateral quando ele tentou se levantar, deslizando mais para trás e para a esquerda cozinha adentro. O braço direito, aquele que segurava a panela, estava deslocado. Bati minhas pernas nele, imobilizando-o, empurrei o corpo para cima do fogão, levando o outro braço por baixo do corpo do C3. Ergui minha frigideira.

O C3 olhou para ela e depois para mim.

– É, eu sei, é só uma porcaria de frigideira – falei.

Então, bati de lado no pescoço do C3 sete ou oito vezes, até a carenagem de fibra de carbono rachar. Depois estendi a mão, peguei a faca do chão e enterrei na fissura até conseguir sentir a ponta encostando no feixe de fibras de controle que saía do processador do C3 até os sistemas corporais.

— Veja, é assim que se usa uma faca numa luta de C3 — falei e bati no cabo da faca com a frigideira.

A faca partiu as fibras do feixe. O C3 parou de se debater.

Puxei a faca e abri o pescoço um pouco mais, olhando até conseguir ver o fio que levava energia da bateria até o processador na cabeça. Enfiei a mão no pescoço e o envolvi com um dedo. Em seguida, olhei para o C3.

— Sei que ainda está aí e pode me ouvir — eu disse. — E sei que este C3 ainda pode falar. Então, por que não fazemos isso de um jeito fácil? — Olhei ao redor para a bagunça. — Bem, de um jeito mais fácil. Diga quem você é e por que está aqui. Estou com seu C3. Tenho sua memória *on-board*. Vou descobrir tudo mais cedo ou mais tarde.

O C3 não disse uma palavra. Mas quem quer que estivesse no controle, ainda estava lá, ainda olhava para mim.

— Faça como quiser — falei e puxei o fio de alimentação, sentindo-o desconectar de um dos terminais. O C3 estava oficialmente morto.

Levantei e olhei ao redor do apartamento. Parecia que uma dupla de idiotas havia destruído o lugar. Fui até a porta, abri e vi Rachel Stern, ao telefone, me olhando, abobalhada.

— Ouvi barulhos — disse ela. — Chamei a polícia.

— Excelente ideia. Aproveite e ligue para o escritório do FBI em Los Angeles. Diga que preciso de uma equipe inteira de investigação e alguém que possa lidar com perícia tecnológica. Diga que quanto antes estiverem aqui, melhor.

— Você está bem? — perguntou Stern, olhando para a cabeça do meu C3.

— Bem, digamos que acho que não vou receber o depósito desse C3 de volta — respondi. Me afastei dela e voltei ao apartamento.

No chão estava o envelope que o C3 havia soltado.

Eu o peguei. Era um envelope simples no qual as palavras "Para vovó e Janis" estavam escritas em letras muito grandes, mas não muito feias, de adulto. O envelope estava selado. Pensei por um momento e, em seguida, o abri. Dentro dele havia um cartão de dados.

– Alô – eu disse.

Uma chamada piscou no meu campo de visão. Era Klah Redhouse.

– Agente Shane – atendi.

– Bem, hum, Chris, aqui é o oficial Redhouse – disse ele.

– Eu sei.

– Sabe aquela coisa que você está investigando?

– Sei.

– Bem, tenho algumas pessoas aqui que querem falar com você sobre o caso.

– Pessoas importantes, aposto.

– Na mosca – disse Redhouse.

– Por acaso não estariam na sua mesa com você agora, estariam? – perguntei.

– Na verdade, sim – disse Redhouse. – Como sabe?

– Em grande parte, pela gagueira nervosa – respondi.

Houve uma risadinha do outro lado da linha.

– Você me pegou – ele disse. – De qualquer forma, essas pessoas querem falar com você ainda hoje.

Ergui o cartão de dados para olhá-lo melhor.

– Acho que pode ser – falei. – Tem outras pessoas aí com quem quero falar também.

DEZESSEIS

– Fala pra mim que você tem o vídeo da sua luta – Vann me disse quando voltei ao escritório.

– Eu estou bem – falei, dando a volta em sua mesa. – Agradeço por perguntar.

– Não perguntei porque sei que você está bem – disse Vann. – Você estava em um C3. A pior coisa que poderia acontecer com você é ficar com um amassado.

– Não é a pior coisa que poderia acontecer – contestei. Meus últimos momentos em Los Angeles consistiram em passar minhas informações de seguro a um gerente muito irritado na Avis de Pasadena, para que então pudessem lidar com o C3 que eu havia devolvido com a cabeça rachada e amassada.

– Você sobreviveu – disse Vann.

– O outro C3 ficou pior – admiti.

— E já sabemos quem era o outro C3? – perguntou Vann.

— Não. A perícia de Los Angeles está investigando nesse momento. Mas, quando procurei nele, não encontrei nenhuma informação de marca ou modelo.

— O que é estranho – comentou Vann.

— É *muito* estranho. Por lei, todo C3 comercial tem de trazer essas informações, junto com um NIV: número de identificação de veículo. – Ergui o braço para mostrar onde meu número de C3 estava gravado, bem abaixo da axila. – Não havia nada lá.

— Teorias? – perguntou Vann.

— Primeira: é um protótipo – respondi. – Algo que ainda não está no mercado. Segunda: é um modelo com modificações posteriores, inclusive a raspagem dos números de marca e modelo e NIV. Terceira: é um ninja.

— C3 ninja – disse Vann. – É engraçado.

— Não foi tão engraçado quando tentou esmagar minha cabeça com uma panela – comentei. – A equipe de Los Angeles disse que vai me informar quando encontrarem alguma coisa. Disse a eles para dar uma atenção especial ao processador e à memória. Olharam para mim como se eu fosse idiota.

— Ninguém gosta que digam como fazer o próprio trabalho, Shane – disse Vann.

— Tenho que dizer que o escritório de Los Angeles não me impressionou muito. E talvez a tentativa dos caras de me botar em um C3 na cadeira de rodas tenha me emputecido um pouco. – Tive uma lembrança rápida de uma ligação muito irritada da agente Ibanez, que me esperou voltar por dez minutos antes de perceber que eu tinha ido embora. Venci a discussão quando enfatizei que, se eu tivesse aparecido no Bradbury Park Apartments numa cadeira de rodas, nosso C3 misterioso teria fugido com uma prova importante.

O que me lembrou da prova.

– Preciso voltar ao Arizona essa tarde – comentei.

– Mudanças aleatórias na conversa, mas tudo bem.

– Não é aleatório – falei. – Johnny Sani deixou um cartão de dados para a irmã e a avó. Era o que o C3 ninja tinha ido buscar. Contém dados, mas está protegido por senha.

– Seja qual for a senha que Johnny Sani tenha pensado, não será difícil de descobrir – comentou Vann.

– Provavelmente não, mas será ainda mais fácil perguntar para a família primeiro – falei. – Com certeza era para elas. Fiz uma cópia dos dados. Preciso levar a cópia para as duas e ver se sabem o que fazer com ela.

– Vai perguntar para elas se sabiam por que Johnny estava vivendo com um nome falso também?

– Vou, mas não acredito que vão saber – respondi, e pensei um pouco sobre a questão. – O estranho é que Oliver Green parece não ter documentos também.

– Como assim? – Vann quis saber.

– Quando eu estava falando com a moça do correio, ela me disse que Sani queria alugar uma caixa postal, mas, quando ela lhe disse que precisava de dois documentos de identidade, ele perdeu o interesse. E o apartamento não foi alugado por ele, mas pela Filament Digital. Também não precisou de documento.

– O que é Filament Digital?

– É uma fabricante de componentes para redes neurais – respondi. – Empresa chinesa. Liguei lá e ninguém atendeu. É madrugada agora lá.

– Eles não têm escritório nos Estados Unidos? – perguntou Vann.

– Pelo que eu pude apurar, aquele apartamento *era* o escritório norte-americano. Pedi para o escritório de Los Angeles verificar isso também.

— O escritório de Los Angeles deve estar amando você nesse instante – disse Vann.

— Não acho que eu esteja na lista de agentes favoritos deles, de fato – comentei. – O que você fez por aqui?

— Liberei mais alguns hadens das celas de detenção da metropolitana – disse Vann. – A maioria deles aceitou a opção "cai fora do D.C.", mas houve uns dois que não e uns dois que realmente precisaram ser indiciados, então todos são hóspedes do governo federal pelos próximos dias. Vamos lidar com eles depois da marcha. O pessoal da polícia metropolitana me disse que as coisas estão ficando um pouco tensas por lá. Ah, e eu dei uma sacudida naquela integradora.

— Qual? – perguntei. – Brenda Rees?

— Sim, essa daí. Chamei, me identifiquei e disse que gostaria que me encontrasse para responder a algumas perguntas. Ela perguntou por quê, e eu disse que estávamos acompanhando o caso da explosão da Loudoun Pharma. Então, ela perguntou por que eu queria falar com ela sobre o caso, e eu disse que estávamos apenas checando uma informação anônima.

— Não recebemos nenhuma informação anônima sobre ela – comentei.

— Não, mas isso a deixou nervosa quando eu disse, o que achei interessante.

— Qualquer pessoa ficaria nervosa se você dissesse que precisava falar com ela para checar uma informação anônima sobre um ataque a bomba – salientei.

— Importante é *como* elas ficam nervosas – disse Vann. – Rees ficou em silêncio e, em seguida, pediu que a reunião fosse hoje à noite.

— Vamos trazê-la aqui? – perguntei.

— Dei o endereço de uma cafeteria de que gosto em Georgetown – respondeu Vann. – Parece menos formal e vai fazer com que relaxe e se abra.

— Então, primeiro você a deixa paranoica e depois quer que ela se sinta confortável. Não precisa de mim para ajudar a fazer a "policial boazinha, policial malvada". Pode fazer os dois papéis sozinha.

— Esse é o tipo de coisa que sua amiguinha Trinh chama de "negligente" – disse Vann.

— Não sei se ela está errada.

— Se funcionar, ela estará errada.

— É uma filosofia perigosa – comentei. Vann deu de ombros.

Uma chamada apareceu no meu campo de visão. Era Tony.

— Você não me disse que eu ia trabalhar em um necrotério *de verdade* com um cérebro *de verdade* quando aceitei esse trampo – ele falou depois de nos cumprimentarmos.

— Tive de ser prudente até você ser verificado – comentei. – Desculpe.

— Tudo bem – disse ele. – Nunca tinha visto um cérebro ao vivo antes. Também precisei reduzir meu olfato a quase zero.

— Descobriu alguma coisa? – perguntei.

— Descobri muitas coisas – respondeu Tony. – Acho que talvez eu devesse falar com você sobre elas. E com sua parceira também, provavelmente.

— Vamos nos encontrar.

— Não no necrotério – pediu Tony. – Acho que preciso ficar longe de todas essas carnes.

— Tudo bem, aqui está a primeira coisa – disse Tony, abrindo a imagem do cérebro de Johnny Sani, ainda no crânio, envolto pelo véu de fios que era a rede neural. Estávamos no laboratório de imagens: eu, Vann, Tony e Ramon Diaz, que parecia se divertir com Tony assumindo seu console de imagens.

— É um cérebro – disse Vann. – E?

– Não é para o cérebro que quero que olhem – respondeu Tony. – É para a rede neural.

– Tudo bem – disse Vann. – O que tem ela?

– É totalmente única – disse Tony.

– Pensei que toda rede neural fosse única – comentei. – Elas se adaptam ao cérebro em que estão.

– Certo, mas todo modelo é igual antes de ser instalado – disse Tony. Ele apontou para a minha cabeça. – A Raytheon na sua cabeça é a mesma em todas as outras versões desse modelo. Assim que vai para sua cabeça, os filamentos e receptores são encaixados de uma maneira que é única para o seu cérebro. Mas ainda é o mesmo hardware e o mesmo software inicial.

Vann apontou para a rede na tela.

– E você está dizendo que essa aqui não é um modelo comercial atual qualquer.

– Vou além disso – explicou Tony. – Não parece com nenhum modelo criado antes. Todas as redes neurais precisam ser apresentadas ao FDA para aprovação, ou para a agência correspondente em outros países. Todos os projetos apresentados ficam reunidos em um banco de dados único, para essas mesmas agências usarem e para pessoas como eu usarem como referência. Esse desenho não está no banco de dados.

– Então é um protótipo – comentou Vann.

– Não colocamos protótipos no cérebro das pessoas – disse Tony. – Porque são protótipos e podem matar se derem errado. Modelamos extensivamente em computadores, animais e tecidos cerebrais especialmente cultivados antes de serem aprovados. Por definição, se está no cérebro de alguém, é um modelo final. – Ele apontou para a rede. – Este é um modelo final. Mas não está no banco de dados.

– Podemos ver a rede sem sanguinolência? – perguntei.

Tony assentiu. A imagem da cabeça de Sani desapareceu e foi substituída por uma representação esboçada da rede.

– Não tive tempo para melhorar o modelo – disse Tony.

– Tudo bem, todas parecem espaguete para mim – brinquei.

– Então por que você quis vê-la?

– Para não precisar olhar para a cabeça de alguém toda aberta – respondi.

– Certo – disse Tony. – Desculpe.

– Você disse que essa não é uma versão que tenha visto antes – disse Vann.

– Isso mesmo – confirmou Tony.

– Bem, então, ela parece *semelhante* a alguma que tenha visto antes? – perguntou Vann. – Todo fabricante de carro que conheço tem uma "assinatura". O mesmo se aplica para redes neurais.

– Pensei nisso. E o que vejo é que, quem quer que tenha feito essa daí, pegou muito das opções de design de modelos existentes. A disposição do filamento padrão parece muito com o modelo de Santa Ana, por exemplo. Por outro lado, a arquitetura de junção é uma grande imitação da Lucturn, que é a empresa da Catalisadora que eu comentei com você hoje pela manhã, Chris. – Ele olhou para mim, buscando confirmação, que eu dei. – E há muitos outros detalhes que vêm de outros fabricantes do passado e do presente. O que talvez nos diga uma coisa.

– O quê? – perguntou Vann.

– Não acho que este seja um modelo feito com objetivo comercial – disse Tony. – É uma rede neural realmente *boa*. É eficiente e elegante e, só pelo design, acredito que a interface rede-cérebro seja realmente limpa.

– Mas – eu disse.

– *Mas* isso porque essa rede é composta de muito das melhores arquiteturas de outros projetos existentes, projetos que são bem protegidos por patentes. – Tony disse e apontou para a imagem da rede. – Se alguém tentasse botar esse projeto no mercado, tomaria um processo no meio da fuça de cada uma das fabricantes de redes neurais que há por aí. Seriam processos que durariam anos. Não há possibilidade de isso chegar ao mercado. Nenhuma. Zero.

– Isso importa se for uma rede para um integrador? – perguntei. – É um mercado tão pequeno se comparado ao dos hadens. Poderiam argumentar que não representa uma ameaça comercial.

– Na verdade, não – disse Tony. – Não há diferença real de arquitetura entre uma rede para hadens e uma rede para integradores. A maior diferença é em como são arranjadas no cérebro, pois as estruturas cerebrais de hadens e integradores são diferentes, e no software que faz a rede funcionar.

– Então, por que fazer uma dessas? – perguntou Vann. – Por que fazer uma rede que não se pode vender?

– É uma boa pergunta – disse Tony. – Porque a outra coisa sobre criar uma rede neural é que não é uma coisa que alguém faça como passatempo em casa. A primeira rede neural funcional custou 100 bilhões de dólares em pesquisas e desenvolvimento. Os custos caíram muito desde então, mas apenas relativamente. É necessário pagar simulações, testes, modelagem, fabricação e tudo o mais. – Ele apontou de novo para a rede. – Então, isso ainda deve ter custado para alguém algo em torno de 1 bilhão de dólares.

– Um bilhão de dólares indo pelo ralo – disse Diaz.

– Exato – disse Tony. Ele parecia um pouco surpreso com o fato de Diaz ainda estar lá. – E essa é a questão. Não se gasta 1 bilhão de dólares em uma rede neural para não vendê-la. Especialmente *agora* não se gasta 1 bilhão, porque os custos de pesquisas com hadens tinham subsídio pesado do governo. A Abrams-Kettering vai acabar com isso. A população de hadens nos Estados Unidos é inferior a 4,5 milhões de pessoas, quase todos eles já têm redes na cabeça. Mesmo se a arquitetura fosse legalmente viável, ainda assim não faz sentido gastar tanto dinheiro porque o mercado já está saturado, e o número de novos casos de Haden que aparecem aqui não deixaria ninguém rico. Mesmo ao redor do mundo essa pessoa teria dificuldades.

– É um desperdício – comentei.

– Realmente é – disse Tony. – Ao menos é o que sinto. Talvez eu não esteja enxergando algo.

– Vamos olhar a questão por outro lado – disse Vann.

– Como assim? – perguntei.

– Vamos parar de perguntar *por que* alguém faria isso por ora – disse Vann. – Vamos perguntar *quem* poderia ter feito. Se tivermos alguma ideia de quem possa ter feito, talvez a gente consiga voltar ao motivo. Então. Quem poderia fazê-lo?

– Lucas Hubbard poderia – eu disse. – Um bilhão não é nada para ele. Teria de perder vários bilhões antes de sentir de verdade o baque.

– Sim, mas você está descrevendo *todos* os proprietários de empresas relacionadas aos hadens, não é? – disse Tony. – Jogamos uma caralhada de dinheiro na pesquisa da Haden porque a primeira-dama teve a doença. Caramba, Chris, aquela sua fotografia antiga com o papa provavelmente manteve o financiamento dos hadens rolando por um ou dois anos. Não sou um grande fã da Abrams-Kettering, mas em um aspecto não está errada: o financiamento dos hadens se transformou em um cocho longo onde um bando de porcos está se alimentando. Hubbard é um deles. Kai Lee também, que é dono da Santa Ana. E cerca de vinte outras pessoas em cargos altos dessas empresas. Qualquer um deles poderia ter financiado algo assim sem se abalar.

– Sim, mas Hubbard tem relação com Sani – comentei.

– O defunto – disse Tony. Fiz que sim com a cabeça. – Que relação?

— A Catalisadora é dona da empresa licenciada para prestar cuidados médicos à nação navajo – disse Vann. – E Sani é navajo.

— Não é uma grande relação, não é? – disse Tony em seguida.

— Estamos trabalhando nisso – expliquei.

— Mesmo assim, Hubbard não iria querer jogar fora 1 bilhão de dólares nesse momento – comentou Tony. – A Catalisadora está tentando uma fusão da Metro com a Sebring-Warner, e talvez tente comprá-la já. Se fizer isso, pagamento de dividendos vai ser parte do acordo.

— Estranho como você é familiarizado com os negócios da Catalisadora – observou Vann.

— Acompanho todas as empresas para as quais trabalho – disse Tony, encarando-a. – Em parte, é como sei quais clientes vão ter trabalho para mim. E o que sei agora é que todas as empresas no setor relacionado aos hadens estão se preparando para o baque. Estão entrando em fusão ou comprando umas às outras imediatamente, ou tentando diversificar as atividades o mais rápido que podem. A Abrams-Kettering chutou o cocho. Acabou.

— Então isso quer dizer que, mesmo podendo financiar algo assim, Hubbard, Lee ou qualquer um desses não o faria – concluí.

— Nesse momento, não – disse Tony. – Essa é minha aposta. Digo, não sou agente do FBI nem nada disso.

— Quem mais está no jogo, então? – perguntou Vann, olhando para mim. Aparentemente era o momento para um novo teste.

Pensei por um minuto.

— Bem, nós, não é? – falei.

— O FBI? – perguntou Diaz, incrédulo.

— Não o FBI, mas o governo dos Estados Unidos – respondi. – Um bilhão de dólares não seria um valor alto para o Tio Sam, e é possível que tenhamos fabricado algo que não exploraríamos comercialmente, seja por pura pesquisa ou apenas por ser moeda de troca para o distrito de algum congressista.

– Então, desenvolvemos isso em algum instituto do INS como passatempo – disse Vann.

– O governo dos Estados Unidos era famoso por pagar fazendeiros para não plantar – comentei. – Não há motivo para o princípio não poder migrar para a alta tecnologia. – Virei-me para Tony. – Talvez seja por isso que não está registrado, pois não foi feito para ser comercial.

– Ótimo – disse Tony. – Mas ainda não explica como isso – ele apontou para a rede – foi parar na cabeça de uma pessoa.

– Estamos trabalhando nisso – repeti.

– Trabalhem com mais empenho – sugeriu Tony.

– E o software? – perguntei.

– Só dei uma olhada – disse Tony. – Pegaria em seguida, mas pensei que talvez não quisessem esperar por um relatório de hardware. Pelo que posso ver, está programado em Chomsky, o que faz sentido, pois é a linguagem projetada especificamente para redes neurais. O software tem substancialmente menos linhas de código que a maioria dos softwares para integradores que já vi. O que significa que ou é realmente eficiente, ou que a pessoa que o programou apenas queria o software para fazer coisas específicas.

– Quando vai poder nos dizer qual dos dois é? – questionou Vann.

– Devo dar a vocês um relatório geral hoje no final da tarde – disse Tony. – Se quiser mais detalhes, vou precisar levar o código para casa à noite.

– Seria ótimo – disse Vann.

– Ah, tenho que avisar que, quando trabalho à noite, recebo uma vez e meia.

– Claro que sim – disse Vann. – Contanto que você tenha um relatório preliminar pronto para nós às sete.

– Pode ser – confirmou Tony.

– E você – disse Vann, olhando para mim. – Acha que vai estar de volta do Arizona nesse horário também?

– Devo estar – respondi.

– Então voe, Shane. Voe.

Vann se afastou, estendendo a mão para pegar o cigarro eletrônico de dentro do casaco.

DEZESSETE

Nas instalações do Departamento de Polícia de Window Rock tem uma sala de conferências. Naquele dia, nessa sala, havia um monitor com um arquivo de vídeo protegido por senha esperando para ser aberto.

Eu estava na sala. Estavam também May e Janis Sani. Klah Redhouse e seu chefe, Alex Laughing, estavam sentados diante das duas mulheres. Em pé, no fundo da sala, estavam Gloria Roanhorse, porta-voz da nação navajo, e Raymond Becenti, seu presidente.

Foram esses últimos dois que deixaram Redhouse nervoso quando ele falara comigo mais cedo naquele dia. Uma coisa é ter seu chefe fungando no seu pescoço sobre um caso. Outra coisa era ter as duas pessoas mais poderosas da nação navajo fazendo o mesmo.

Olhei para Redhouse. Ele ainda não parecia totalmente empolgado em estar ali na sala.

– Não sei de senha nenhuma – May Sani estava dizendo para Redhouse. – Janis também não. Johnny nunca nos falou de senha.

– Sabemos que não – disse Redhouse. – Achamos que talvez ele quisesse dar a vocês a senha, mas morreu antes de poder enviar. Por outro lado, sabemos que ele queria que vocês duas vissem isso. Então talvez a senha seja algo que tenha significado para vocês, ou algo que apenas vocês duas soubessem.

Janis olhou para mim.

– Vocês não podem simplesmente hackear a senha? – perguntou ela.

– Não quisemos fazer isso. Seria desrespeitoso com Johnny e com vocês. Se quiserem, podemos tentar. Mas pode levar um bom tempo. Concordo com o oficial Redhouse aqui que, antes de tentarmos hackear a senha, vocês deveriam arriscar alguma coisa.

– Quando as pessoas criam senhas, às vezes usam nomes de membros da família ou animais de estimação – disse Redhouse, e foi até o teclado sem fio que estava conectado ao monitor. – Por exemplo, "May". – Ele teclou a palavra. Erro. – Ou "Janis" – falou Redhouse. Esse também deu erro. – Bichos de estimação?

– Tínhamos um cachorro quando Johnny era garoto – disse Janis. – O nome dele era Bentley. Nossa mãe que batizou.

Redhouse tentou. Mais um erro. Várias combinações dos três nomes também não abriram o arquivo.

– Ficaremos aqui o dia todo – Roanhorse sussurrou para Becenti, que assentiu.

– Johnny sabia falar navajo? – perguntei. – Falava ou escrevia no idioma?

– Um pouco – disse Janis. – Aprendemos na escola, mas ele não era muito bom aluno.

— Ele amava as histórias dos codificadores – disse May. – Aqueles da Segunda Guerra Mundial. Tem um filme antigo sobre eles que ele costumava assistir quando garoto.

— *Códigos de guerra?* – perguntou Redhouse.

— Acho que é – disse May. – Eu não gostava de assistir. Muito sangue. Teve um ano que comprei para ele um dicionário de codificadores. Ele lia muito aquilo.

Puxei um dicionário de codificadores navajos on-line. Tinha muitas centenas de palavras nele, umas tantas categorias, inclusive nomes de aviões, navios, unidades militares e meses.

— *Tah Tsosie* – falei.

Todos na sala olharam para mim de um jeito estranho.

— O que você disse? – perguntou Redhouse.

— *Tah Tsosie* – repeti. – Acabei de procurar no dicionário de codificadores. O mês de maio, May em inglês, é *Tah Tsosie*. Sei que minha pronúncia é terrível.

— Realmente – disse Redhouse, sorrindo.

— Johnny me chamou disso por um tempo depois que lhe dei o livro – disse May.

— Vale a pena tentar – falei para Redhouse. Ele digitou.

O arquivo abriu.

— May, Janis – disse o presidente Becenti. – Querem ver sozinhas primeiro?

— Não – disse May. Ela estendeu a mão para a neta, que a pegou. – Fiquem.

Redhouse teclou novamente para acionar o arquivo.

E lá estava Johnny Sani, vivo para mim pela primeira vez.

— Oi, vovó. Oi, Janis – ele disse, encarando a lente, que ele segurava perto da cabeça para obscurecer grande parte do fundo. – Acho que talvez eles possam ouvir o que faço no meu telefone, então fui e comprei uma câmera. Vou esconder por enquanto, então, se algo acontecer comigo, vocês vão encontrar.

O vídeo prosseguiu.

– Acho que tem alguma coisa errada comigo. Acho que talvez seja alguma coisa que fiz que está me fazendo passar mal. Vocês lembram que fui olhar um trabalho de faxineiro. Depois disso, recebi uma ligação de alguém que disse que era um recrutador para outro trabalho. Disse que pagaria muito bem. Disse para voltar até a central de computadores, e que lá teria um carro com piloto automático me esperando. Tudo que eu teria de fazer era dizer meu nome, e ele me levaria para a entrevista de emprego. Foi o que fiz, e o carro estava lá, e eu falei meu nome. O carro foi até Gallup, até um prédio onde um C3 estava me esperando. Ele disse que seu nome era Bob Gray e que o trabalho seria servir de assistente pessoal para um homem importante. Perguntei para eles o que significava aquilo, e ele disse que, em grande parte, era fazer trabalhos e levar o homem para lugares aonde ele quisesse ir. Ele disse que eu ia viajar e ver o mundo e que pagava bem, e tudo aquilo pareceu bom para mim. Perguntei para Bob: "Por que eu?" e ele disse que era porque eu era especial de um jeito que nem eu sabia. Então, me deu 2 mil dólares em dinheiro e disse que aquilo era o salário da primeira semana adiantado e que podia ficar com ele, mesmo se recusasse o trabalho. Disse que o trabalho pagava em dinheiro para eu não ter de pagar imposto sobre nada. Bem, eu aceitei o trabalho. Bob disse que o diretor-presidente gostava de privacidade, então eu não devia falar nada além de que tinha conseguido um emprego. Foi o que fiz. E então, depois que eu me despedi de vocês, o carro me levou até a Califórnia. Bob me encontrou e mostrou um apartamento e disse que era meu. Depois me deu mais dinheiro. No dia seguinte, Bob me levou para encontrar meu chefe, que chamava Ted Brown e também era um C3. Disse que, como seu assistente, eu viraria um integrador, que é alguém que leva pessoas para os lugares na cabeça. Precisaram pôr um computador no meu cérebro para isso acontecer. Fiquei assustado no início, mas eles me disseram que não ia doer e que Ted precisava apenas que eu fizesse aquilo de vez em quando e o resto do tempo eu podia fazer o que eu quisesse. Mas como meu trabalho era secreto, eles pediram para eu usar um codinome, Oliver Green. Me levaram ao consultório médico e eu dormi, e quando acordei tinham cortado todo meu cabelo e disseram que tinham colocado um computador no meu cérebro. Tive dores de cabeça nos primeiros dias. Eles disseram que era o computador se acostumando com meu cérebro. Disseram que levaria algumas semanas até ele se acostumar comigo. Quando tudo estava pronto, Ted e Bob vieram e disseram que era hora de testar a integração. Ted disse que ele entraria no meu cérebro e moveria meu corpo por aí. Eu disse tudo bem e depois me senti um pouco enjoado, e então meu braço se mexeu sozinho. Aquilo me assustou, mas Bob me disse para relaxar e não me preocupar. Depois, Ted caminhou um pouco com meu corpo pelo apartamento. Depois disso, Ted usava meu corpo um pouco todo dia. A gente ia à loja ou à biblioteca, e uma vez ele até mandou uma ordem de pagamento para vocês no correio. E eu pensei que não era tão mau, eu só precisava me lembrar de relaxar. Fizemos isso por três meses. Perguntei para ele quando íamos viajar, e ele disse que logo. E daí começou a acontecer.

Johnny continuou a história:

— Um dia, eu estava assistindo à TV e pisquei, e o programa acabou e outro começou. E eu pensei que tinha dormido sem perceber. No dia seguinte, pus um burrito no micro-ondas e apertei o botão para ligar, e pisquei de novo, e ficou escuro dentro do micro-ondas e o burrito estava frio. Eu podia ver que havia esquentado, porque vazou coisa de dentro do burrito. Mas já tinha ficado tanto tempo lá que voltou a esfriar. Começou a piorar. Eu estava fazendo algo e, depois, eu estava em outro lugar, fazendo outra coisa. Eu vestia uma camisa e, logo em seguida, outra camisa estava vestida em mim. Uma vez pus em um programa que estava passando na TV na segunda, quando acordei era terça, e era de manhã, não de noite. Não falei com Ted porque fiquei preocupado que ele fosse me despedir se soubesse que eu estava doente. Mas acabei ficando tão assustado que precisei falar com ele. Ele me mandou ao médico, e o médico disse que estava tudo bem e que às vezes gente que era integrador tinha o que ele chamou de "apagões". Disse que parariam e que, quando parassem, eu teria minha memória de volta. Tentei não me preocupar, mas continuou acontecendo. Então, um dia, olhei para cima e estava em um grupo de homens que eu não conhecia, e um deles estava falando comigo e eu não tinha ideia do que ele estava dizendo. Depois falou algo sobre matar uma pessoa. Não me lembro do nome. Ele me fez uma pergunta, e eu não sabia do que estava falando, por isso fiquei quieto e não fiz nada. E depois um deles disse "Ele perdeu a conexão", e o outro falou "Merda", e outro me perguntou se aquilo significava que o outro cara estava na sala. Tinha certeza de que ele estava falando de mim. Fiquei quieto e não fiz nada e, então, já era o dia seguinte. Bob veio me perguntar como eu estava. Eu menti e disse que estava bem. Acho que entendi. Pensei que estava tendo apagões porque botaram um computador na minha cabeça. Mas acho que, na verdade, Bob e Ted estão usando o computador da minha cabeça para me fazer ter apagões. O negócio é que os apagões estão ficando maiores agora. No último, eu perdi três dias inteiros. Não sei se posso fazer alguma coisa sobre eles. Pensei em tentar fugir, mas tenho um computador na minha cabeça agora. Sei que eles vão me encontrar. E podem me fazer apagar quando quiserem. E acho que, quando eles me apagam, me usam para fazer coisas ruins. Ou estão me fazendo fazer coisas ruins. Não sei o que fazer agora. Estou gravando isso para que, se vocês descobrirem o que fiz de mau, saibam que não era eu. Vocês sabem que eu não faria isso. Não sei se posso impedir que me usem para fazer algo ruim. Mas prometo a vocês que, se puder, vou impedir. Tudo o que eu queria era um emprego. Queria dar um lugar legal para você morar, vovó. E para você também, Janis. Desculpem. Amo vocês.

A imagem saiu do rosto de Johnny Sani, mostrando o interior de seu quarto em Duarte. Em seguida, apagou.

– Quem seria tão desgraçado a ponto de fazer uma coisa dessas? – perguntou Becenti. Dizer que ele estava espumando de ódio seria um eufemismo.

Nesse momento, May e Janis Sani já haviam saído da sala de conferência, perturbadas. Capitão Laughing as escoltou para fora, acenando para Redhouse que a conversa deveria continuar na sua ausência. O presidente Becenti não precisou de nenhuma deixa.

– Isso é realmente possível? – Redhouse me perguntou.

– Apagar alguém e depois controlar seu corpo? – devolvi a pergunta. Redhouse assentiu. – Eu nunca ouvi falar disso.

– Não é a mesma coisa de não ser possível – comentou a porta-voz Roanhorse.

– Não, senhora, não é. Mas, se era algo possível, é surpreendente que não tenha sido feito antes. Redes neurais são feitas para serem resistentes a invasões – expliquei e parei de falar.

– Quê? – perguntou Redhouse.

Por um instante, imaginei o que dizer para eles, mas depois pensei, foda-se, é a liderança da nação navajo que está aqui. Eu não estava tagarelando para qualquer um.

– A rede neural de Johnny Sani é única – respondi. – É totalmente possível que tenha sido ajustada para uma coisa dessas. Seria um caso único.

– Por que ele? – perguntou Becenti. – Por que fazer isso com Johnny Sani?

– Qualquer outra pessoa deixaria rastros – expliquei. – Johnny Sani nunca havia saído da nação navajo. Todos os seus prontuários médicos estão aqui. Não tem documento de identidade fora daqui, exceto seu número de previdência, e nunca usou esse número para nada. Não parece ter tido um emprego que não fosse pago em dinheiro, por baixo dos panos, incluindo esse. Não tem muitos amigos, tampouco muitos familiares.

– Em outras palavras, se quisessem usar alguém como experimento médico, ele era perfeito – disse Redhouse.

– Exatamente isso.

Becenti fumegou um pouco mais.

– Eu conhecia Johnny Sani – ele me disse.

– Sim, senhor. Eu soube. – O que eu sabia mesmo, por Klah Redhouse, era que, no passado, Becenti arrastava um caminhão pela mãe de Johnny e Janis, June. Um amor nunca correspondido, pelo que diziam, mas isso não aliviava em nada as coisas para o atual presidente da nação navajo. Chamas antigas que ardem forte.

Becenti apontou para a tela, que havia voltado para o início do vídeo, com a cabeça de Johnny em quadro.

– Quero que você descubra quem fez isso – ele disse. – E depois quero que corte a cabeça do responsável fora.

– Farei o que puder, senhor presidente – confirmei. Eu não sabia ao certo se era protocolo chamá-lo de "senhor presidente", mas não custava nada.

– Se houver qualquer coisa que possamos fazer para ajudar, avise – ele disse.

– O oficial Redhouse já foi de grande ajuda. Eu o informo se houver qualquer coisa a mais que eu precise.

Becenti assentiu e saiu da sala.

— Quando vocês vão liberar o corpo para a família? – perguntou Roanhorse depois da saída de Becenti.

— Logo – garanti para ela. – Nosso especialista está terminando o exame da rede na cabeça de Sani. Assim que terminar, acredito que poderemos liberar o corpo.

— Pelo que eu saiba, você vai ajudar os Sani a trazer Johnny para cá – disse ela.

Olhei para Redhouse quando ouvi o comentário. Sua expressão era neutra.

— Serão tomadas providências, sim – falei. – A pessoa que está ajudando pediu para permanecer no anonimato para evitar qualquer possibilidade de espetáculo.

— Fico me perguntando por que essa pessoa anônima decidiu ajudar – disse Roanhorse.

— Porque alguém deve ajudar, e esse alguém podia ajudar – retruquei.

— Você entende o que significa "anônimo" – falei a Redhouse depois que Roanhorse saiu da sala.

Redhouse apontou para ela.

— Aquela é a porta-voz da nação navajo e também uma grande amiga da minha mãe – ele disse. – Tente esconder um segredo dela.

— Não deixe que chegue aos Sani – pedi.

— Não deixo – disse Redhouse. – E agora é melhor você me dar algo para fazer para te ajudar, pois você pôs um alvo na minha cabeça perante o presidente.

— Estava tentando elogiar você! – protestei.

— Obrigado pelo gesto – disse Redhouse. – Mas não vai ser você que ele vai chamar para pedir novidades sobre o caso.

— Tem *uma coisa* que pode fazer por mim – falei. – Fuce nos prontuários médicos da nação. Veja se há mais alguém como Johnny

Sani. Alguém que contraiu Haden, teve meningite, mas se recuperou depois.

– O que eu faço se encontrar?

– Diga para não aceitar nenhum trabalho de estranhos, para começar.

Redhouse sorriu e saiu da sala. Liguei para Tony.

– Tentando terminar o relatório – disse ele assim que atendeu.

– Não vou atrapalhar – garanti. – Mas quero que verifique algo específico para mim.

– Posso cobrar como extra? – perguntou Tony.

– Pelo que eu saiba, sim.

– Então, me diz o que é.

– Procure no código qualquer coisa que possa apagar o integrador – falei.

– Tipo, deixá-lo inconsciente?

– Isso. O integrador inconsciente, mas o corpo ainda funcional.

– Não pode – afirmou Tony. – Integradores não são apenas receptáculos passivos dos clientes. Precisam estar conscientes para ajudar.

– Eu acredito em você. Mas verifique do mesmo jeito.

– E suponho que queira isso para às sete horas.

– Seria ótimo.

– Vou cobrar honorários de feriado – disse Tony.

– Tudo bem por mim. Mãos à obra.

– Já estou – ele disse e desconectou.

Ergui os olhos e vi Johnny Sani me encarando. Devolvi o olhar em silêncio.

DEZOITO

– Olha só, vocês não vão acreditar *nessa* merda – disse Tony, caminhando até nossa mesa alta no Alexander's Café, em Cady's Alley, Georgetown. Vann havia designado o café para ser o local de interrogatório de Brenda Rees em uma atmosfera tranquila. Estávamos em uma mesa alta e em pé porque os cafés não gostavam de C3 ocupando cadeiras, uma pequena amostra de discriminação tecnológica a que eu realmente não dava a mínima, de um jeito ou de outro.

– Quem é você? – perguntou Vann ao outro C3 que vinha com Tony.

– Tayla Givens – disse ela, antes que eu pudesse responder. – Colega de apartamento de Tony e Chris. Tony me disse que pararíamos aqui no caminho para o cinema.

Vann olhou para mim para ver se eu me importava se Tayla ouvisse o que estávamos prestes a conversar. Fiz um pequeno movimento corporal que efetivamente comunicou o pensamento "tanto faz". Vann voltou-se para Tayla.

– Isso é uma conversa confidencial, então não comente com ninguém.

– Se quiserem, posso desligar minha audição – comentou Tayla. – Faço isso sempre quando estou com Tony.

– Ora essa – disse Tony.

Vann sorriu.

– Não precisa. Só não diga nada a ninguém.

– Tecnicamente, Tony é meu paciente – disse Tayla. – Tenho obrigação de confidencialidade médica.

Vann virou-se para Tony.

– Em que merda não vamos acreditar?

– Chris, você me pediu para procurar algum código no software que apagasse o integrador – disse Tony.

– Isso – respondi. – E você encontrou?

– Não – retrucou ele. – Eu disse que precisava do integrador consciente para auxiliar o cliente, e nada disso muda. O que o software faz de verdade, ou pode fazer, é *bem mais* bizarro. Ele rouba o livre arbítrio do integrador. E, em seguida, apaga sua memória.

– Explique – disse Vann. De repente, ficou muito atenta.

– Integradores ficam conscientes por dois motivos – disse Tony. – Um, é seu corpo e eles precisam ter poder de veto sobre qualquer bobagem que um cliente queira fazer, como entrar numa briga ou pular de um avião sem paraquedas. Dois, porque a integração não é totalmente limpa, certo? A rede neural transmite os desejos do cliente para o cérebro do integrador. O cérebro absorve e move o corpo e faz com que ele execute o que o cliente quer. Mas, às vezes, o sinal não é forte o bastante, e o integrador precisa intervir e fazer acontecer.

— O integrador precisa ler a intenção e auxiliar — disse Vann. De repente, percebi que Tony não sabia que Vann tinha um histórico de integradora.

— Exatamente — confirmou Tony. — Então, apagar um integrador não é apenas moralmente errado, mas também mina o propósito da integração, para começo de conversa, que é dar ao cliente a ilusão de um corpo humano funcionando. Um corpo com um integrador desmaiado vai ter dificuldades para caminhar ou fazer qualquer coisa com o mínimo da agilidade normal.

— Mas alguém descobriu como burlar isso — disse Vann.

— Acho que sim.

— Como?

— O código que estou vendo mexe com o sentido proprioceptivo do integrador — respondeu Tony. — Dá ao integrador a sensação de que não pode sentir o próprio corpo.

— Ele o paralisa — disse Tayla. Claramente não havia desligado a audição.

— Não — disse Tony. — Veja, essa é a parte sorrateira. Ninguém quer paralisar o integrador, porque assim o cliente não pode usar o corpo. A intenção é roubar do integrador *todas as sensações do seu corpo*, ao mesmo tempo que deixa o corpo receptivo a estímulos. O integrador perde o controle do corpo, mas o corpo fica pronto para ser usado.

— O integrador vivencia o encarceramento — disse eu.

— Exatamente — afirmou Tony. — Eles viram hadens. Mas, diferente de nós — Tony apontou para nós três, excluindo Vann —, o corpo está ótimo para prosseguir.

— Mas, se o integrador fica encarcerado, então o corpo *não está bom* para prosseguir — contestei. — Você mesmo disse isso. Eles precisam estar lá para auxiliar.

– Essa é outra parte sorrateira – disse Tony. – Além de encarcerar o integrador, o código engana o cérebro para que ele pense que o sinal do cliente é também o sinal do integrador. Então, quando o cliente diz "Levante o braço", o corpo ouve o cliente e o integrador falando. E ele levanta o braço. Ou move a perna. Ou mastiga comida.

– Ou pula de um avião sem paraquedas – disse Vann.

– Ou isso – concordou Tony.

– Também disse que ele limpa a memória – continuou Vann.

– Ah, sim. Embora talvez não seja exato dizer que ele limpa. O que ele faz é inibir o cérebro do integrador de formar memórias de longo prazo do que o cliente está fazendo. Tudo existe apenas na memória de curto prazo. Assim que o cliente se desliga, tudo que estava fazendo com o corpo do integrador é apagado do cérebro.

– Parece tempo perdido – comentei.

– Não para o cliente – disse Vann.

– Provável que não – confirmou Tony. – Supondo que o cérebro do cliente esteja funcionando normalmente, as lembranças serão registradas de forma normal também.

– Então, o cliente pode fazer tudo que quiser, e o integrador não vai se lembrar – confirmou Tayla.

– Isso – disse Tony. – Mas aqui está o elemento *realmente* perturbador. O integrador não vai se lembrar de nada, mas e durante o acontecido? O integrador *sente*. O código não suprime a consciência do integrador. Não tem de fazer isso, porque interrompe a propriocepção e joga a consciência em uma reserva de memória de curto prazo. Escrever um código para suprimir a consciência do integrador seria perda de tempo. Então, para cada segundo que o cliente mantém o integrador encarcerado...

– O integrador sente como se estivesse se afogando – disse Vann.

– Exato – concordou Tony. – Ou aquela sensação de quando você está sonhando e não consegue se mexer. Ou, bem, como é ser um haden.

– Como se relaciona com o hardware? – perguntou Vann.

– Muito bem – respondeu Tony. – O hardware está otimizado para o software, não o inverso. A rede tem uma concentração densa de filamentos que acessam o trato espinocerebelar dorsal, por exemplo. Essa é a parte do cérebro que lida com a propriocepção consciente. Uma vez que se conheça o software, o projeto de hardware faz todo o sentido. É uma rede projetada com um objetivo.

– Projetada para tomar o cérebro de alguém – disse Vann.

– Bem isso – concordou Tony.

No fim da viela, enxerguei um rosto familiar.

– Acho que estou vendo Brenda Rees – falei. Acenei até ela me ver. Sorriu, acenou de volta e veio em nossa direção.

– E nós precisamos ir se quisermos ver o filme – disse Tayla para Tony.

– Última pergunta – disse Vann. – Há alguma maneira de esse software funcionar em uma rede que *não* seja essa daí?

– Você diz, em um integrador diferente? – perguntou Tony.

– Exato.

– Resposta longa ou curta? – Tony voltou a perguntar. Tayla grunhiu.

– Curta.

– Parece improvável – respondeu Tony.

Brenda Rees enfiou a mão na bolsa, puxou uma arma e mirou em Vann.

– Arma! – gritei, puxando Vann para baixo e, ao mesmo tempo, cobrindo seu corpo com meu C3. Uma bala estourou meu painel traseiro e outra pegou de raspão no meu braço. Senti uma dor excruciante nos dois pontos e, imediatamente, desliguei minha percepção de dor. O salão do café irrompeu em gritos e pânico. Peguei minha arma paralisante e girei para disparar. Rees estava saindo pela viela com a multidão em pânico.

— Ah, *porra* – disse Vann. Olhei para baixo e vi o sangramento em seu braço. Tayla já estava lá, aplicando pressão.

Vann olhou para mim.

— Merda, Shane, o que você tá fazendo? Vá atrás dela.

— Tayla – eu disse.

— Eu cuido disso – ela falou, sem tirar os olhos do ombro de Vann. Corri atrás de Rees.

A mulher havia virado à esquerda na rua 33. Quando entrei na 33, avistei-a virando à esquerda novamente, na M. Houve o som de outro tiro, seguido de gritos. Virei a esquina e quase fui derrubado pelas pessoas correndo. Entrei na rua para evitá-las e vi Rees a meia altura do quarteirão, me procurando.

Não atirei. Havia muita gente por perto. Em vez disso, corri na direção dela.

Quando estava a quase 5 metros de distância, ela me viu, conseguiu erguer a arma e atirar em mim. Ou errou ou me alvejou de maneira que eu não senti na hora. Cheguei em alta velocidade e a empurrei com tudo contra um muro, arrancando um pedaço de sua perna quando o membro se prendeu em um bocal de mangueira de incêndio. Sua arma voou longe.

Meu impulso me fez bater no muro uma fração de segundo depois. Soltei Rees. Ela cambaleou para longe, mancando pela rua, pegando outra coisa na bolsa. Mirei minha arma paralisante nela e me preparei para atirar.

E refreei o tiro quando ela se virou e vi uma granada na mão com o pino puxado.

— Você só pode estar zoando com a minha cara – falei.

Rees sorriu, mancou mais adiante na rua e soltou a alavanca.

Então, seu rosto mudou.

Pareceu confusa por um segundo, e então viu o que tinha nas mãos.

Gritou, soltou a granada e virou para correr. Inclinei a cabeça contra a parede e esperei a explosão.

Que me lançou contra o muro.

Fragmentos da granada cravaram-se no muro acima de mim e estouraram as vitrines ao redor.

Ergui os olhos para ver se havia alguma vítima. As únicas pessoas que vi estavam correndo rápido demais para estarem machucadas.

Olhei para Rees.

A granada havia arrancado suas pernas.

Fui até ela e me surpreendi por ela ainda estar viva, olhando para o próprio corpo. O braço esquerdo estava mutilado. O direito tateava a perna.

Ela me olhou.

– Não consigo ouvir nada – disse, trêmula. – Não consigo ouvir. Me ajude.

– Estou bem aqui – falei, embora ela não pudesse me ouvir. Peguei sua mão direita e segurei.

Ela começou a chorar.

– Não queria que isso acontecesse. Não escolhi isso – disse.

– Tudo bem – falei. Com minha voz interna, liguei para a polícia.

Ela parou de olhar as pernas estraçalhadas e me encarou.

– Você. Eu me lembro de você. No jantar. Eu me lembro.

Assenti para que ela soubesse que eu me lembrava também.

– Ele não estava lá o tempo todo – disse ela. – Eu estava lá o tempo todo. Eu estava. Eu estava. Mas não ele. Ele não estava. Ele não estava. Ele.

Ela parou de falar. Eu a segurei nos braços e a vi morrer.

Cinco minutos depois, ergui a cabeça e vi a detetive Trinh

olhando para mim, arma sacada, dois outros policiais atrás dela, os dois apontando para a minha cabeça.

– Não começa – disse eu.

– Quer explicar isso para mim, agente Shane? – perguntou Trinh.

– É complicado.

– Eu tenho tempo.

– Não sei se eu tenho.

Ela apontou para Rees com a arma.

– Quem é essa? – disse ela.

– No que diz respeito a você, o nome dela é "Propriedade do FBI" – falei.

Voltei ao Alexander's e encontrei Vann em uma maca, com máscara de oxigênio no rosto e um paramédico preparando-a para sair dali.

– Estou bem – disse ela.

Olhei para Tayla, que estava limpando o sangue de seu C3 com uma toalha que o paramédico lhe dera.

– Ela não está bem – disse Tayla. – Foi alvejada no ombro. Parece que não acertou nada importante, mas ainda assim vai para o hospital. Eu a levaria para o Howard, assim poderia cuidar dela pessoalmente, mas o Georgetown está mais próximo. Vou com ela até lá, conheço o pessoal. Vai ser bem tratada.

– Valeu, Tayla – falei.

– Eu não queria mesmo ver aquele filme – ela respondeu.

– O que devo fazer? – perguntou Tony.

– Preciso que você volte e vasculhe aquele software um pouco mais – respondi.

– Por quê?

– Lembra quando você disse que não achava que o software poderia funcionar em uma rede neural diferente?

– Lembro.

– Tenho um forte pressentimento de que você está enganado – comentei. – Volte para o necrotério. Vou te enviar uma coisa.

– Tá brincando – disse Tony, quando se deu conta do que eu estava falando.

– Queria estar.

– Shane – disse Vann.

Virei para a minha parceira. Ela apontou.

– Sua cabeça está rachada.

– Eu parei uma bala. Estou bem. Vou pedir para trocarem o painel amanhã.

– Obrigada.

– Você me deve essa.

Vann sorriu.

– Rees – ela disse.

– Morta.

– Como?

– Granada.

– *Como assim?* – perguntou Vann.

– Acho que não era ela mesma – respondi.

– Acha que ela era como Sani.

– Pois é. Acho. E tem outra coisa. Antes de morrer, acho que ela estava me falando que, na noite em que a Loudoun Pharma explodiu, não estava integrada com Samuel Schwartz o tempo todo em que esteve no jantar do meu pai. Ela era a cobertura quando ele saiu da integração para fazer outra coisa.

– Loudoun Pharma – disse Vann.

– Talvez.

– Vai enfrentar um advogado corporativo nesse caso – disse Vann. – Boa sorte.

— Pode deixar.

— Seus colegas de apartamento – disse Vann.

— Que tem eles? – perguntei.

— Se Rees estava integrada…

— Então, quem quer que estivesse dentro dela os viu.

— Vou informar seu endereço – disse Vann. – Vou botar agentes lá.

— Ponha alguns para você também – falei. – Foi você quem tomou um tiro.

— Fui a única em quem *ela* atirou – confirmou Vann.

Levei um segundo para entender o que ela estava me dizendo.

— Ah, merda – eu falei e me desconectei.

— Eita! – disse Jerry Riggs, assustado, quando eu entrei no Kamen Zephyr. – Caramba. Você precisa me avisar quando for fazer isso. Esse C3 não se moveu o tempo todo em que estive aqui.

— Jerry – falei. – Você precisa sair. Agora.

— O que foi?

— Tenho certeza de que alguém está vindo me matar – respondi.

Jerry deu risada, em seguida parou.

— Você está falando sério, não é? – ele disse.

— Jerry. Por favor. Dá o fora daqui, já!

Jerry me olhou, boquiaberto, deixou de lado o livro que estava lendo e caminhou rapidamente até a porta.

Olhei para o meu corpo no berço, pacífico. Em seguida, fui até a porta.

Meu pai e minha mãe estavam na cozinha, jantando a sós, já tendo dispensado os empregados. Os dois ergueram a cabeça quando entrei.

— Chris – disse meu pai.

— O que aconteceu com seu 660? – perguntou minha mãe, olhando o C3.

As luzes apagaram.

– Saiam da casa – sussurrei para eles. – Agora.

O Zephyr tinha opção de visão noturna. Acionei-a e olhei ao redor. Estendi a mão e peguei uma faca da tábua de corte. Depois de um instante, peguei uma frigideira de ferro pesada de um gancho. Já havia me preparado.

Cheguei ao meu quarto quando alguém estava abrindo a porta de correr de vidro que levava à varanda. O homem era troncudo, pequeno e entrou com uma arma apontada para baixo diante do corpo. Avistou a constelação de luzes que cercava meu berço, abastecida pelas baterias que durariam doze horas. As luzes lhe dariam iluminação mais que suficiente para enfiar uma bala no meu cérebro. Ele avançou, por muito tempo de costas para mim, e ergueu a arma. Parecia extremamente profissional.

Mas não verificou a retaguarda.

Ou a lateral, mais precisamente, que foi de onde me aproximei dele, golpeando com a frigideira em cheio na cabeça.

Ele caiu, e a arma disparou dois tiros. A primeira bala abriu um buraco no meu berço. Uma dor cada vez maior na minha lateral surgiu quando pequenos pedaços do berço entraram na minha carne. O segundo tiro foi longe, bem acima do berço, e bateu na porta de correr que levava à varanda do meu quarto. E a estilhaçou.

Acertei o atirador com a frigideira, mas não com tanta força quanto poderia. Ele estendeu uma perna e chutou meu joelho. Se eu estivesse em um corpo humano, teria caído aos berros. Como não estava, perdi o equilíbrio e caí, soltando a frigideira.

Eu caí, e ele se levantou, engatilhando outro tiro. Peguei a faca que ainda estava na minha mão e cravei com tudo em sua bota. Ele gritou e saltou para trás, agarrando a faca para retirá-la.

Fiquei em pé para deixá-lo ainda mais desequilibrado, e ele girou a arma para cima de mim, atirando.

Senti a bala entrar no meu C3, no lado esquerdo dos quadris, atravessando a perna. Um alerta de manutenção imediatamente surgiu no meu campo de visão, dizendo que eu havia perdido totalmente o controle da perna esquerda. Sabia disso porque caí de cara no chão azulejado, quebrando a placa facial do Zephyr.

Rolei e olhei para cima para ver o homem recostado no batente da porta do quarto, tirando o peso do pé ferido, fazendo mira. A faca ainda estava no pé, e a frigideira estava atrás de mim. Não havia maneira de eu pará-lo a tempo.

– Ei! – disse meu pai, e o homem apenas virou a tempo de tomar um tiro de escopeta na lateral do corpo.

O tiro de escopeta me surpreendeu, mas provavelmente menos do que surpreendeu meu assassino. Ele voou para fora da porta, girando, caindo de cara a menos de meio metro de mim. Ele não gemeu ou suspirou.

Estava morto.

– Chris! – Veio a voz do meu pai.

– Estou bem – respondi. – Os dois eus. Um mais que o outro. – Puxei minha perna inútil atrás de mim e me sentei.

Minha mãe correu para dentro do quarto, lanterna na mão, apontando-a para meus olhos, me cegando. Acionei o modo normal dos olhos.

– Jogue a lanterna para mim – falei.

Ela jogou. Corri a luz pelo assassino, de cima a baixo. Havia um buraco escancarado onde algumas costelas costumavam ficar. Meu pai pegou o cara quase à queima-roupa.

– Está morto? – perguntou minha mãe.

– Está.

– Tem certeza?

– Meu Deus – disse meu pai. – Acabo de matar um homem.

– É, você matou – falei. Mirei minha lanterna para meu pai. – Não me leve a mal, mas acho que é o fim da sua candidatura ao Senado.

Meu pai não tinha nada a dizer. Acho que talvez estivesse um pouco em choque.

Peguei o corpo e o rolei. Quem quer que fosse, era jovem, de cabelos e olhos escuros.

– Quem é ele? – perguntou meu pai.

– Não sei – respondi.

– Por que alguém iria querer matar você? – perguntou minha mãe.

– Sou agente do FBI.

– É seu terceiro dia no emprego!

– Quarto – falei. Eu estava sentindo um pouco de tontura. Tinha sido um dia longo. – Mãe. Pai. Preciso que façam uma coisa por mim. Quando a polícia chegar, a história que precisam contar é de um assalto à casa que deu errado. Digam a Jerry para contar a mesma história.

– Ele está no seu quarto – disse meu pai. – Seu C3 tomou um tiro.

– Eu vim para casa jantar com vocês dois – comentei. – Ouvimos barulhos. Insisti em assumir a dianteira, pois sou agente do FBI.

Meu pai parecia incerto.

– Vamos lá, pai. Você é um dos homens mais famosos do planeta, pô. Acho que pode vender essa história.

– Por que você precisa que a gente conte essa história? – perguntou minha mãe.

Olhei para o homem morto no quarto.

– Porque preciso que a pessoa que fez isso acredite que não sei o que ele está aprontando.

– Chris. O homem que fez isso está morto.

– É exatamente o que quero que ele pense.

Minha mãe olhou para mim como se eu tivesse enlouquecido.

Meu campo de visão iluminou-se com algo diferente do alerta de manutenção. Era Klah Redhouse. Disse aos meus pais para aguardarem e atendi à ligação.

– Tudo bem? – perguntou Klah. Minha tontura aparentemente ficara óbvia até pela voz.

– Deixe essa pergunta para amanhã – respondi.

– Fiz o que você pediu e vasculhei os prontuários médicos da nação – disse Redhouse. – Consegui a liberação do presidente Becenti.

– O que encontrou?

– Havia duas pessoas que casavam com o que você estava procurando – disse Redhouse. – Uma delas é uma mulher, Annie Brigmann. Morreu três anos atrás. Um homem estava dirigindo, caiu no sono com ela no carro e saiu da estrada. Ela não estava usando cinto de segurança. O carro capotou em cima dela.

– A outra pessoa?

– Chama-se Bruce Skow – disse Redhouse. – Tentei localizá-lo. Está sumido de casa faz uns três meses.

– Espere um segundo – respondi. Olhei para meu assassino, tirei uma foto de seu rosto e enviei para Redhouse. – Diga se é esse aí.

– Parece com ele – disse Redhouse. – Conhece?

– Ele está na casa dos meus pais agora mesmo – disse eu. – Morto.

– Não pode ser coincidência – disse Redhouse.

– Não. Não pode – confirmei.

– O que quer que eu faça com essa informação? – perguntou Redhouse.

– Preciso que aguarde por mim – respondi. – Não vai demorar. Só preciso de um tempinho.

– Você está com crédito – disse Redhouse. – Descanse.

– Valeu – disse e desconectei. Pude ouvir as sirenes aproximando-se da entrada da casa.

DEZENOVE

Uma hora com os xerifes do Condado de Loudoun, que pareceram felizes em comprar a história do "assalto domiciliar que deu errado". Saí bem quando a imprensa e o pessoal de mídia do meu pai começaram a chegar. Era algo com que poderiam lidar. Em algum momento, eu precisaria fazer o FBI custodiar o corpo de Skow, porque eu precisava confirmar o que havia em sua cabeça. Cuidaria disso mais tarde.

Meu C3 no D.C. estava onde eu o havia deixado, e tinha um policial vigiando, embora não tivesse ficado claro para mim nos primeiros minutos se estava vigiando ou esperando para me prender. Um diagnóstico mostrou que o dano ao C3 da bala nas costas era pior do que eu inicialmente havia pensado, e eu tinha algumas horas antes que ele travasse totalmente. Dei-me conta de que, em um único dia, havia danificado seriamente três C3 diferentes.

Uma hora discutindo com Trinh e a polícia metropolitana sobre a liberação do corpo de Rees para o FBI. O fato de que Rees havia tentado assassinar uma agente do FBI não parecia ser tão convincente para Trinh. Finalmente, tive de pedir que o pessoal acima de mim no FBI fosse até o chefe da polícia metropolitana. Quando terminei, Trinh não queria mais ser minha amiga, nunca mais. Estava bom para mim.

Outra hora com o FBI, recontando o ataque de Rees, inventando uma mentira adequada por ter saído da cena do crime para verificar se meus pais estavam bem e, fora isso, atualizando meu departamento com os acontecimentos do dia. Concentrei-me no ataque de Rees, e não no dia inteiro. Não me voluntariei para especular sobre as causas, e ninguém me pediu para fazê-lo. Por ora, o ataque de Rees estava sendo tratado como um evento único, não relacionado com quaisquer outras coisas que eu e Vann estivéssemos fazendo. Isso também estava bom para mim.

Terminei bem quando meu C3 parou de vez. Consegui chegar até a minha mesa. Eu teria de marcar com a concessionária Sebring-Warner local para buscá-lo no dia seguinte. Nesse meio-tempo, verifiquei no estoque quais C3 de visitantes eu poderia usar.

Não havia nenhum. Havíamos pedido reforços para a manifestação. Agentes visitantes estavam com os cinco C3 que tínhamos disponíveis emprestados. Ótimo, pensei, e comecei a procurar locadoras.

Não havia nenhuma. A marcha fez com que todos os C3 de aluguel no distrito, em Maryland e no norte da Virgínia ficassem fora até segunda-feira. O C3 de aluguel mais próximo disponível era em Richmond. Um Metro Junior Courier.

– Que inferno – falei, e finalmente exerci meus privilégios de gente rica. Liguei para um vendedor da Sebring-Warner em seu número pessoal e lhe disse que, se ele pudesse ir até a loja e aprontar um

C3 para mim em 45 minutos, eu pagaria o preço cheio mais 5 mil dólares extras como gorjeta por arrancá-lo de qualquer que fosse o buraco para solteiros de Adams-Morgan no qual ele estivesse enfiado no momento.

Uma hora depois, saí da concessionária Sebring-Warner do D.C. em um 325K – alguns níveis abaixo do 660XS, mas, àquela altura, era possível que eu ficasse com ele por volta de um dia antes de acabar com ele a serviço – e peguei um táxi até o Hospital Georgetown, ligando para Vann para informá-la que estava a caminho em um novo C3.

Encontrei-a na sala de emergência, com o braço em uma tipoia, brigando com um servente do hospital.

– Precisamos que a senhora vá para a cadeira de rodas até sair do prédio – ele disse.

– Eu tomei um tiro no ombro, não nas pernas – retrucou ela.

– É política do hospital.

– Não posso mover este braço, mas o resto funciona bem, então, se tentar me impedir, vai ver o que eu faço com você. A boa notícia é que você já está no hospital. – Ela se afastou, deixando o servente irritado para trás.

– Vann – falei.

Ela olhou para mim, analisando o novo C3.

– Shane?

– É.

– Prove.

– Eu deixei a Trinh puta da vida hoje à noite – falei. – Acho que ela me odeia mais do que odeia você.

– Ah, duvido – comentou Vann. – Mas se conseguiu fazê-la sentir metade desse ódio, pago uma bebida para você.

– Eu não bebo.

— Bem — disse Vann. — Então *você* me paga uma bebida. Vamos. Sei de um bar aqui perto.

— Não acho que você deveria ficar de bar em bar hoje — comentei. — Está com um buraco no ombro.

— É um arranhão — disse Vann.

— Um buraco *a bala* no ombro — insisti.

— Era uma balinha.

— Disparada por alguém que estava tentando te matar.

— Todos os motivos para eu precisar de uma bebida.

— Sem bares — teimei.

Vann olhou para mim com uma cara azeda.

— Vamos voltar para o meu apartamento — eu disse.

— Por que eu iria querer fazer isso? — perguntou ela.

— Porque preciso te deixar a par das coisas. E porque há agentes lá vigiando o local, então você não vai ser assassinada à noite. Tenho um sofá, você pode dormir nele.

Vann ainda não parecia estar convencida.

— E vamos parar no caminho e pegar uma garrafa de alguma coisa — eu disse.

— Assim é melhor — ela concordou.

Entrei na casa com minha identificação pública liberada para que meus colegas de apartamento não entrassem em pânico quando me vissem. Tayla aproximou-se e parou quando olhou para Vann.

— Deram alta para você.

— Foi mais algo como "não deixei que me segurassem lá" — corrigiu Vann.

Mesmo sem expressão facial, pude sentir a desaprovação irradiando de Tayla, mas ela deixou para lá.

— Vocês precisam acessar o noticiário — disse ela.

— Não sei se é uma boa ideia — comentei.

— Tem uma mensagem de vídeo de Brenda Rees — ela insistiu. — Entrou ao vivo na net pouco antes de ela atirar na agente Vann. — Ela apontou para a sala de estar. — Temos um monitor para convidados lá.

— Estou com meus óculos — disse Vann, mas ainda assim seguimos para a sala de estar e ligamos o monitor no canal de notícias, que tinha uma cópia do vídeo de Rees. No vídeo, ela falava sobre a injustiça da Abrams-Kettering, como estava causando sofrimento entre tantos de seus clientes, e como todo mundo era culpado.

— Não há inocentes entre os não hadens — disse ela. — Eles permitiram que isso acontecesse. Cassandra Bell já disse, e eu acredito: essa é uma guerra contra a minoria incapacitada. Bem, agora eu sou soldado desta guerra. E, para mim, a batalha começa hoje à noite.

— Acredita nisso? — Vann me perguntou, enquanto assistíamos ao vídeo novamente.

— Caramba, não — respondi.

— Você percebeu a referência à Cassandra Bell.

— Percebi. Outro ato de violência, aparentemente realizado por ordem dela.

— Alguém assassinado esta noite? — perguntou Vann.

— Além de Rees? — perguntei. Vann assentiu. — Não. Algumas pessoas foram pisoteadas e outras feridas, e houve dano ao patrimônio pela granada. Mas a única pessoa em quem ela atirou foi você.

— E você — corrigiu ela.

— Ela me atingiu. Mas foi porque eu estava protegendo você.

— E isso vai de encontro à história dela, de qualquer forma — disse Vann. — Então, você e eu sabemos que ela estava atirando em mim, mas a história dela vai deixar tudo confuso. Quando os programas matutinos forem ao ar amanhã, vão ligar esse tiroteio ao ataque da Loudoun Pharma.

– Não me surpreenderia.

Vann não disse nada, mas tocou o monitor para trazer as últimas notícias. A principal história além do ataque de Rees foi o tiroteio na casa dos meus pais. Vann acessou a história e a assistiu.

– Um assaltante – disse Vann depois de terminada a notícia.

– Foi o que eu disse para meus pais falarem.

– Acha que vai colar?

– Não tem motivo para não colar – respondi.

– Como estão seus pais? – perguntou Vann.

– Agora que têm o pessoal deles e respostas preparadas, vão ficar bem – disse. – Meu pai ficou um pouco em choque. Matar um homem anula qualquer chance de ele concorrer ao Senado.

– Ser um homem defendendo sua casa não o deixa tão enrascado assim em muitas partes da Virgínia – afirmou Vann.

– Não, mas tem a contrapartida da imagem de um homem negro e realmente grande e furioso com uma escopeta – comentei. – Mesmo o fato de os ancestrais da minha mãe terem sido contrabandistas de armas para os Estados Confederados não melhoram as coisas. Então, tenho certeza de que um representante do partido vai aparecer e dizer que ficaria contente se ele endossasse a candidatura de outra pessoa.

– Sinto muito.

– Vai ficar tudo bem. No final, vai. Meu pai provavelmente vai tirar uma semana para pensar em artigos e comentários sobre ele e o tiro antes de conseguir fazer qualquer outra coisa. Uma pessoa normal seria capaz de resolver em particular. Meu pai precisa se preocupar com o que isso significa para seu *legado*.

– E o "assaltante"? – disse Vann.

– Um navajo chamado Bruce Skow – comentei.

– E ele é como Johnny Sani.

– Pelo que podemos dizer até agora, provavelmente – respondi. – Precisamos chegar ao chefe dele para confirmar.

– Outro integrador controlado remotamente – disse Vann.

– Ao que parece.

Vann suspirou e apontou para a sacola da loja de bebidas que ainda estava na minha mão, contendo uma garrafa de uísque Maker's Mark e um pacote de copos descartáveis.

– Sirva um copo disso aí para mim – ela disse. – Um grande.

– Grande quanto? – perguntei.

– Não me deixe bêbada – disse Vann. – Mas perto disso seria ótimo.

Assenti.

– Por que não vai lá para o meu quarto? – propus. – Eu levo a bebida lá em um minuto. – Apontei onde ficava meu quarto e, então, fui para a cozinha, que era uma cozinha haden caracteristicamente vazia, exceto pelas caixas de líquido nutricional.

Tayla, cujo quarto ficava no primeiro andar, me viu entrar e seguiu.

– Você está levando bebida para ela – ela disse.

– A alternativa para trazer bebida para cá era levá-la a um bar – comentei. – Aqui, pelo menos, podemos refreá-la se ela ficar bêbada.

– O que ela realmente precisa nesse momento é dormir um pouco, não de uísque – ela disse, apontando a garrafa.

– Não discordo de você – falei, abrindo a garrafa. – Mas ela não vai dormir agora. Nesse caso, talvez seja melhor deixá-la confortável, porque temos trabalho a fazer.

– E como você está? – perguntou Tayla.

– Bem, você sabe – falei, abrindo o pacote de copos descartáveis. – Hoje eu lutei com um C3 ninja, vi duas mulheres assistindo ao último vídeo de um parente morto, vi uma mulher explodindo a 6 metros de distância e assisti ao meu pai matando um intruso com uma escopeta. – Peguei um copo e despejei uísque nele. – Se eu tivesse alguma noção, pegaria essa garrafa e jogaria no meu tubo de alimentação.

– Já vi gente fazendo isso de verdade – disse Tayla.

– Sério? – perguntei. – Como foi para eles?

– Tão bem quanto seria de se esperar – disse Tayla. – O corpo dos hadens é sedentário e, em geral, tem baixa tolerância ao álcool pra começo de conversa. Nosso sistema digestivo é usado para absorver líquidos nutricionais, não comida e bebida de verdade. E há o fato de que a doença muda nossa estrutura cerebral, o que, para muitos hadens, aumenta a propensão ao vício.

– Então eles ficam na merda, é isso que você está dizendo.

– O que estou dizendo é que não há merda tão grande quanto um haden alcoólatra.

– Vou me lembrar disso – comentei.

– Você também precisa dormir – disse ela. – Opinião profissional.

– Também não vou discordar de você nessa questão. Mas, por todos os motivos que enumerei, estou um tanto sem sono agora.

– É sempre assim? – perguntou Tayla.

– Meu trabalho?

– Isso.

– É minha primeira semana de trabalho. Então, até agora, sim.

– Como você se sente?

– Como se eu desejasse ter decidido continuar uma criança rica tradicional, parasitando os meus pais – respondi.

– Você não está falando sério – disse Tayla.

– Não. Mas no momento eu realmente quero sentir como se estivesse.

Tayla aproximou-se e pousou a mão no meu braço.

– Sou a médica da casa. Se precisar de ajuda, sabe onde me encontrar.

– Sei.

– Prometa que vai tentar dormir um pouco esta noite.

– Vou tentar.

– Tudo bem.

Ela se virou para sair.

– Tayla – eu disse. – Agradeço por hoje à noite. Significou muito para mim você ter ajudado minha parceira.

– É meu trabalho – disse Tayla. – Digo, você me viu ajudar um homem que dois minutos antes estava planejando arrancar minha cabeça com um taco de beisebol. Não faria menos que isso para alguém importante pra você.

VINTE

– Você demorou – disse Vann quando entrei no quarto.

– Tayla queria conversar – expliquei, levando o uísque para ela. – Está preocupada com a gente.

– Não é à toa – disse Vann, pegando o copo. – Ambos sobrevivemos a uma tentativa de assassinato hoje. Também estou preocupada com a gente. – Ela tomou um gole do copo. – Agora, vou te contar uma história.

– Pensei que estávamos guardando o momento das histórias para depois da manifestação.

– Estávamos – disse Vann. – Mas seu amigo Tony apareceu com sua descoberta, e daí alguém tentou enfiar uma bala na minha cabeça. Então, decidi que queria ter esse momento das histórias o quanto antes.

– Tudo bem.

– Vai ter algumas divagações – avisou Vann.

– Por mim, tudo bem também.

– Tenho 40 anos – disse Vann. – Tinha 16 quando fiquei doente. Foi durante a primeira onda de infecções, quando ainda estavam descobrindo o que fazer. Eu morava em Silver Spring, e havia uma festa à qual eu queria ir com amigos em Rockville, mas Rockville estava em quarentena devido a um surto de Haden. Eu não ligava, porque tinha 16 anos e era idiota.

– Como qualquer um com 16 anos – disse eu.

– Exatamente. Então, eu e meus amigos entramos em um carro, descobrimos um caminho onde não havia bloqueios e fomos à festa. Ninguém na festa parecia doente quando chegamos lá, então imaginei que não haveria problema. Voltei para casa por volta das três da manhã, e meu pai estava me esperando. Pensou que eu estava bêbada e me pediu para bafejar para que ele pudesse sentir meu hálito. Tossi nele como uma babaca e depois fui para a cama.

Vann fez uma pausa para tomar outro gole. Esperei o que sabia ser o próximo trecho da história.

– Três dias depois, senti que meu corpo todo havia inchado. Tive febre, fiquei rouca, minha cabeça doía. Meu pai estava se sentindo do mesmo jeito. Minha mãe e minha irmã estavam bem, então meu pai lhes disse para irem à casa da minha tia para não ficarem doentes.

– Não foi uma boa ideia – comentei. Provavelmente já haviam sido infectadas, mas não estavam mostrando os sintomas. Era assim que a Haden se espalhava tanto.

– Não – concordou Vann. – Mas eram os primeiros dias, então ainda estavam tentando descobrir o que estava acontecendo. Deixaram meu pai e eu assistindo à televisão, bebendo café e esperando melhorar. Depois de alguns dias, pensamos que o pior havia passado.

– E a meningite atacou – disse eu.

– E a meningite atacou. Pensei que minha cabeça ia explodir. Meu pai ligou para a emergência e contou o que estava acontecendo. Vieram até a nossa casa com trajes especiais, nos pegaram e levaram para o Centro Médico Militar Walter Reed, para onde as vítimas do segundo estágio de Haden eram enviadas. Fiquei lá por duas semanas. Quase morri no início. Injetaram um soro experimental em mim que me dava convulsão. Fiquei tão tensa que acabei quebrando a mandíbula.

– Nossa – disse eu. – E o que aconteceu com seu pai?

– Ele não melhorou – disse Vann. – O estágio da meningite fritou o cérebro dele. Entrou em coma por alguns dias depois que chegamos ao Walter Reed e morreu um mês depois. Eu estava lá quando desligaram os aparelhos.

– Sinto muito.

– Obrigada – disse Vann e tomou mais um gole. – O que é realmente uma merda é que meu pai era uma daquelas pessoas que falava até demais sobre querer doar os órgãos quando morresse. Mas, quando morreu, não pudemos doar nenhum dos órgãos. Não queriam que alguém recebesse seus rins e o vírus da Haden também. Perguntamos em Walter Reed se queriam usar o corpo dele para pesquisa, e disseram que já tinham mais corpos do que poderiam usar. Então, acabamos tendo que cremá-lo. Inteiro. Ele teria odiado aquilo.

– O que aconteceu com sua mãe e irmã? – perguntei. – Ficaram doentes?

– Gwen teve febre baixa por três dias e ficou bem – disse Vann. – Minha mãe nunca ficou doente.

– Que bom.

– É – disse Vann. – Então, passei os três anos seguintes sendo autodestrutiva e passando por terapia, porque me sentia culpada por matar meu pai.

– Você não matou seu pai – falei, mas Vann ergueu a mão.

– Acredite em mim, Shane – disse ela. – Qualquer coisa que você disser sobre o assunto, eu já ouvi milhares de vezes. Vai apenas me deixar chateada.

– Está certo – disse eu. – Desculpe.

– Tudo bem. Só deixe eu contar a história. – Outro gole. – Bem, em algum momento, descobriram que algumas das pessoas que sobreviveram ao segundo estágio da Haden sem ficar encarceradas podiam integrar, usar seu cérebro para carregar a consciência de outra pessoa. Eu estava nos arquivos do Walter Reed, então entraram em contato comigo e me pediram para ir até lá e ser testada. Eu fui. Disseram que meu cérebro é, nas palavras de um dos examinadores lá, "bonito pra caralho".

– Nada mau.

– Não mesmo – concordou Vann. – E pediram para eu virar integradora. Na época, eu estava na American University, aparentemente cursando biologia, mas na verdade, na maior parte do tempo, só queria ficar bêbada e transar. E eu pensei, por que não? Um, se eu me tornasse uma integradora, o INS bancaria o restante da minha faculdade e pagaria metade dos meus empréstimos estudantis. Dois, quando eu terminasse o treinamento, teria um emprego, o que na época era algo bem difícil de conseguir, mesmo para gente formada, e era um serviço que não acabaria. Três, pensei que seria algo que deixaria meu pai orgulhoso, e como eu o matei, imaginei que devia isso a ele.

Ela me olhou para ver se eu diria alguma coisa sobre ela ter matado o pai. Não falei nada.

– Então, terminei minha graduação na American e, nesse período, instalaram a rede neural na minha cabeça. Aquilo me deu um ataque de pânico, pois nos primeiros dias ela me dava dores de cabeça gigantescas. Como as que tive durante a meningite. – Ela apontou para a cabeça e fez movimentos circulares. – Eram os malditos fios se posicionando.

– Eu sei. Me lembro disso. Se você fosse criança quando instalaram, teria a alegria de sentir a rede se movendo durante o crescimento.

– Parece um pesadelo – disse Vann. – Eles me disseram durante a instalação que não havia terminações nervosas no cérebro, e eu disse que eles estavam viajando, porque o cérebro nada mais é que um nervo tamanho família.

– Tem razão.

– Mas as dores de cabeça foram embora, e eu fiquei bem. Ia ao Walter Reed um fim de semana sim, outro não, e eles faziam testes, condicionavam minha rede e me elogiavam de forma geral pela minha estrutura cerebral, que diziam ser perfeitamente ajustada para receber a consciência de outra pessoa. O que imaginei ser uma coisa boa, se aquele fosse meu trabalho. Então, me formei e imediatamente comecei a trabalhar no programa de integradores, que era mais testes e estudos de como a integração funciona na mecânica subjacente do cérebro. Eles são da opinião de que, quanto mais você compreende, melhor integrador vai ser. Não seria um mistério ou mágica. Seria apenas um processo.

– Estavam certos?

– Claro – disse Vann. – De certa forma. Porque é como tudo, certo? Existe uma teoria, e há a experiência do mundo real. A teoria por trás da integração não me incomoda nem um pouco. Entendo o mapeamento do pensamento e os protocolos de transmissão, as preocupações sobre interferências cruzadas entre cérebros e por que aprender técnicas de meditação ajuda a ser um receptáculo melhor para os clientes e tudo isso. Tudo faz perfeito sentido, eu não era idiota e tinha aquele meu cérebro lindo.

Outro gole.

– Mas então, fiz minha primeira sessão de integração e literalmente me caguei.

– Espere aí, como assim? – perguntei.

Vann assentiu.

– Na primeira sessão de integração, eles faziam a pessoa integrar com um haden da equipe. Doutora Harper. O trabalho dela era integrar com novos integradores, apresentar a eles o processo. Tudo que fazia, explicava como fazia. A ideia era não ter surpresa, nem nada maluco. Apenas coisas simples, como erguer um braço ou caminhar ao redor de uma mesa, ou pegar um copo para beber água. Então eu a encontrei, e nos cumprimentamos, e ela me contou um pouco sobre o que esperava e disse que sabia que provavelmente eu estava um pouco nervosa, e que aquilo era perfeitamente normal. E eu pensei, *Não estou nada nervosa, vamos ao que interessa*. Então, ela se sentou, eu me sentei, daí eu abri a conexão e senti o sinal dela solicitando permissão para download. Eu dei a permissão e *Meu Deus, caralho, tem outra pessoa dentro da minha cabeça*. E eu podia *sentir* a mulher. Não apenas sentir, mas sentir o que ela estava pensando e o que ela queria. Não era telepatia, como se eu pudesse ler os pensamentos dela, mas sabia o que ela queria. Tipo, pude dizer que o que ela realmente queria era que a sessão acabasse, porque estava com fome. Não sabia *o que* ela queria comer, mas sabia que ela *queria* comer. Não podia ler os pensamentos dela, mas podia *sentir* cada um deles. E parecia que estava sufocando. Ou me afogando.

– Você contou para eles? – perguntei.

– Não, porque eu sabia que não estava agindo racionalmente – disse Vann. – Sabia que, não importava o que eu estivesse sentindo, era uma reação exacerbada. Então, tentei usar todas aquelas técnicas de relaxamento e meditação que eles treinaram conosco. Usei, e elas pareceram funcionar. Comecei a me acalmar. E, enquanto me acalmava, percebi que tudo o que eu estava sentindo havia acontecido no intervalo de dez segundos. Mas, ótimo, eu podia lidar com aquilo. Então, ela tentou mover meu braço, e eu simplesmente pirei e meu esfíncter se soltou.

– Porque seu braço estava se movendo sem você querer – comentei.

– *Exatamente* – disse Vann. – Exatamente. – Tomou outro gole. – Porque isso foi o que aprendi sobre mim naquele primeiro dia: meu corpo é *meu corpo*. Não quero mais ninguém nele. Não quero que outra pessoa o controle ou tente controlá-lo. É meu espacinho no mundo e o único que tenho. E ter outra pessoa nele, fazendo qualquer coisa *com ele*, me deixa em pânico.

– O que aconteceu depois?

– Imediatamente ela interrompeu a conexão e veio até mim para me tirar daquele pânico – disse Vann. – Disse para eu não ficar envergonhada, e que minha reação era comum. Enquanto isso, eu estava lá, sentada no meu cocô, tentando não arrancar aquela cabecinha mecânica dela. Desculpe.

– Sem problema.

– Ela disse para deixarmos aquilo para trás e fazermos uma pausa para que eu pudesse me limpar e pegar algo para comer, e depois tentaríamos de novo. Bem, eu fui me limpar, mas não peguei nada para comer. Em vez disso, o que fiz foi procurar o bar mais próximo, ainda com as roupas de hospital, e pedir para me servirem cinco doses de tequila. Virei uma atrás da outra no intervalo de noventa segundos. E daí voltei para a segunda sessão e arrasei.

– Não perceberam que você havia enchido a cara de tequila – disse eu.

– Eu disse que passei alguns anos sendo autodestrutiva – falou Vann. – Não foi bom para o meu fígado, mas foi bom para conseguir beber e ainda assim funcionar.

– Então, para integrar, você precisava ficar bêbada.

– Não bêbada. Não no início. Precisava tomar o suficiente para não entrar em pânico quando tinha alguém dentro de mim. Percebi que, se eu conseguisse passar os primeiros cinco minutos, dava conta de lidar com o restante da sessão. Nunca ficava feliz, mas conseguia tolerar a intrusão. E quando terminava, eu saía para tomar mais alguns drinques para relaxar.

– Você não pensou em simplesmente não virar integradora.

– Não – afirmou Vann. – Você precisa passar um mínimo de tempo como integrador profissional ou tem que devolver tudo o que eles gastaram com educação e treinamento. Eu não tinha como pagar. E eu *queria* ser integradora. Queria fazer o trabalho. Só não conseguia fazê-lo sóbria.

– Entendi.

– E no início, não importava mesmo. Aprendi muito bem como calibrar a quantidade de álcool necessária para atravessar uma sessão. Eu nunca ficava bêbada, e meus clientes nunca perceberam. Recebia boas críticas, sempre era procurada e ninguém descobriu o que eu estava fazendo.

– Mas não durou.

– Não – disse Vann. E mais um gole. – O pânico nunca desapareceu. Não ficou mais administrável com o passar do tempo. Ficou pior, e no fim piorou ainda mais. Então, elevei minha dose terapêutica, como eu gostava de chamar.

– Eles perceberam.

– Nunca perceberam – insistiu Vann. – Naquela época, eu era muito boa de serviço. Conseguia lidar com o aspecto físico de ser integradora quase no piloto automático. O que não conseguia fazer bem era botar freios. Às vezes, um cliente quer que você faça algo com que não concordou no contrato. Quando isso acontece, é preciso refreá-lo. Se ele brigar com você por isso, você desconecta a sessão e denuncia. Se for muito grave, ou se ele tentar enganar muitos integradores assim, então o cliente entra para a lista negra e não pode mais integrar. Não acontece com frequência, pois há tão poucos integradores que a maioria dos hadens não quer perder a chance de usar um.

Vann secou o copo.

– Você passou por isso – disse eu.

– Passei.

– Como foi?

– Tive uma cliente adolescente que queria saber como era morrer – disse Vann. – Ela não queria estar morta. Mas queria saber como era morrer. Para ter aquele segundo pouco antes do fim, quando você percebe que não vai conseguir escapar e pronto. Percebeu que, diferente da maioria das pessoas, tinha condições de realizar sua fantasia. Tudo que precisava era levar um integrador até o último minuto. Assim, ela teria seu momento e, como todos sabiam que integradores podiam impedir seus clientes de fazer algo estúpido, pareceria que o integrador que havia feito aquilo, e que o cliente era a vítima. Tudo que precisava era de um integrador que ficasse desatento o bastante por um período.

– Como ela soube?

– Que eu era a integradora certa para seu plano?

Eu assenti.

– Não sabia. Não tinha um contrato de longo prazo, então foi para o sorteio de integração do INS e recebeu alguém. Por acaso, fui eu. Mas o restante... Bem... Ela *planejou*, Shane. Sabia o que estava prestes a fazer e como faria, e fez tão bem feito que, quando nos integramos, não consegui sentir o que ela havia planejado para mim. Bem, a maioria dos clientes estavam empolgados com alguma coisa quando integravam comigo. Era o motivo principal para usar um integrador. Fazer algo que empolgasse com um corpo humano de verdade.

– Como ela planejou te matar? – perguntei.

– Seu objetivo declarado para querer um integrador era que seus pais haviam conseguido para ela um evento especial no Zoológico Nacional – respondeu Vann. – Ela havia recebido permissão para segurar e brincar com um filhote de tigre. Era um presente de aniversário. Mas, antes de ir, quis caminhar pelo Passeio Nacional para visitar alguns memoriais. Então integramos, caminhamos pelo Passeio, e depois fomos até a estação de metrô Smithsonian para ir ao zoológico. Estávamos na beirada da plataforma e observávamos o trem chegar. No último instante possível, ela saltou. Senti como ela ficou tensa, *senti* o que ela queria fazer, mas minha reação no momento foi lenta demais. Tinha tomado quatro tequilas antes de integrarmos. Naquele momento, não pude fazer nada, pois já estávamos no ar e quase fora da plataforma. Não havia maneira de eu fazer alguma coisa. Eu estava prestes a morrer porque um cliente estava me matando. Então, fui puxada para trás e caí com tudo na plataforma quando o trem passou. Olhei para cima e havia um sem-teto olhando para mim. Ele contou mais tarde que estava me observando pela maneira como eu caminhava e olhava para o trilho. Disse que soube o que eu estava fazendo porque, no passado, ele pensou em pular na frente de um trem. *Ele* percebeu, Shane. Mas *eu* não.

– O que aconteceu com a garota?

– Eu me desconectei dela, foi isso que aconteceu – disse Vann. – Depois a denunciei por tentativa de assassinato. Ela disse que fui eu que tentei pular, mas conseguimos uma ordem judicial para ter acesso aos pertences e registros dela, que incluíam um diário no qual ela descreveu o plano. Foi indiciada, e chegamos a um acordo no qual ela ficou em liberdade condicional, foi para a terapia e entrou na lista negra da integração para o resto da vida.

– Você foi boazinha com ela – comentei.

– Talvez – disse Vann. – Mas eu não queria ter que lidar com ela nunca mais. Não queria ter que lidar com *nada* daquilo. Quase fui assassinada porque alguém me usou para ver como era morrer. Tudo o que meus ataques de pânico estavam tentando me dizer sobre integrar havia acabado de se tornar realidade. Então, eu saí.

– O INS tentou fazer você ressarcir o treinamento e a faculdade?

– Não. Foram eles que alocaram a cliente para mim. Não sabiam que eu quase tinha morrido porque minha capacidade de reação estava embotada pelo álcool, e eu não revelei esse fato. Pelo que todos podiam dizer, o problema foi que o processo de seleção não eliminava psicopatas funcionais. O que era verdade. Prometi não processar, me deixaram ir embora sem briga, e o processo de seleção foi alterado para proteger os integradores de hadens perigosos, então acabei fazendo um bem. Daí que o FBI me encontrou e disse que estava em busca de formar uma divisão dedicada a hadens, e pensou que eu poderia ser uma boa aquisição. E, bem. Eu precisava de um emprego.

– E aqui estamos – concluí.

– E aqui estamos – concordou Vann. – Agora você sabe por que deixei de ser integradora. E por que bebo, fumo e transo tanto: porque passei anos trabalhando em um estado de pânico alcoolicamente controlado e, então, alguém tentou me matar com meu corpo. Não bebo tanto quanto antes. Fumo mais. Transo com a mesma frequência. Acho que tenho merecido tudo isso.

– Não vou discutir com você sobre isso.

– Obrigada – disse Vann. – E agora, esse *maldito* caso. Tudo que fazia meu cérebro gritar está se tornando realidade. Quando quase morri, a culpa era minha. Eu não estava prestando atenção e alguém tirou vantagem da minha desatenção para fazer comigo algo que eu não faria. Se eu tivesse morrido, no fim das contas teria sido pelas escolhas que fiz. Beber e ficar no grupo de integração. Mas *isso*. Significa alguém tirando a opção do integrador. É encarcerá-lo em seu corpo e obrigá-lo a fazer coisas que não faria. Que nunca faria. E depois jogá-lo fora. – Ela apontou para mim. – Brenda Rees. Ela não se matou.

– Não – confirmei. – Eu vi seu rosto quando o cliente desconectou. Ela tentou se afastar da granada. Não tinha controle antes disso.

– Ela estava encarcerada – disse Vann. – Presa em seu corpo até que não houvesse nada que pudesse fazer em relação ao que estava prestes a acontecer. Precisamos descobrir como isso está acontecendo. *Por que* está acontecendo. Temos que impedir.

– Sabemos quem está por trás disso – comentei.

– Não, *achamos* que sabemos quem está por trás disso – disse Vann. – Não é a mesma coisa.

– Vamos descobrir.

– Queria ter seu otimismo – admitiu Vann. Ela ergueu o copo. – Não tenho certeza se já bebi o bastante para tê-lo.

– Talvez você já tenha bebido o suficiente – sugeri.

– Ainda não – disse ela. – Mas logo. Acho que talvez mais uma dose vá bastar.

Peguei o copo, atravessei o corredor na direção da escadaria e parei diante da porta de Tony. Seu corpo estava lá deitado, parecia dormir. Seu C3 não estava lá. Imaginei se alguém havia se lembrado de alimentar Tony naquele dia, mas vi que seus níveis de nutrientes estavam cheios.

Tayla se lembrou, pensei. É bom ter amigos.

Fui até a cozinha, servi mais uma dose de uísque e levei de volta para o quarto. Vann estava dormindo, roncando de leve.

VINTE E UM

Acordei às nove e meia e, por um momento, entrei em pânico, pois achei que havia me atrasado para o trabalho. Então, lembrei que, como eu havia tomado dois tiros na noite anterior, me deram o dia de folga, a menos que eu quisesse falar com a equipe de psicólogos. Preferi o dia de folga.

Dei uma olhada nos e-mails, esperando para ver se meu cérebro estaria disposto a voltar ao sono. Sem sorte. Ele estava bem desperto.

Entrei no meu C3 no apartamento e olhei ao redor. Vann não estava no sofá. Imaginei que havia voltado ao seu apartamento. Em seguida, ouvi vozes lá embaixo.

Ela estava na sala de estar com Tayla e os gêmeos, encarando o monitor. Na tela, havia uma confusão. Estava acontecendo no Passeio Nacional.

– O que diabos aconteceu? – perguntei, olhando para o monitor.

Vann olhou. Estava com uma xícara de café entre as mãos.

– Você acordou.

Apontei para o monitor.

– Talvez tivesse sido melhor continuar dormindo.

– Quando acordasse, estaria pior – ela comentou.

– Alguém jogou uma bomba incendiária num grupo de visitantes hadens – disse Tayla.

– É sério? – perguntei.

Tayla assentiu.

– Os hadens estavam agrupados, prontos para ir ao Memorial Lincoln, e alguns babacas passaram e jogaram um coquetel molotov neles.

– Que é menos eficaz em C3 que em corpos humanos – eu disse.

– Os babacas descobriram isso quando os C3 partiram atrás deles. – Vann apontou para o monitor. – Olhe, estão mostrando o vídeo de novo.

O vídeo era do ponto de vista do telefone de um visitante. Em primeiro plano, uma criança estava choramingando aos pais sobre alguma coisa. Ao fundo, um carro avançava na direção de um grupo de hadens muito juntos. Um jovem saiu do teto solar, acendeu um coquetel molotov e jogou-o nos hadens.

Nesse momento, o visitante deu plena atenção às chamas. Vários hadens estavam queimando, se debatendo e rolando no chão para apagar o fogo. O restante dos hadens começou a correr na direção do carro. Quem quer que estivesse dirigindo – obviamente estava no controle manual –, entrou em pânico, partiu em disparada, o amigo ainda com metade do corpo para fora do teto solar, e bateu com tudo na traseira do carro da frente. Os hadens alcançaram o carro, puxaram o jovem do teto solar e arrancaram o motorista do carro.

Em seguida, a pancadaria começou de verdade. Nesse momento, um dos C3 atingidos pelo coquetel molotov chegou ao carro. Ele começou a chutar o lançador com as pernas ainda em chamas.

— Seria divertido se a área inteira do Passeio e da Colina do Capitólio não estivesse interditada agora – disse Vann.

— Não podemos dizer que os caras não mereceram – falei.

— Não, eles mereceram, isso é verdade – comentou Vann. – Ainda assim, é um pé no saco para todo mundo.

— Precisamos ir até lá?

— Não – respondeu Vann. – Na verdade, acabei de receber um telefonema informando que estamos de licença médica até segunda-feira. Parece que temos de deixar Jenkins e Zee darem sequência a todas as nossas coisas.

— Quem são Jenkins e Zee? – perguntei.

— Você não os conheceu ainda – disse ela. – São perfeitos idiotas. – Ela apontou para a tela. – A boa notícia é que vão cuidar disso e de todas as merdas de menor importância com as quais teríamos que lidar esta semana, e poderemos nos concentrar nas coisas importantes.

— Então não vamos ter licença médica coisa nenhuma – afirmei.

— Você pode – disse Vann. – Pessoalmente, fico bem puta quando tomo um tiro. Quero pegar as pessoas que provocaram esse tiro e arrancar o couro delas. E, enquanto você estava dormindo, Shane, caiu mais uma peça do dominó.

— Como assim? – perguntei.

Vann virou-se para Tayla e para os gêmeos.

— Posso contar? – ela perguntou e estendeu a mão para o monitor trocar de história. Passou por várias até parar em uma e colocá-la em tela cheia. A imagem que acompanhava a história tinha o logotipo da Catalisadora.

— É aquele babaca do Hubbard – disse ela. – Está comprando a Ágora do governo. Os servidores, o prédio e tudo mais. Está tomando o espaço particular dos hadens.

Eu estava prestes a responder quando uma janela de chamada abriu no meu campo de visão. Era Tony.

Eu atendi.

— Onde você está? — perguntei.

— No prédio do FBI — disse Tony. — Onde você está?

— Em casa. Licença médica.

— Ótimo — disse Tony. — Estou indo para aí.

— O que foi?

— Prefiro mesmo falar com você em algum lugar em particular — disse Tony.

— Particular quanto?

— O mais particular que pudermos.

— O que é? — perguntei.

— Você estava certo. Sobre eu estar enganado. Mas é muito pior que isso. Muito pior.

— Ponha os óculos — falei para Vann.

Ela pôs os óculos de monitoramento.

— Manda — disse ela.

Mandei uma mensagem e deixei que entrasse no meu espaço liminar. Em seguida, entrei.

Havia um C3 em pé na minha plataforma. Era Vann.

Ela estendeu as mãos, olhando para sua representação.

— Então, é assim que é — disse ela. Em seguida, olhou para mim. — E é assim que *você* é.

— Surpresa? — perguntei.

— Na verdade, não pensei em você com um rosto antes, então, não, não exatamente — respondeu.

Sorri e percebi que era a primeira vez que Vann me via sorrindo.

Ela olhou ao redor.

– Caramba, é a Batcaverna – comentou.

Eu gargalhei.

– Que foi?

– Você acabou de me lembrar uma pessoa – falei. – Espere, preciso trazer Tony para cá.

Mandei uma porta para Tony.

Ele entrou e olhou ao redor.

– Espaçoso – ele disse por fim.

– Valeu.

– Meio que parece a Batca...

– Conte as más notícias – interrompi.

– Certo. – Uma rede neural apareceu sobre nós. – Essa é a rede neural de Brenda Rees. É um modelo Lucturn, especificamente o Ovid 6.4. Era um modelo muito comum uns oito anos atrás, e está funcionando... quer dizer, estava funcionando com o software mais atualizado do modelo. Fiz patches para essa rede algumas vezes, então estou bem familiarizado com seu design e capacidades.

Tony apontou para Vann.

– Você me perguntou se eu achava possível encarcerar um integrador com uma rede comercialmente disponível.

– E você disse que não – afirmou Vann.

– Eu disse que achava que não – disse Tony. – Achava que não, porque o código que permitia isso acontecer no cérebro de Sani estava otimizado para uma rede que também estava otimizada para encarcerar integradores enquanto dava ao cliente controle total. Software feito sob medida para hardware feito sob medida.

– Mas você estava enganado – disse eu.

– Estava – confirmou Tony.

– Por quê?

– Porque pensei de forma equivocada na rede de Johnny Sani –

disse Tony. – Disse a você que não era um protótipo. Que era um cérebro em um nível comercializável. Bem, é mesmo. Mas também é uma prova de conceito, o conceito sendo que, se você conhecesse o hardware e o software *muito* bem, poderia fazer o cliente tomar controle total do corpo de um integrador. Não é uma coisa que alguém tivesse tentado fazer… pelo menos, não que nós soubéssemos. Provavelmente existe alguma iniciativa babaca do INS para fazer exatamente isso.

– Foco – disse Vann.

– Desculpe – falou Tony. – Sani mostrou que poderia ser feito. Agora, só era necessário traduzir essa prova de conceito para as redes comuns existentes. E para isso, seria necessário fazer algumas coisas. Primeiro, seria preciso um conhecimento profundo das redes em uso. Teria de conhecer o hardware *muito* bem. Segundo, teria de ser um verdadeiro mago da programação.

– Hubbard – disse eu.

Tony assentiu a cabeça de leve.

– Lucturn é o segundo maior fabricante de redes neurais para hadens, atrás de Santa Ana, e todos sabem que Hubbard está envolvido no processo de design. Os fóruns de programação estão cheios de histórias de horror sobre ele rasgando os primeiros projetos de seus engenheiros por serem deselegantes.

– E como ele é como programador? – perguntou Vann.

– Foi como ele entrou no setor – respondeu Tony. – Fundou a Hubbard Systems para administrar sistemas legados corporativos, e depois, ao contrair Haden, começou a se concentrar em programar C3 e redes que ficavam órfãs quando os fabricantes saíam do ramo. Fez muitas dessas programações no passado. O sistema de programação que as redes usam é chamado Chomsky. Hubbard não o inventou, mas escreveu grande parte da versão 2.0 e está no conselho do Consórcio Haden, que aprova novas versões do código.

– O Consórcio Haden – repeti.

– O que tem ele? – disse Tony.

– Espere – falei. Procurei em meu e-mail e puxei um para Tony e Vann olhá-lo. – Los Angeles finalmente me retornou sobre o C3 ninja – comentei.

– C3 ninja? – Tony parecia surpreso.

– Explico mais tarde. A questão é que o projeto do C3 não era comercial, era uma versão licenciada de baixo custo que o Consórcio Haden oferece a fabricantes em potencial em países em desenvolvimento para uso nesses países. Não se pode comprá-los ou vendê-los na América do Norte, na Europa ou na Ásia desenvolvida.

– Então, você sofreu um ataque de um C3 importado – disse Vann.

– Talvez tenha sido feito aqui como peça única – falei. – Tudo que precisaria era ter uma impressora 3D industrial e um robô de montagem.

– Quem tem equipamentos que poderiam dar conta disso? – perguntou Vann.

– Com certeza, qualquer estúdio de design ou fabricante que faça modelagem em escala real – comentei. – Los Angeles disse que procurariam, mas levaria algum tempo. Minha ideia aqui é que Hubbard está envolvido com Chomsky e o projeto do C3 ninja que pulou em mim.

– Que poderia ser uma coincidência – disse Vann.

Abri a boca para responder, mas Tony interferiu.

– Segure aí – ele disse. – Vou dizer por que Hubbard é o cara que estão procurando, mas tenho mais algumas coisas para apresentar.

– Tudo bem – disse Vann. – Passe para a próxima.

Tony virou-se para mim.

– Lembra quando eu disse que, no início, os fabricantes de redes tiveram problemas com pessoas hackeando as redes? – Eu assenti. – Então, eles tornaram esse hackeamento mais difícil. Primeiramente, deixaram a arquitetura de rede mais complexa para que fosse mais difícil de programar e hackear à vontade. Mas essa é uma medida de nível muito baixo. Hackers ambiciosos tendem a ser programadores de primeira. Então, outra maneira foi limitar todas as atualizações e patches de software a fornecedores aprovados, que são identificados por um *hash*, uma linha alfanumérica colocada no início do patch. Um patch é baixado, e o *hash* é verificado. Se o patch for verificado, ele é baixado e instalado. Do contrário, é apagado, e uma denúncia é feita.

– E é impossível driblar esse sistema – disse Vann.

– Não é impossível – afirmou Tony. – Mas é difícil. Para funcionar, eles precisam ter sido roubados e ainda precisam estar ativos. Quando faço hackeamento *white-hat* desses sistemas, metade do meu trabalho é conseguir um código verificável. Há muitos truques psicológicos, por exemplo, fazer as pessoas pensarem que sou seu chefe e preciso do *hash*, encontrando maneiras de espreitar enquanto estão escrevendo o código, merdas assim.

– Como você faz isso? – perguntei.

– De várias maneiras – respondeu Tony. – Um dos jeitos favoritos foi quando pus um cesto em um quadricóptero com controle remoto, enchi o cesto de doces e mandei os doces para a ala de programadores da sede de Santa Ana. O quadricóptero ia de baia em baia, e enquanto os programadores recolhiam doces, eu estava capturando fotos de suas telas de trabalho. Consegui oito *hashes* de programador naquele dia.

– Legal – disse eu.

– Todo mundo gosta de doces – disse Tony.

– Então, alguém poderia ter roubado um *hash* e entrado na rede de outra pessoa – disse Vann, puxando-nos de volta ao assunto.

– Isso – disse Tony. – O problema para o hacker é que, mesmo quando consegue o *hash*, ainda chega pela porta da frente, como todo mundo. Todos estão procurando *hashes* roubados, falsos ou códigos maliciosos. Por isso, todo patch é aberto e executado em uma "caixa de areia", uma máquina virtual segura. Se houver algo maligno no código, vai ser executado lá e detectado. E há outras medidas de segurança também. A questão aqui é que é muito difícil encontrar qualquer código suspeito dentro da rede na rota estabelecida. Mesmo para um hacker brilhante, é uma longa caminhada até uma fonte seca. – Ele se virou para Vann. – Por isso eu disse que era muito improvável.

– Mas, então, Rees tentou me matar – disse Vann.

– De fato, essa não é a parte que me convenceu do fato de eu estar enganado – disse Tony. – Foi a parte em que Chris disse que Rees tentou se afastar da granada depois de intencionalmente puxar o pino para evitar ser presa. É possível que o controle tenha sido assumido na porta da frente, mas se tivesse, haveria um registro, patches instalados quando não deveriam ter sido, caixas de areia abertas para testar os patches, um registro de aceitação da validação do patch e os *hashes* do programador e da empresa que enviaram. Não tem nada fora do comum.

– Então, tem outra maneira – falei.

– Tem – afirmou Tony. – Pensemos um pouco.

Foi Vann que pescou a resposta.

– O desgraçado fez quando estava integrado – ela disse.

– *Isso* – confirmou Tony. – Quando um cliente se conecta a um integrador, há um aperto de mãos para troca de informações, e em seguida o fluxo bidirecional de dados se abre. Esse aspecto da rede foi pensado para ser um processo totalmente separado da operação interna da rede, e é… mas o código não é perfeito. Se a pessoa souber onde procurar, consegue encontrar pontos para acessar o software da rede. E foi o que aconteceu.

Tony deu um zoom na rede para se concentrar no nódulo que incluía o receptor para o fluxo de dados do cliente. Ele apontou para a estrutura.

— Esse é um interpolador – disse ele. – Se houver qualquer pequena interrupção do fluxo de dados, um milissegundo ou menos, o interpolador reúne os dados nos dois lados da lacuna e a preenche com dados normais. Mas, para fazer isso, o interpolador precisa acessar o processamento da rede. É um rompimento do *firewall*. E foi *isso* que Hubbard explorou.

A imagem mudou para um esquema.

— Aqui está o que acho que ele fez – disse Tony. – Primeiro, troca um feed de dados com o integrador. Em seguida, introduz *intencionalmente* falhas no fluxo de dados, grandes o bastante para ativar o interpolador. Em seguida, usa o canal de interpolador até o processador para incluir nele um arquivo executável. Ele mantém esse processo o quanto for necessário para fazer o download do arquivo. Em seguida, abre e reescreve o software da rede. Isso vai direto para o processador, não para a caixa de areia. Evita o processo de verificação, por isso não precisa de um *hash*. É um arquivo pequeno, então a rede do integrador não precisa fechar a sessão para executá-lo. O integrador nunca vai saber que foi comprometido.

— Por que diabos esse problema ainda não foi consertado? – perguntou Vann. Consegui sentir que ela estava realmente assustada com o que Tony nos contava.

— Bem, vamos pensar um pouco – disse Tony. – Esse é um bug bem grande, mas é um bug que tem um caminho *muito estreito* para passar. Primeiro alguém precisa saber dele. Em seguida, precisa ter a capacidade técnica para explorá-lo. Depois, precisa dos *meios* técnicos para explorá-lo, digo, aquela habilidade de introduzir perturbações intencionais no fluxo de dados, que não será algo que hadens médios vão ser capazes de fazer na própria cabeça. É necessário um instrumento especializado *entre* o cliente e o integrador. E por "especializado" quero dizer algo que, pelo que eu saiba, não *existe* de fato. Teria de ser criado. Ninguém fez um patch para esse bug porque, até agora, não era de fato um bug. Era uma esquisitice benigna, no melhor dos casos. Basicamente, teríamos que ser um Lucas Hubbard para explorar esse problema.

– Mas Brenda Rees nunca integrou com Hubbard – comentei. – Ela integrava com Sam Schwartz.

– Hubbard criou o processo e as ferramentas – disse Tony. – No momento em que elas existem, podem ser usadas por outra pessoa.

– Sam Schwartz é advogado de Hubbard – comentou Vann. – Está na posição perfeita para auxiliá-lo.

– Não seria um advogado muito ético, mas está – disse Tony. – Não há motivo para Hubbard não poder ter ligado Schwartz ao seu sistema e deixá-lo dar umas voltas nele.

– Você parece bem certo de que foi Hubbard – falei.

– Você também parece bem certo disso, Chris – disse Tony.

– Eu sei, mas o que eu quero saber é se você acredita nisso porque *eu* acredito ou se acredita porque tem outro motivo.

– Acredito porque você acredita – respondeu Tony. – Também acredito porque o escopo do que estamos conversando aqui, tanto neste caso como no que aconteceu com Johnny Sani, exige recursos ou de um pequeno país ou de uma pessoa muito rica. Mas em grande parte acredito por conta do código.

– O código – disse Vann.

– Sim – confirmou Tony. O esquema desapareceu, substituído por linhas de código. – O quanto vocês sabem sobre Chomsky? – perguntou ele. – A linguagem de programação, não a pessoa.

– Não sei nada de nenhum dos dois – respondeu Vann.

– Chris?

– Nadinha – respondi.

Tony assentiu.

– A linguagem de programação recebeu o nome Chomsky porque foi projetada para falar com estruturas profundas do cérebro. É um trocadilho com "linguagem profunda". O que é ótimo na Chomsky como linguagem de programação é o fato de ela ser muito flexível. Quando você a conhece, *realmente* a conhece, descobre que há todo o tipo de maneira de abordar qualquer problema, questão ou objetivo. Isso é essencial para redes neurais. Precisam ser flexíveis, porque todo cérebro é diferente. Então, a linguagem com que se programa neles precisa ter o mesmo tipo de flexibilidade. Estão me acompanhando até aqui?

– É um pouco hermético – comentei.

– É *aí* que eu quero chegar – disse Tony. – Chomsky é uma linguagem que tem de ser hermética, porque tem interface direta com o cérebro. Agora, um efeito colateral disso é que, como a Chomsky permite tantas maneiras diferentes de lidar com um problema específico, os programadores que são realmente fluentes em Chomsky terminam por desenvolver uma voz própria. Com isso, quero dizer que abordam objetivos e parâmetros de uma forma que é idiossincrática para eles. Se você passar um bom tempo olhando para o código, acaba conseguindo dizer quem o escreveu.

– Como alguém que escreve romances.

– Isso, precisamente – confirmou ele. – Como um romancista põe um monte de descrições enquanto outro é apenas diálogo. A mesma coisa. E como romancistas, alguns programadores de Chomsky são bons, alguns são competentes e outros são uma bosta. E se tiver visto o código deles antes, vai conseguir dizer qual programador é, com base na primeira linha do código.

Ele apontou para o código na tela.

– Esse é o código do cérebro de Brenda Rees, que difere da última versão menor e do patch para Ovid 6.4 – disse e acessou mais códigos. – Aqui está o código do software na cabeça de Johnny Sani. Parece o mesmo. Quem escreveu o código de Johnny também escreveu o de Brenda.

Ele puxou uma terceira coluna de código.

– Esse é o código que Hubbard escreveu no passado, quando ainda estava encaixando patches e atualizações na Hubbard Systems – ele disse. – Acreditem quando eu digo que, se vocês passarem tudo isso por um equivalente para Chomsky de um analisador semântico e gramatical, ele vai se destacar do início ao fim. Tudo isso foi escrito pela mesma pessoa. Tudo isso foi escrito por Lucas Hubbard.

– É algo que possamos usar em um tribunal? – perguntou Vann.

– Precisaria de um advogado para dizer – respondeu Tony. – Mas, se você me botasse para depor, eu diria que, com certeza, isso tudo é do mesmo cara.

– É suficiente? – perguntei para Vann.

– Para acusá-lo? – Vann devolveu a pergunta. – Pelo quê?

– Por assassinar Brenda Rees, para começar – respondi. – E por Johnny Sani.

– Não acho que ele matou Rees – disse Vann. – Acho que Schwartz matou. Também não temos nada ainda que o ligue a Sani e seja suficiente para levá-lo ao tribunal.

– Sem essa, Vann – eu disse. – Sabemos que ele é o nosso cara.

– Se formos com o que temos, os advogados de Hubbard, Schwartz e companhia, vão estourar nossa cabeça – comentou Vann. – E eu sei que você não precisa de verdade desse emprego, Shane, mas eu meio que preciso. Então, ótimo, Hubbard é nosso homem. Vamos garantir *em absoluto* que poderemos pegá-lo. – Ela se virou para Tony. – O que mais conseguiu?

– Mais duas coisas – respondeu. – A primeira é sobre o código de Rees.

– O que tem ele? – perguntou Vann.

– Ele não burla a memória de longo prazo dela – disse Tony. – Ou Hubbard não encontrou uma maneira de fazer funcionar, o que é possível, porque o layout da rede neural é diferente em um nível não superficial, ou ele decidiu não perder tempo com isso porque... – ele hesitou.

– Porque ele não planejava mantê-la após ele ou Schwartz tê-la usado – eu disse.

– Isso – disse Tony. – E agora vocês sabem por que ela estava carregando uma granada.

– Então, ela estava ciente o tempo todo – disse Vann. – Ciente, acordada e incapaz de impedir seu corpo de fazer qualquer coisa.

– Isso mesmo – disse Tony. – E sem possibilidade de tirar o cliente da cabeça.

– Puta merda – disse Vann e se afastou por um segundo. Tony olhou para mim, confuso. *Mais tarde*, fiz com os lábios.

– Tudo bem? – perguntei a Vann.

– Se formos buscar o corpo de Hubbard depois que tudo isso estiver acabado, preciso que você fique de olho em mim – disse Vann. – Do contrário, vou chutar esse desgraçado com tudo no meio das bolas.

Eu abri um grande sorriso.

– Promessa é dívida, hein? – brinquei.

Vann voltou-se para Tony.

– Qual é a segunda coisa?

– Assim que descobri como Hubbard hackeou o cérebro de Brenda, voltei ao cérebro de Sani para ver o que havia deixado passar antes por falta de contexto – respondeu Tony. – E consegui isto. – Ele rolou o código bem rápido até mostrar um pedaço considerável dele.

– O que é isso? – perguntei.

– Não sabia no início – disse Tony. – Porque não fazia sentido nenhum. Acredito que isso converta parte da rede neural para se tornar um relé.

– Um o quê? – perguntou Vann.

– Pois é, né? – disse Tony. – É um transmissor. Ele transmite o sinal de dados do integrador, mas não *para dentro* da rede. Em vez disso, ele imita a rede.

– Precisa ser o sinal de dados do integrador? – perguntou Vann.

– O que você... – Tony parou, aparentemente entendendo. – Ahhhhhhh.

– O quê? – perguntei. Eu era a única pessoa em meu próprio espaço liminar boiando totalmente no assunto.

– Hubbard, filho da mãe – disse Vann. – Estávamos perguntando por que Johnny Sani estava tentando integrar com Nicholas Bell. Não estava. Estava agindo como uma merda de estação de transmissão para Hubbard.

Pensei por um minuto.

– Então, isso significa que, quando você estava interrogando Bell...

– *Nunca* foi Bell – disse Vann. – Era Hubbard. *Sempre* foi Hubbard. O filho da puta está brincando com a gente desde o início.

– Para se aproximar de Cassandra Bell – falei.

– Sim – disse Vann.

– Com que objetivo? – perguntei.

– Você não está acompanhando as notícias? – bronqueou Vann. – O rumor é que haverá uma marcha no domingo. Imagine o que vai acontecer com aquela marcha se Cassandra Bell for morta pelo próprio irmão, que depois vai vomitar algum tipo de bobagem anti-haden. A cidade vai pegar fogo.

– Certo, mas com que objetivo? – perguntei. – Por que iniciar um tumulto?

– Para derrubar o mercado – respondeu Tony.

Vann e eu nos viramos para ele.

– Eu falei que acompanhava o setor – disse Tony. – É assim que continuo trabalhando. As empresas relacionadas aos hadens já estão tentando se fundir ou sair do setor por causa da Abrams-Kettering. Investidores já estão se livrando de suas ações. Uma revolta em larga escala no D.C. vai assustar à beça essas empresas e todos os investidores vão fugir de cena. E, então, a Catalisadora poderá escolher quais companhias vai comprar agora e quais vai deixar morrer. Será elogiada por estabilizar o setor quando o que realmente está fazendo é cortar a cabeça dos concorrentes. Vão economizar bilhões só contando a fusão com a Sebring-Warner.

– Mas qual é o propósito? – insisti. – A Abrams-Kettering está secando os lucros de todas essas empresas. Não tem mais mamata. Você mesmo disse.

– Você sabe o que é a AOL, certo? – perguntou Tony.

– O quê? – quis saber Vann.

– AOL – disse Tony. – Empresa de serviços de informação da virada do século. Fez bilhões ligando pessoas on-line por meio de seus telefones. Um serviço de rede discada. Era uma das maiores empresas do mundo. Então, as pessoas pararam de usar linhas telefônicas, tudo ficou on-line, e a AOL encolheu. Mas, por anos, ela ainda fez bilhões em lucros, porque, embora o setor de rede discada tivesse morrido, ainda havia milhões de clientes que mantinham o serviço de rede discada. Algumas eram pessoas mais velhas e não quiseram mudar. Algumas pessoas mantinham o serviço como alternativa de emergência. Algumas provavelmente se esqueceram que haviam se inscrito e, quando se lembraram, a AOL dificultou tanto o cancelamento que elas deixaram para lá.

– História adorável – disse Vann. – E?

– *E*, quando tudo estiver terminado, ainda haverá mais hadens nos Estados Unidos do que a população geral do estado de Kentucky. Em média, outras 30 mil pessoas por ano contrairão a doença e ficarão encarceradas. Não tem saída. Mesmo um mercado reduzido pode fazer muito dinheiro, se você tirar proveito dele. E Hubbard é quem vai tirar proveito.

– Porque ele é um haden – disse eu. – Ele é um de nós.

– Isso mesmo – disse Tony. – Por isso a intervenção e o salvamento da Ágora. Estabelecer uma boa imagem entre os hadens.

– Assim que ele a tiver, poderá renegociar todas as outras empresas, porque ele já terá todos os hadens como clientes – eu disse. – Vai usar a Ágora para se alavancar.

– Resposta correta de novo – disse Tony. – E a Catalisadora estará fazendo duas coisas. Usando o dinheiro que está arrancando dos hadens para diversificar; mesmo agora, as empresas relacionadas a hadens são a minoria de seu portfólio; e se preparando para o dia em que a FDA disser que as redes neurais e os C3 não são apenas dispositivos médicos para uso exclusivo dos hadens. Porque *esse* é o objetivo final. Hubbard está ansioso pelo dia em que *todo mundo* terá um C3, todo mundo estará na Ágora e ninguém mais vai precisar se sentir velho.

– Por isso Hubbard pôde gastar 1 bilhão de dólares em algo que nunca vai lançar no mercado – comentei.

– E por isso ele vai gastar uma bolada agora em empresas que parecem casos perdidos – disse Tony. – Ele não está buscando reduzir o mercado haden. Ele está atrás do mercado que vem logo depois dele. O mercado que ele vai criar. O mercado que está encarcerando nesse momento.

– Acha mesmo que é isso que está acontecendo aqui? – perguntou Vann.

– Vamos colocar dessa forma, agente Vann – disse Tony. – Se vocês não prenderem o cara nesse fim de semana, na segunda-feira saio daqui e vou investir tudo que tenho em ações da Catalisadora.

Vann ficou pensando naquilo por um momento. Depois, virou-se para mim.

– Opções – disse ela.

– Sério? – perguntei. – Vamos fazer isso agora?

– Ainda é sua primeira semana – disse Vann.

– Uma semana cheia – respondi.

– E quero saber o que você está pensando, certo? – disse Vann. – Não estou apenas perguntando para que você tenha uma porcaria de momento pedagógico. Tudo isso afeta *você*. É *sobre* você. E sobre pessoas como você. Diga o que *você* quer fazer, Chris.

– Quero ir atrás desse filho de uma puta – disse. – De Hubbard, e de Schwartz também.

– Quer prendê-los – disse Vann.

– Quero – falei. – Mas não só isso.

– Explique.

Em vez disso, sorri para ela e olhei para Tony.

– O código de Hubbard.

– O que tem ele? – perguntou Tony.

– Pode fazer um patch para ele?

– Quer dizer, fechar o buraco no interpolador?

– É.

– Claro – disse Tony. – Agora que sei que está lá, fechar não é um problema.

– Pode fazer mais que isso? – perguntei.

– Vão me pagar mais para fazer mais que isso?

Eu sorri.

– Sim, Tony – respondi. – Tem pagamento envolvido.

– Então, posso fazer tudo que precisar que eu faça – disse ele. – Hubbard é bom, mas eu não fico para trás.

– O que está planejando? – Vann me perguntou.

– Até agora, estivemos um passo atrás de Hubbard em tudo – falei.

– É uma avaliação bem precisa. Vamos tentar ficar à frente dele?

– Não temos de ficar à frente dele – respondi. – Mas quero que a gente chegue ao mesmo tempo.

– E como você propõe que façamos isso? – perguntou Vann.

– Bem, como nossa amiga Trinh diria, talvez exija que você seja um pouco desleixada.

VINTE E DOIS

Às onze e quinze, liguei para Klah Redhouse e pedi para marcar uma reunião com ele, seu chefe, a porta-voz e o presidente da nação navajo para atualizá-los das últimas informações sobre Johnny Sani e Bruce Skow. A reunião aconteceu ao meio-dia.

Não ficaram felizes com meu relatório. Não pela forma como estava fazendo meu trabalho, o que não estava em questão, mas por dois do povo deles terem sido vítimas.

— Você está trabalhando nisso — disse o presidente Becenti, não em tom de pergunta.

— Estou — eu disse. — Johnny Sani e Bruce Skow terão justiça. Dou minha palavra para vocês.

E esperei.

— O que foi? — perguntou Becenti.

— O senhor disse ontem que faria qualquer coisa que pudesse para ajudar — eu lembrei.

– Exato – confirmou Becenti.

– O senhor disse aquilo apenas dentro dos parâmetros da investigação ou estenderia para além disso?

Becenti olhou para mim com desconfiança.

– Como assim? – questionou ele.

– Temos a justiça e, então, temos de dar o bote em alguém – respondi. – A justiça virá, não importa o que acontecer. Como eu disse, vocês já têm a minha palavra. Mas a parte de dar o bote pode vir como um benefício extra para a nação navajo.

Becenti olhou para a porta-voz e para o chefe de polícia, e depois para mim novamente.

– Fale mais – ele disse.

Lancei um olhar para Redhouse enquanto falava. Ele estava sorrindo.

À uma e meia, eu estava na casa dos meus pais, com meu pai, na sala de troféus. Ele estava com roupão de banho e um copo de uísque puro, balançando-o na mão longa e grande.

– Como estão as coisas, pai? – perguntei.

Ele sorriu.

– Perfeitas. Noite passada alguém invadiu minha casa para matar o meu bebê, eu matei o cara com um tiro de escopeta, e agora estou escondido na minha sala de troféus, porque é um dos únicos cômodos da casa em que os fotógrafos lá de fora não têm uma visão boa de mim. Estou ótimo.

– O que a polícia disse sobre o tiroteio? – perguntei.

– O xerife passou aqui de manhã e garantiu que, no que diz respeito a ele e seu departamento, o tiro foi justificado e não haverá indiciamento, e que vai devolver minha escopeta hoje, mais tarde – respondeu.

– Bom saber disso.

– Foi o que eu disse também – falou meu pai. – Também disseram que o FBI veio buscar o corpo do homem hoje de manhã. Tem alguma coisa a ver com você?

– Tem – confessei. – Se alguém perguntar, o fato de você estar prestes a se candidatar para o Senado significa que tínhamos um interesse em descobrir se o agressor tinha algum vínculo com grupos de ódio ou terroristas conhecidos.

– Mas não tem nada a ver com isso, tem?

– Vou responder, pai, mas você precisa me dizer que está pronto para saber.

– Meu Deus, Chris – disse meu pai. – Alguém tentou te matar na noite passada, dentro da nossa casa. Se não me contar o porquê, eu mesmo vou te estrangular.

Então contei para meu pai a história inteira, até minha visita matutina à nação navajo.

Depois que terminei, meu pai não disse nada. Em seguida, tomou o uísque num gole só e disse:

– Preciso de mais um. – E saiu para a sala de armas. Quando voltou, tinha consideravelmente mais de dois dedos de uísque no copo.

– Acho que é melhor ir devagar, pai – disse eu.

– Chris, é um milagre que eu não tenha trazido a garrafa e um canudinho – ele disse e tomou um gole. – O desgraçado estava na minha casa três noites atrás – ele falou de Hubbard. – Nessa sala. Se fazendo de *íntimo*.

– Para falar a verdade, não acho que ele tivesse planejado me matar três noites atrás. Com certeza foi depois.

Meu pai engasgou com o uísque por causa dessa frase. Dei tapinhas nas costas até ele parar de tossir.

– Tudo bem? – perguntei.

– Estou bem, estou bem – disse meu pai e fez sinal para eu me afastar. Ele deixou o copo de lado.

– O que foi? – perguntei.

– Diga o que eu devo fazer – ele respondeu.

– Como assim?

– Aquele filho de uma puta tentou matar você – meu pai disse alto, com firmeza. – Meu único bebê. Sangue do meu sangue. Me diga o que fazer, Chris. Se me dissesse para dar um tiro nele, eu iria imediatamente.

– Não, por favor.

– Facada – disse meu pai. – Afogamento. Atropelamento com caminhão.

– Tudo isso é tentador. Mas nada disso é uma boa ideia.

– Então, fala. Me diga o que posso fazer.

– Antes disso, deixa eu perguntar. Senado?

– Ah, bem. Sobre isso – disse meu pai e estendeu a mão para o uísque. Eu o ergui e tirei do alcance dele. Ele me lançou um olhar perplexo, mas aceitou e se recostou. – Primeiro, William veio aqui de manhã – ele falou, referindo-se ao presidente estadual do partido. – Veio todo cheio de preocupação e empatia e me disse o quanto me admirava por ter defendido meu lar e minha família e, de algum jeito, toda essa bajulação terminou com a notícia de que não havia como o partido me apoiar nesse período eleitoral. E, talvez seja só impressão minha, mas acho que houve a insinuação de que eu não seria apoiado em *nenhum* período eleitoral que possa vir.

– Sinto muito – eu disse.

Meu pai deu de ombros.

– As coisas são como são, Chris – disse ele. – Isso me poupa do incômodo de fingir ser legal com um bando de babacas de quem nunca gostei.

– Tudo bem, então. Pai. Preciso que você faça uma coisa por mim.

– É? – perguntou meu pai. – O que é, Chris?

– Preciso que você faça um acordo de negócios – respondi.

Meu pai franziu o cenho para mim.

– Como chegamos a um acordo de negócios? – perguntou. – Pensei que estávamos falando de vingança e política.

– Ainda estamos. E a maneira que isso será feito é por meio de um acordo de negócios.

– Com quem? – perguntou meu pai.

– Com os navajos, pai.

Meu pai se arrumou na poltrona, desconfortável.

– Sei que você está com muita coisa para fazer – disse ele. – Mas eu *atirei* em um navajo na noite passada. Não acho que vão querer fazer negócios comigo *hoje*.

– Ninguém está culpando você por isso.

– *Eu* me culpo – disse meu pai.

– Você não atirou nele porque era navajo – comentei. – Atirou nele porque ele estava a ponto de atirar em mim. Ele não estava lá porque era um homem ruim. Estava lá porque homens ruins estavam usando seu corpo.

– O que significa que eu atirei em um homem inocente – afirmou meu pai.

– Isso. E eu sinto muito, pai. Mas você não o matou. Lucas Hubbard o matou. Ele apenas usou você para fazer isso. E se não tivesse feito, eu morreria.

Meu pai pôs a cabeça entre as mãos. Deixei que ficasse assim por um momento.

– Bruce Skow era inocente – falei. – Johnny Sani era inocente. Nenhum dos dois vai voltar. Mas eu tenho uma maneira de você punir a pessoa responsável por essas duas mortes. Você também vai ajudar um monte de gente na nação navajo nesse acordo. Algo realmente bom pode surgir desse caso. Você só precisa fazer o que já faz melhor do que ninguém. Negócios.

– De que tipo de negócios estamos falando aqui?
– Imobiliários – respondi. – Mais ou menos isso.

Às três e meia, eu estava com Jim Buchold no escritório de sua casa.

– Estamos demolindo os dois prédios – disse ele sobre a central da Loudoun Pharma. – Bem, estamos derrubando o prédio de escritórios, que os inspetores do Condado de Loudoun disseram estar com as fundações abaladas. Os laboratórios já tinham caído. Estamos apenas limpando os escombros.

– O que vai acontecer com a Loudoun Pharma? – perguntei.

– Amanhã vou a um evento em homenagem a nossos faxineiros – respondeu Buchold. – Todos os seis ao mesmo tempo. Eram todos amigos. Faz sentido fazer assim. Então, na segunda-feira, vou dispensar todo mundo da empresa e, em seguida, abrir para ofertas de compradores.

Inclinei a cabeça.

– Alguém está querendo comprar a Loudoun Pharma? – quis saber.

– Temos uma quantidade grande de patentes valiosas e conseguimos recuperar uma boa quantidade de nossa pesquisa atual, que provavelmente poderá ser reconstruída – respondeu Buchold. – E, se quem comprar a empresa contratar nossos pesquisadores, há uma chance de reconstruí-la mais rápido. E ainda temos nossos contratos governamentais, embora eu tenha pedido para os advogados vasculharem esses contratos para garantir que eles não possam ser anulados por atos terroristas.

– Então, por que vender?

– Porque estou *cheio* – admitiu Buchold. – Investi vinte anos nessa empresa para tudo explodir em uma única noite. Tem ideia de como eu me sinto?

– Não, senhor. Não tenho.

– Claro que não – confirmou Buchold. – Não há como saber. Eu não sabia até alguém pegar duas décadas da minha vida e transformá-las em uma pilha de escombros. Penso em reconstruí-la do zero e tudo que sinto é cansaço. Então, não. Hora de eu e Rick nos retirarmos para Outer Banks, arranjar uma casa de praia e correr com corgis para cima e para baixo na areia até eles desmaiarem.

– Não parece tão ruim – disse eu.

– Vai ser ótimo. Na primeira semana. Depois disso, vou ter que descobrir o que fazer da vida.

– Na noite do jantar do meu pai, vocês estavam conversando sobre as terapias que o senhor estava desenvolvendo para desencarcerar pessoas com Haden – comentei.

– Lembro que puxei você para a discussão – disse Buchold. – Rick me deu uma bronca por isso ontem quando lembrou. Me desculpe.

– Tudo bem. Lembro que o senhor também mencionou a droga que estava desenvolvendo.

– Neurolease.

– Exato. Quanto tempo ainda leva?

– Quanto tempo demora para chegar ao mercado?

– Isso.

– Estávamos otimistas acreditando que havíamos feito avanços o bastante na droga durante esse último ano para requisitar os testes clínicos – disse Buchold. – E se eles se mostrassem promissores, já tínhamos uma boa garantia de um trâmite rápido na FDA para aprovação. Temos 4 milhões e meio de pessoas sofrendo de encarceramento. Especialmente agora que a Abrams-Kettering foi aprovada, quanto antes pudermos desencarcerá-las, melhor.

– E agora? – perguntei.

– Bem, um dos principais pesquisadores explodiu a empresa e, com ela, todo um lote dos nossos dados e documentação – explicou Buchold. – Depois ele se matou e, independentemente do que eu sinta em relação a *isso* no momento, ele era um dos que poderia ter reconstruído mais facilmente os dados a partir do que deixamos. A partir do que temos agora, vai levar de cinco a sete anos antes de chegarmos novamente ao estágio de testes clínicos. E essa é uma estimativa otimista.

– Alguém mais está tão perto quanto o senhor estava? – perguntei.

– Sei que a Roche estava trabalhando em uma terapia de combinação de droga e estímulo cerebral – respondeu Buchold. – Mas não está nem perto dos testes clínicos. Não tem ninguém mais em campo. – Ele olhou para mim com amargura. – Quer ouvir uma coisa engraçada?

– Claro – confirmei.

– O desgraçado do Hubbard. Na festa do seu pai, ele acabou comigo, falando sobre a cultura dos hadens e de como eles não queriam se libertar da doença, e só faltou insinuar que eu estava encorajando um genocídio.

– Eu lembro.

– Ontem aquele filho da puta me ligou e fez uma oferta para comprar a Loudoun Pharma! – disse Buchold.

– Por quanto?

– Por um valor pífio! – disse Buchold. – E eu disse isso para ele. Ele disse que a oferta era flexível, mas que queria fazer a compra rápido. E eu falei que poucos dias antes ele estava dizendo para mim que nosso trabalho era uma ideia horrível, e agora queria comprá-lo? Sabe o que ele disse?

– Não sei – respondi, embora tivesse uma ideia.

– Ele disse: "Negócios são negócios!" – exclamou Buchold. – Meu Deus. Eu estive a ponto de desligar na cara do sujeito.

– Mas não desligou.

– Não – confirmou Buchold. – Porque ele tem razão. Negócios são negócios. Tenho seiscentos empregados que vão estar na rua em três dias e, embora Rick ache que eu não deveria *socializar* com eles – Buchold virou os olhos e olhou ao redor para ver se o marido estava por perto –, sinto que sou responsável por eles. Seria ótimo para mim se alguns deles mantivessem o emprego, e os outros teriam uma indenização rescisória melhor do que em outra situação.

– Então, vai vender para ele? – perguntei.

– Se ninguém mais aparecer com uma oferta melhor, talvez sim – disse Buchold. – Por quê? Acha que eu deveria aceitar a oferta?

– Nunca diria como conduzir seus negócios, sr. Buchold.

– O que resta dos meus negócios, na verdade – ele disse. – Bem, vou lhe dizer uma coisa, agente Shane. Se encontrar um bom motivo para eu manter abertas minhas opções, talvez eu faça exatamente isso.

– Sim, senhor – falei. – Vou ver o que posso fazer.

Cinco da tarde, eu estava no espaço liminar de Cassandra Bell.

Era vazio. E, quando digo vazio, é porque não havia literalmente nada nele.

Não era uma área imensa com espaço infinito. Era totalmente o oposto, uma escuridão fechada, sufocante. Era como estar no fundo de um oceano de tinta preta. Pela primeira vez, entendi a claustrofobia.

– A maioria das pessoas acha meu espaço liminar desconfortável, agente Shane – disse Cassandra. Uma voz cujo emissor eu não conseguia ver, e que vinha de todas as direções, embora fosse baixa. Era como estar dentro da cabeça de uma pessoa muito fechada. Que, eu suponho, tenha sido exatamente a situação.

– Acho compreensível.

– Incomoda você?

– Estou tentando não deixar que me incomode.

– Eu acho reconfortante – afirmou Cassandra. – Me lembra o útero. Dizem que não nos lembramos de como era lá, mas não acredito nisso. Acho que, bem no fundo, sempre sabemos. É por isso que crianças se enterram em cobertores e gatos enfiam a cabeça embaixo do nosso cotovelo quando estão sentados ao nosso lado. Nunca tive essas experiências, mas sei por que acontecem. Me disseram que meu espaço liminar é como a escuridão do túmulo. Mas acho que é como a escuridão da outra ponta da vida. A escuridão de tudo que está à frente, não de tudo que ficou para trás.

– Gosto da maneira como coloca – falei. – Vou tentar pensar desse jeito.

– Assim que se fala. Melhor acender uma vela do que amaldiçoar a escuridão, agente Shane – disse Cassandra.

E, então, ela estava diante de mim, perto, uma luz de vela iluminando seu rosto, a luz afastando a escuridão a uma distância de respiro.

– Agradeço – eu disse e senti um arrepio de alívio.

– Por nada – disse ela, e sorriu, parecendo mais jovem que seus 20 anos, embora, claro, aqui ela pudesse ter a idade que desejasse.

– Também agradeço por me receber logo – falei. – Sei que está ocupada.

– Sempre estou ocupada – respondeu. Não era ostentação ou mostra de orgulho, apenas um fato. Ela sorriu de novo para mim. – Mas claro que sei quem você é, agente Shane. Chris Shane. A Criança Haden. Tão estranho, não é, que não tenhamos nos encontrado antes.

– Outro dia pensei a mesma coisa de você – comentei.

– E por que acha que foi assim, que nos conhecemos apenas agora?

– Frequentávamos círculos diferentes – disse eu.

– Frequentávamos círculos diferentes – repetiu ela. – E agora, a imagem que tenho de você e de mim, nos movendo em órbitas separadas, centrados em estrelas distintas.

– A mesma metáfora – comentei. – Descrições distintas.

– Sim! – disse Cassandra e deu uma risadinha. – E quem era sua estrela? Ao redor de quem orbitava?

– Do meu pai, acho.

– Ele é um bom homem – disse Cassandra. Não em tom de pergunta.

– É – confirmei e pensei nele, naquela manhã, com roupão de banho, uísque na mão, sofrendo por Bruce Skow.

– Soube do que aconteceu. Com seu pai. Sinto muito.

– Agradeço novamente – falei. A forma como falava me emocionou. Formal e, ainda assim, tão íntima. – Quem era sua estrela, se não se importa que eu pergunte?

– Não sei – disse Bell. – Ainda não sei. Estou começando a suspeitar que não é uma pessoa, mas uma ideia. E por isso sou estranha, e isso também me dá força.

– Talvez – falei, da forma mais diplomática possível.

Ela percebeu, sorriu e depois riu para mim.

– Não quis ser obtusa ou intencionalmente bizarra, agente Shane. Honestamente não quis. Sou apenas muito ruim em bater papo. Quanto mais tempo dura, mais pareço uma refugiada de um coletivo.

– Tudo bem. Eu moro em uma comunidade intencional.

– Gentil de sua parte mostrar empatia comigo – disse Cassandra Bell. – É melhor de bate-papo do que eu. Isso nem sempre é um elogio. Dessa vez é.

– Valeu.

– Você não veio para bater papo comigo – ela disse. – Por mais que leve jeito pra isso.

– Não. Vim falar sobre seu irmão.

– Veio? – perguntou ela. – Gostaria de ouvir uma história sobre o meu irmão?

– Claro.

– Ele era um garotinho quando nasci e sabia que eu estava presa dentro de mim – disse ela. – E por isso ele se aproximava, beijava a minha testa e cantava para mim por horas. Pode imaginar? Que outro garoto de 7 anos de idade faria uma coisa dessas? Você tem irmãs ou irmãos.

– Não.

– Sente falta?

– Não posso sentir falta do que nunca tive – respondi.

– Isso não é verdade – Cassandra disse. – Mas eu não fui feliz nas minhas palavras. Digo, sente falta do que perdeu por não ter irmãos?

– Acho que teria sido interessante ter irmãos – comentei.

– Seus pais não tiveram mais filhos depois de você.

– Acho que ficaram preocupados que, se tivessem, negligenciariam um para se concentrar no outro – comentei. – E o que fosse negligenciado acabaria ficando ressentido. É difícil ter uma criança haden e outra não, imagino – hesitei.

– Você tem uma pergunta sobre mim e meu irmão – disse Cassandra.

– Me pergunto se você já integrou com ele – disse eu.

– Ah, não – negou Cassandra. – Costuma ser uma coisa muito íntima, creio eu. Amo meu irmão, e ele me ama. Mas não tenho vontade de estar dentro da cabeça dele, e não acredito que ele me queira lá dentro. Nós dois na mesma cabeça, ao mesmo tempo! Viraríamos nossos pais.

– Que imagem.

– Eu nunca integrei. Eu basto na minha cabeça. Não desejo estar na de outra pessoa.

Sorri com a frase.

– Deveria conhecer minha parceira – comentei. – Era uma integradora que não gostava que as pessoas estivessem em sua cabeça.

– Seríamos como ímãs – disse Cassandra. – Ou nos atrairíamos ou nos repeliríamos.

– Outra imagem interessante.

– Me fale sobre meu irmão.

– Quando foi a última vez que falou com ele?

– Isso não é falar para mim do meu irmão, mas vou deixar passar – disse ela. – Nos falamos outro dia. Ele quer passar um tempo comigo no sábado à tarde.

– E você quer?

– Você não passa tempo com sua família? – perguntou Cassandra. – Sei o que vai responder, então não precisa.

– Eu passo tempo com eles – respondi mesmo assim. – Vai encontrá-lo aqui?

– Sim, e ele também ficará com meu corpo – respondeu ela. – Ainda gosta de cantar para mim, nos meus ouvidos.

– Mais alguém estará lá?

– Ele é minha família.

– Então não.

– Agente Shane, agora é um momento excelente para parar de conversa fiada – soltou Cassandra.

– Acreditamos que o corpo do seu irmão está dominado por um cliente – falei. – Esse cliente tem habilidades técnicas consideráveis e seria capaz de mudar a programação da rede neural de seu irmão para aprisioná-lo e usar o corpo dele para seus próprios objetivos. Acreditamos que ele quer usar o corpo de seu irmão para matá-la e matar seu irmão também. Como um assassinato seguido de suicídio.

– E por que acreditam nisso?

– Porque ele tomou outros corpos – respondi. – Da mesma forma. Ele e um colega fizeram isso. O resultado foram três integradores mortos.

Cassandra Bell parecia muito séria, a luz da vela de repente se esvaindo e tremeluzindo antes de reassumir o brilho contínuo.

– Então vocês acreditam que ele já está possuído.

— Possuído — repeti e percebi que simplesmente não havia me ocorrido pensar dessa forma o que havia acontecido com Johnny Sani, Bruce Skow ou Brenda Rees. — Sim. Ele já está possuído.

— Faz quanto tempo?

— Acreditamos que desde a manhã de terça-feira, no mínimo.

— Por que levou tanto tempo para me dizer?

— Não sabíamos que isso era possível até ontem — expliquei. — Não pensávamos que havia afetado seu irmão até hoje. Não deveria ser possível. E, como não deveria ser possível, não havíamos captado até agora.

— Ele está morto?

— Seu irmão? Não.

— Sei que o corpo dele não está morto — Cassandra disse. — Eu digo *ele*. A alma do meu irmão.

— Não acreditamos nisso. Acreditamos com veemência que ele está vivo, mas encarcerado. Incapaz de falar ou se comunicar com o mundo exterior. Como... bem, como nós. Mas sem um C3 ou um espaço liminar ou uma Ágora. E com seu corpo nas mãos de outro, fazendo coisas que ele escolheria não fazer, se pudesse.

— Ele não escolheria me assassinar — concordou Cassandra. — Você diz que acredita com firmeza que ele está vivo.

— Isso.

— Descreva a força dessa crença.

— Forte como ferro. Forte como carvalho.

— Ferro enferruja. Carvalho queima.

— Não podemos ter certeza — comentei. — Mas, pelo que sabemos, a pessoa possuída ainda existe. A pessoa que vi possuída dessa forma ainda existia depois de o cliente ir embora.

— Disse que todos morreram.

— Ela morreu — confirmei. — O cliente puxou o pino de uma granada antes de se desconectar.

– Quem são essas pessoas? – perguntou Cassandra.

– Preferimos não dizer. Para sua proteção.

O brilho da vela de Cassandra Bell aumentou imensamente, embora a escuridão se espremesse ainda mais ao meu redor.

– Agente Shane – disse ela. – Não me confunda com uma criança. Não sou traumatizada, nem incapaz. Estou levando centenas de milhares de nós a nos pronunciar diante do mundo. Não poderia fazer isso se fosse uma coisinha superprotegida. Não preciso de *proteção*. Preciso de informações.

– É Lucas Hubbard – eu disse.

– Ah – disse Cassandra. A luz voltou a seu estado original. – Ele.

– Você o conhece.

– Com exceção de você, agente Shane, conheço quase todas as pessoas importantes. – Não era ostentação, apenas um fato.

– Qual sua opinião sobre ele?

– Agora ou antes de eu saber que ele está escravizando meu irmão em seu próprio corpo?

Sorri com a pergunta.

– Antes.

– Inteligente. Ambicioso. Capaz de falar apaixonadamente sobre hadens quando é conveniente e vantajoso para ele, e quando não é, não o faz.

– Bilionário padrão – comentei.

Cassandra me encarou.

– Eu imaginaria que você, entre todas as pessoas, saberia que nem todos os bilionários são pobres de alma – disse ela.

– Na minha experiência, há poucos como meu pai – retruquei.

– Uma pena. Quando vão resgatar meu irmão?

– Logo.

– Há uma porção de parágrafos espreitando atrás dessas duas

sílabas – disse Cassandra. – Ou talvez você queira apenas dizer "logo, mas ainda não".

– Há complicações.

– Não vou pedir para que você imagine o terror do encarceramento, agente Shane – Cassandra disse. – Sei que sabe disso muito bem. O que eu gostaria de saber é por que voluntariamente infligiria isso a outra pessoa por um segundo a mais do que teria de infligir.

– Para salvar outros desse mesmo destino – respondi. – E para punir Hubbard de uma maneira mais completa do que a mera prisão. E para manter seu irmão em segurança.

Cassandra olhou para mim, seca.

– Se avançarmos nele nesse segundo, teremos o suficiente para acusá-lo e puni-lo – comentei. – Mas ele não é idiota. É quase certo que tem planos de contingência se for pego. É rico e tem mais advogados do que alguns países têm de pessoas. Ele vai enrolar as coisas por anos, fazendo acordos e introduzindo dúvidas ao júri. E a primeira coisa que fará é cobrir seus rastros o máximo possível. Isso inclui se livrar da única pessoa que pode prestar contas de cada movimento de Hubbard durante a última semana.

– Meu irmão – concluiu Cassandra.

– Seu irmão. Hubbard é esperto, mas a inteligência e a ambição também são seu ponto cego. Ele acredita que cobriu as contingências em todos os ângulos. Mas pensamos que há alguns ângulos que ele não consegue ver.

– Porque estão em seu ponto cego.

– Exato.

– Prometa que vai salvar meu irmão – disse Cassandra.

– Prometo que farei tudo que posso para salvá-lo – respondi. – Prometo que faremos tudo que pudermos.

– Agora, me conte como planejam capturar Hubbard.

– Ele pretende matá-la – falei.
– É o que você diz.
– Acho que deveríamos deixá-lo tentar.

VINTE E TRÊS

Samuel Schwartz não ficou nada feliz em nos ver no sábado de manhã, mas nos convidou para entrar mesmo assim. Pediu que sentássemos em seu escritório, diante de uma mesa enfeitada com fotos de duas crianças pequenas.

— Suas filhas? – perguntou Vann.

— Sim – respondeu Schwartz, sentando-se atrás da mesa.

— Adoráveis – disse Vann.

— Obrigado. E para antecipar a próxima série de perguntas, Anna e Kendra, com 7 e 5 anos, feitas por meio de extração seminal e fertilização *in vitro*. As mães são um casal de conhecidas minhas, uma delas uma colega na faculdade de direito. Sim, as crianças sabem quem eu sou e, sim, tenho parte ativa na vida delas. Na verdade, preciso estar em um jogo de futebol daqui a pouco. Suponho que estão aqui por causa de Nicholas Bell.

— Na verdade, estamos aqui para falar de Jay Kearney — disse Vann.

— Eu já falei com seus colegas do FBI sobre Jay — retrucou Schwartz. — Vou lhes dizer o que disse para eles, que, em nenhum momento de nosso relacionamento profissional ou pessoal, Jay jamais revelou ou sequer deu indícios de seus planos ou de sua associação com o doutor Baer. E, quanto à minha localização naquela noite — Schwartz meneou a cabeça na minha direção —, agente Shane, você pode confirmar minha presença na casa de seu pai, Marcus. Estávamos à mesa de jantar quando o ataque à Loudoun Pharma aconteceu.

— Nosso laboratório nos diz que Kearney, ou Baer, criou um carro-bomba feito de nitrato de amônia — disse Vann.

— Certo — disse Schwartz. — E isso significa?

— Provavelmente nada, mas ressalto que a Agrariot é uma empresa da Catalisadora. Eles fazem comida desidratada e congelada, ração para gado e fertilizantes.

— A Catalisadora é um conglomerado multinacional que é dona ou tem investimentos significativos em quase duzentas empresas diferentes, agente Vann — disse Schwartz. — Está correta quando diz que provavelmente não é nada.

— A Agrariot tem um armazém em Warrenton — observou Vann. — Bem na rota 15 de Leesburg. E estão faltando vários paletes de fertilizante do estoque. Verifiquei ontem.

— Então espero que vocês tenham informado seus colegas mais diretamente envolvidos na investigação — disse Schwartz.

— Informamos — afirmou Vann.

— Soube que a Catalisadora fez uma oferta para a compra da Loudoun Pharma — eu disse.

Schwartz virou-se para mim.

— É a primeira vez que ouço isso — disse ele. — Talvez não deva dar crédito a rumores.

– Não sei se isso é um rumor, sendo que veio diretamente do diretor-presidente – retruquei. – Falei com o sr. Buchold ontem à tarde.

– O sr. Buchold foi indiscreto. Houve discussões, mas nada sério.

– Também lembro que, no jantar, Lucas Hubbard teceu críticas bem negativas ao que a Loudoun Pharma estava fazendo – continuei. – Interessante que ele esteja considerando comprar a empresa agora, especialmente depois de ela ter virado uma cratera.

– Lucas está interessado em manter os empregos no Condado de Loudoun – disse Schwartz. – A Loudoun Pharma tem produtos que casam com nosso portfólio.

– Claro – disse Vann. – E um que vocês provavelmente gostariam de manter fora do mercado.

– Neurolease – falei, prestativo.

– Isso – disse Vann. – Não querem um bando de hadens desencarcerados. Isso seria um golpe nas margens de lucro de um monte de empresas da Catalisadora. E vocês precisam delas produzindo receita para os próximos muitos anos, no mínimo.

– Não conheço bem o Neurolease, infelizmente – disse Schwartz, levantando-se. – Agora, como eu disse, tenho um jogo de futebol...

– O senhor conhece bem Salvatore Odell, Michael Crow, Gregory Bufford, James Martinez, Steve Gaitten ou Cesar Burke? – perguntou Vann.

– Nunca ouvi falar nesses homens – disse Schwartz.

– São os faxineiros mortos quando a Loudoun Pharma explodiu – comentou Vann. – Só conseguiram desenterrá-los no dia seguinte. Estão fazendo um velório para eles hoje.

– Nesse momento, inclusive – falei.

– Verdade – disse Vann para mim, e em seguida voltou-se para Schwartz. – Nosso pessoal da medicina legal me disse que alguns deles morreram quando o prédio explodiu, mas o restante sobreviveu à explosão. Morreram enterrados sob quatro andares de concreto. Viraram papel. Esmagados.

– O velório será com caixão lacrado – completei.

– Não poderia ser de outro jeito – disse Vann.

– Sinto muito por saber disso – disse Schwartz.

– Sente mesmo? – disse Vann.

– Acho que meu tempo com vocês terminou – retrucou Schwartz.

– O quanto o senhor é próximo de Lucas Hubbard? – perguntei.

– O que quer dizer com isso? – Schwartz devolveu a pergunta.

– Digo, lembro no jantar daquela noite, quando Lucas fez uma pergunta ao senhor, e o senhor ficou sem resposta – respondi. – Hubbard estendeu a mão para tranquilizá-lo depois de seu branco e bateu na sua mão. Não costumo ser irredutível em relação a funções de gênero, mas não me pareceu muito camaradagem masculina. O senhor não me parece ser do tipo de pessoa que precisa ser tranquilizada, e Hubbard não me parece o tipo que oferece apoio. Você é diretor jurídico da empresa dele, não sua namorada.

– Acho que você está dando muita importância para isso – disse Schwartz.

– E houve o momento em que eu estava falando com o senhor sobre seu C3, e o senhor me olhou como se não tivesse ideia do que eu estava dizendo – continuei. – Hubbard respondeu pelo senhor também. Lembro de o senhor esculhambando a gente quando levamos Bell para a sala de interrogatório. Não acho que o senhor deixaria outra pessoa falar em seu lugar.

– Talvez não fosse ele falando – disse Vann.

– Talvez não – falei, olhando para Schwartz.

– Você e eu conversamos – disse Schwartz. – Eu lembro claramente, na sala de troféus de seu pai, que conversamos sobre o fato de eu estar usando uma integradora.

— Brenda Rees — confirmei.

— Ela está morta — disse Vann.

— Isso — afirmei.

— Abriu fogo em um café e depois se explodiu com uma granada.

— Eu estava lá — falei.

— Eu também — disse Vann, apontando para o braço na tipoia. — Ela atirou em mim.

— Em mim também — confirmei.

— Estranho — disse Vann.

— Levar um tiro? — perguntei.

— É — disse Vann e apontou para Schwartz. — Mas eu estava mais era pensando no sr. Schwartz aqui, tendo dois integradores se explodindo na mesma semana.

— Isso *é* estranho — disse eu.

— Digo, quais são as chances de isso acontecer? — Vann me perguntou.

— Bem pequenas, eu diria.

— Eu também diria bem pequenas — falou Vann. — Talvez não tão pequenas quanto as chances de esses integradores serem comidos por ursos ou caírem em um debulhador de trigo. Mas, ainda assim, uma coincidência bastante notável.

— Agente Vann — disse Schwartz. — Agente Shane. Estamos...

— Ela disse que o senhor não estava lá — eu disse.

— Como? — disse Schwartz, distraído.

— Brenda Rees — respondi. — Ela me disse que o senhor não estava lá, no jantar. Ela disse que o senhor havia desaparecido.

— Bem no momento em que Jay Kearney estava fazendo seu servicinho — disse Vann.

— Jay Kearney estava integrado com o doutor Baer — disse Schwartz. — Baer disse isso na gravação que deixou.

— Bem, não foi assim — disse eu. — A *boca* de Kearney disse isso, e acreditamos que Baer estava falando porque Baer estava na imagem. Mas temos uma teoria alternativa.

— Ela é assim — começou Vann. — O senhor integra com Kearney e vai até o apartamento de Baer. Ele está esperando Kearney. O senhor droga Baer, então ele desmaia, o senhor faz o vídeo, enfia a faca na têmpora, posiciona o C3 para fazer parecer suicídio e, em seguida, faz uma rápida viagem à Loudoun Pharma com Kearney.

— E volta para o jantar conosco a tempo para a sobremesa — comentei. — Se é que tivemos sobremesa, eu não estava lá para essa parte.

— Não, porque a Loudoun Pharma explodiu — disse Vann.

— Você acabou de me acusar de assassinar Baer — falou Schwartz.

— Exato — confirmei.

— E os seis faxineiros — disse Vann.

— E Jay Kearney — adicionei.

— Oito no total — Vann concluiu.

— Já estou farto de falar com vocês — disse Schwartz. — Não vou dizer mais nenhuma palavra sem um advogado. Se quiserem me prender, façam isso agora. Do contrário, saiam da minha casa.

— Sr. Schwartz, mais uma coisa — disse Vann.

Schwartz olhou para ela, impassível como apenas um C3 pode ser.

— Interpolador — falou ela.

— O que você disse? — perguntou Schwartz.

— Ah, o senhor me ouviu muito bem — retrucou Vann.

— Não sei o que significa essa palavra — disse Schwartz.

— Já passamos dessa fase, não acha, sr. Schwartz? — disse Vann. — O senhor sabe perfeitamente o que essa palavra significa. E sabe o que significa *nós* a conhecermos. Significa que o senhor está fodido. *Magnificamente* fodido.

Schwartz ficou em silêncio novamente.

– Opções – Vann disse, erguendo um dedo. – Porta número um. O senhor mantém o seu direito de ficar em silêncio e seu direito a um advogado. Ótimo. Aplaudirei sua postura. Vamos prendê-lo por esses oito assassinatos que mencionamos, mais os assassinatos de Bruce Skow e Brenda Rees. Também vamos indiciá-lo pelo sequestro de Kearney, Skow e Rees. Sem mencionar a tentativa de assassinato de dois agentes do FBI, eu e Shane. Mais uma coleção de outras acusações que não vou descrever, mas imagino que o senhor já esteja montando uma lista no cérebro; afinal, o senhor é advogado. Vamos para o tribunal, o senhor perde, seu corpo vai para um centro federal de detenção de hadens e o senhor vai falar com outros seres humanos durante uma hora por semana, para sempre.

– A propósito, ficaríamos contentes com essa opção – comentei.

– Sim, ficaríamos – disse Vann. Ela levantou outro dedo. – Porta número dois. O senhor *fala*.

Ela abaixou a mão.

– Escolha. Tem cinco segundos até presumirmos que o senhor vai optar pela porta número um.

– Com a qual ficaríamos contentes – repeti.

– Sim, ficaríamos – disse Vann novamente.

Schwartz sentou-se e esperou até a contagem de quatro, talvez quatro e meio.

– Quero um acordo – ele disse.

– Claro que quer – disse Vann.

– Imunidade integral.

– Não – interrompi. – Não vai conseguir.

– O senhor vai para a prisão, Schwartz – disse Vann. – Melhor se acostumar com a ideia. O que estamos discutindo aqui agora é por quanto tempo e o quão ruim será.

– Imunidade integral ou nada – disse Schwartz.

– Nada funciona para nós – falei.

– Sr. Schwartz, não acho que o senhor considerou totalmente o que eu disse quando falei que o senhor estará magnificamente fodido – disse Vann. – Significa que temos mais do que o suficiente para afundar o senhor. Para sempre. E nós o faremos. Para sempre. Mas a verdade é que o senhor não é a pessoa que realmente queremos. Não é a atração principal. Tenho certeza de que o senhor sabe de quem estamos falando aqui.

– Mas se não conseguirmos pegá-lo, ficaremos felizes em levar o senhor – afirmei.

– É verdade – disse Vann. – E, vamos ser honestos, Schwartz. *Ele* também ficará feliz em deixar que a gente leve você. De todas as pessoas, o senhor deveria saber quantos advogados ele tem e o quanto eles são bons. No segundo em que souber que o pegamos, tudo isso, tudo mesmo, vai ser enfiado na sua conta. Posso imaginar a nota à imprensa.

– Ele vai ficar chocado e perturbado com as alegações e vai se dispor a cooperar plenamente com as autoridades, ou seja, conosco – falei.

– E, sabe de uma coisa? – disse Vann. – Nesse momento, talvez a gente decida abrir mão e seguir em frente com o que tivermos. Ainda estaremos bem e, honestamente, será uma bela lição prática para o senhor sobre lealdade cega a um homem que ficará feliz em jogá-lo às cobras.

Schwartz ficou em silêncio novamente. Então:

– O que vocês esperam de mim?

– Tudo, claro – disse Vann. – Datas. Planos. Como vocês usaram as várias empresas da Catalisadora para adiantar seus objetivos. Quem mais está envolvido. Qual era o objetivo final. O que o senhor e Hubbard estavam planejando para sair dessa.

– Por que escolheram Sani e Skow – eu disse.

– Isso mesmo – confirmou Vann. – O alto escalão da nação navajo está pronto para passar por cima de vocês como um trator. Escolheram o cara errado para mexer quando pegaram Sani. Provavelmente é até bom que afastemos o senhor por um tempo.

– Quanto tempo? – perguntou Schwartz. Estava totalmente derrotado agora. – De quanto estamos falando aqui?

– Está perguntando por um número específico de anos? – perguntei.

Schwartz virou-se para mim.

– Eu tenho filhas, agente Shane – disse ele.

– O senhor vai perder o jogo de futebol, sr. Schwartz – disse Vann, surpreendentemente gentil. – Vai perder a formatura de colégio também. Dependendo do que conseguirmos do senhor, podemos ver se conseguimos que uma delas tenha o pai para acompanhá-la até o altar.

VINTE E QUATRO

Nicholas Bell subiu até o segundo andar e entrou no apartamento de Cassandra Bell pela sala de estar, que na verdade era onde Cassandra vivia, sendo o quarto do apartamento usado como despensa e como sala de descanso para seus cuidadores. Os cuidadores da manhã de Cassandra já haviam terminado o expediente. Os cuidadores da tarde só chegariam uma hora depois. Nicholas foi até o principal móvel da sala de estar: o berço, no qual jazia uma jovem. Parecia, como todos os hadens, que estava dormindo.

– Que bondade sua vir me ver, meu irmão – disse Cassandra. – Eu não via você desde a semana passada. – Sua voz era conduzida por um alto-falante ao lado do berço, no qual também estava incorporada uma pequena câmera, que podia usar para ver dentro do apartamento. Cassandra preferia uma representação simples no mundo real. E talvez tenha sido por isso que Nicholas hesitou quando viu a forma não familiar na sala. Um C3.

– Presente de um admirador – disse Cassandra, seguindo o olhar de Nicholas. – Não de alguém que me admire o suficiente para saber que eu não uso nem jamais usei um transporte pessoal. Mas um dos meus cuidadores conhece uma pessoa que precisa de um. Está esperando ela vir buscá-lo.

Nicholas assentiu, sorriu e tirou a pequena mochila do ombro. Ele abriu a bolsa e enfiou a mão nela.

– Ora, meu irmão – disse Cassandra Bell. – Trouxe um presente para mim?

– Sim – disse Nicholas. Ele pegou uma grande faca de cozinha que havia puxado da mochila e golpeou a jovem no berço, enterrando a arma com tudo no abdome.

Mais duas estocadas fortes e profundas na barriga, puxando para cima. Uma facada para baixo, abrindo a coxa esquerda – um golpe para encontrar a artéria femoral.

A carne se abriu, pálida.

Três golpes formando um triângulo desleixado de cortes bem abaixo do esterno. Um corte terrível no lado esquerdo do pescoço e um corte igual à direita, abrindo as artérias que levam sangue ao cérebro, e as veias que o levam do cérebro para o corpo.

Nicholas Bell soltou a faca no chão e deu um passo para trás, respirando pesadamente. Encarou o corpo destroçado, como se algo nele o deixasse confuso.

Como se pensasse: o corpo que ele havia acabado de esfaquear oito vezes não havia derramado uma gota de sangue.

– Irmão – sussurrou Cassandra Bell. – Não funcionou.

Eu me lancei da cadeira em que estava e agarrei Nicholas Bell, que foi ao chão rolando e se contorcendo.

Ele conseguiu sair da minha chave de braço e fuçou na mochila. Rolei, fiquei em pé e o vi com uma pistola na mão, apontando para mim.

– Ah, qual é – falei. – Acabei de pegar esse C3.

O estrondo atrás de nós – o som de agentes do FBI invadindo o apartamento para pegar Nicholas – distraiu o homem tempo suficiente para que eu corresse para cima dele, mas não o bastante para atrapalhar a mira. Ele atirou e a bala acertou meu ombro, me fazendo girar.

Nicholas virou e disparou três tiros na porta de correr de vidro que separava a sala de estar da sacada, correu entre os vidros estilhaçados com as mãos erguidas para proteger o rosto. O vidro caiu como uma lâmina, e Nicholas saiu aos tropeços para a sacada.

– Merda – falei e o segui.

Foi quando soube que o tiro que Bell me dera havia afetado o movimento do meu braço direito. Cambaleei até o parapeito da sacada e caí com tudo na calçada de concreto lá embaixo. Se eu estivesse em um corpo humano, certamente estaria morto ou paralisado.

Mas eu não estava.

Levantei-me, olhei ao redor e vi Bell quase a 30 metros adiante, mancando, mas movendo-se surpreendentemente rápido. A arma ainda estava na mão direita.

– O que diabos acabou de acontecer? – perguntou Vann na minha cabeça.

– Ele pulou da sacada – respondi. – Está correndo para a rua 9. Seguiu na direção da praça Welburn. Vou atrás dele.

– Não o perca de novo – disse ela.

– De novo?!? – exclamei e comecei a correr.

O manquejar de Bell havia piorado quando eu o alcancei pouco antes da praça Welburn. Pulei nele, e nós dois caímos em uma calçada de tijolos vermelhos. Agarrei-o com meu braço bom. Ele o chutou e me bateu com o cabo da arma.

Não funcionou tão bem quanto ele queria. Eu havia desligado minha sensibilidade à dor. Ele virou a arma para mim, e eu rolei para longe. Bell correu de novo, mancando, atravessando o círculo central de grama na praça, fazendo os transeuntes fugirem quando viam sua arma.

Fui atrás dele novamente, derrubando-o pouco antes da rua Taylor. Ele se virou enquanto caía e atirou em mim, acertando meu quadril. Minha perna esquerda caiu. Ergui os olhos para ver Bell dar um sorrisinho de triunfo e, em seguida, correr para a rua Taylor...

... onde foi imediatamente atropelado por um carro. Bell rolou de forma dramática sobre o capô do automóvel e caiu na rua, agarrando a perna.

Vann saiu do lado do motorista, foi até Bell, verificou se ele não estava em risco imediato de morte, e o algemou.

Dois minutos depois, todos os outros agentes do FBI chegaram. Vann foi até mim, meu C3 emprestado ainda caído na calçada. Ela se sentou ao meu lado e puxou o cigarro eletrônico do bolso do casaco.

– É o terceiro C3 que você estraga em dois dias – disse ela.

– Quarto – corrigi.

– Não quero dizer para você como fazer seu trabalho – ela falou. – Mas tenho que dizer que, se eu fosse sua seguradora, te dava um pé na bunda.

– Você atingiu nosso suspeito com um carro – respondi.

– Ops! – disse Vann. E deu um trago no cigarro.

– Poderia tê-lo matado.

– Eu estava a menos de dez quilômetros por hora – disse Vann. – E, de qualquer forma, foi um acidente.

– Não era pra ninguém ser capaz de entrar em acidentes assim hoje em dia – disse eu.

– É incrível o que se pode fazer quando se desliga o piloto automático – comentou Vann.

– Prometemos a Cassandra Bell que não machucaríamos seu irmão.

– Eu sei. Foi um risco. Por outro lado, aquele babaca atirou na minha dupla. Duas vezes.

– Não foi Bell que atirou em mim.

– Não é desse babaca que eu estava falando.

Ela apagou o cigarro.

– Estou curiosa com uma porção de coisas – disse Vann para Bell. Estavam sentados frente a frente à mesa em uma das salas de interrogatório do FBI. Vann tinha uma pasta de papel manilha diante dela. – Mas tenho que dizer com o que estou curiosa neste exato momento. É que você está aqui, em uma sala de interrogatório do FBI, preso, e não invocou seu direito a permanecer em silêncio ou pediu seu advogado. Pois deveria. Deveria fazer as duas coisas.

– Exato – eu disse. Estava em pé, atrás de Vann, em um dos C3 que o FBI usava para agentes visitantes. A agente que o estava usando meia hora antes estava de molho em Chicago porque interrompi seu trabalho. Ela poderia ficar um pouco mais de molho. – Mas, se eu fosse você, não tentaria ligar para Sam Schwartz.

– Por que não? – perguntou Bell, olhando para mim.

– Nós o prendemos essa manhã sob a acusação de homicídio doloso e conspiração relacionada ao ataque à Loudoun Pharma – disse eu. – O chefe dele não vai ficar surpreso?

– Hubbard está limpo – disse Vann. – Tudo aponta apenas para Schwartz. Mas não é o melhor tipo de atividade extra para se ter. – Ela se voltou para Bell. – Agora, você gostaria de permanecer calado? – perguntou ela. – Quando responder, tenha em mente que, entre o minuto em que saiu do seu apartamento e o caminho até aqui, executamos um mandado de busca em sua residência e pertences. O que quer dizer que já encontramos o vídeo em que confessava o assassinato e também seu suicídio.

— O que explica a arma – falei. – Tudo bem esfaquear sua irmã, mas você quis um fim rápido e indolor para você. Mas suponho que dei uma bagunçada nos seus planos.

— Então – disse Vann, novamente. – Quer permanecer em silêncio? Quer um advogado?

— Vocês têm o vídeo – disse Bell para Vann. Ele apontou para mim. – Sua dupla viu o ataque. Do que adiantaria?

— Para esclarecer, você está dispensando seu direito ao silêncio e a um advogado – disse Vann. – Eu realmente preciso que você diga "sim", se for de fato o que você deseja.

— Sim – disse Bell. – É o que eu quero. Eu pretendia matar a minha irmã, Cassandra Bell. Esse era o meu objetivo.

— Bem, isso torna nossa vida muito mais tranquila – disse Vann. – Obrigada.

— Não estou fazendo isso por vocês – disse Bell. – Queria que as pessoas soubessem que minha irmã é perigosa.

— Isso está em sua nota de suicídio? – perguntou Vann. – Porque, se estiver, se não fizer diferença, podemos simplesmente ir em frente, levá-lo e colocá-lo na prisão federal enquanto aguarda a sentença.

— Bem, tem aquela outra coisa – falei.

Vann estalou os dedos da mão esquerda.

— Tem razão. Eu *tinha* mais uma pergunta para você, Nicholas.

— Qual? – perguntou Bell.

— Quanto tempo vai continuar com isso? – perguntou Vann.

Bell olhou para ela, indeciso.

— Não sei do que está falando.

— Estou perguntando: quanto tempo vai continuar fingindo ser Nicholas Bell, sr. Hubbard? – perguntou Vann. – Só estou perguntando porque Shane e eu temos uma aposta rolando aqui. Shane acha que o senhor só vai continuar até o levarmos para a detenção. Afinal, o senhor tem uma vida e um conglomerado multinacional para administrar, e agora que confessou como Bell e admitiu culpa, a parte difícil já está feita.

— Isso mesmo — disse eu. — Quando o Bell verdadeiro vier à tona e estiver na detenção, ninguém vai acreditar nele. Vão pensar que ele começou a se arrepender de sua decisão e, talvez, esteja esperando por algum tipo de condenação psiquiátrica.

— É uma alegação justa — disse Vann. — Mas eu disse que não. O senhor foi longe demais com isso para fazer um serviço meia-boca agora. Acho que ficará comprometido com isso e passará pela condenação e pela prisão. Só quando a porta fechar atrás de Bell em uma cela de dois por três é que terá certeza de que se livrou. Então, vai ter que se ater ao papel, como se ateve a semana inteira. Claro, isso significa que a Catalisadora não vai ter o senhor no comando. Mas talvez, quando Bell dormir, o senhor possa se esgueirar para fora e deixar um recado, dizendo que saiu de férias por algumas semanas. Eles vão conseguir se virar sem o senhor.

— A parte jurídica talvez tenha um problema — observei.

— Eles têm um monte de advogados — disse Vann. — Vão dar um jeito.

— Nenhum de vocês está falando coisa com coisa — disse Bell.

— Ele vai insistir — comentei.

— Bem, ele precisa, nesse momento — disse Vann. — Mas vamos complicar as coisas. Bell, tenho uma foto para você.

Vann abriu a pasta parda, puxou uma foto de dentro dela, e deslizou até Nicholas Bell.

— Conheça Camille Hammond — disse a ele. — Vinte e três anos, residente do Centro de Cuidado para Hadens Lady Bird Johnson, em Occoquan, que é onde o INS despeja hadens com outros problemas cerebrais graves e que não têm família ou outros meios de apoio. Mais precisamente, Camille *era* uma residente, até quarta-feira à noite, quando morreu de uma pneumonia persistente. Infelizmente, comum em pessoas na situação dela.

Bell olhou para a foto, mas não disse nada.

– O INS não ficou muito animado conosco quando perguntamos se poderíamos pegá-la emprestada para o encontro de hoje – prosseguiu Vann. – Por outro lado, também não quiseram ver Cassandra Bell brutalmente assassinada pelo próprio irmão na véspera da maior marcha de direitos civis no D.C. em uma década. Então, no fim das contas, decidiram nos ajudar.

Ela se inclinou sobre a mesa na direção de Bell.

– Então, uma coisa que eu quero saber – disse ela. – Você foi até aquela sala para assassinar sua irmã. Alguém que você conheceu a vida inteira. Estou um pouco confusa como conseguiu *não* reconhecer que a mulher que você esfaqueou oito vezes não era a mesma mulher que conhece há vinte anos.

Bell ergueu os olhos e permaneceu em silêncio.

– Você sabe como, não responda – disse Vann e olhou para mim. – Diga para trazerem o Tony pra cá.

Mandei a mensagem com minha voz interna. Um minuto depois, Tony estava na sala conosco.

– Tony Wilton, Lucas Hubbard – falei, apresentando-os um ao outro. – Lucas Hubbard, Tony Wilton.

– Se fosse uma semana atrás, eu diria que é uma honra conhecê-lo – disse Tony para Bell. – Hoje, posso ainda dizer que admiro suas habilidades de programação.

– Tony. Você poderia, por favor, atualizar o sr. Hubbard sobre suas últimas aventuras? – pediu Vann.

– Então, aquilo que o senhor fez quando baixou o código no processador por meio do interpolador realmente foi um trabalho de gênio – disse Tony. – Mas também é *muito* perigoso, porque, bem – Tony apontou para Bell –, os motivos são óbvios. Então, na última noite, fiz um patch que bloqueava esse caminho, e o INS, que ainda pode exigir patches obrigatórios, colocou no topo de sua lista de prioridades. No momento em que o senhor entrou no apartamento de Cassandra Bell, ele começou a ser aplicado em todos os integradores dos Estados Unidos. E, depois que eles receberem o patch, ele também irá para a fila geral dos hadens. Quer dizer, não há maneira de o senhor explorar um haden dessa maneira como faz com um integrador. Por outro lado, não vimos *isso* acontecer com integradores até o senhor explorá-lo. Maléfico, mas brilhante. Então, decidimos prevenir antes de remediar.

– Não estou entendendo nada do que vocês estão me dizendo – disse Bell. – O que é um interpolador?

Tony olhou para mim.

– Ele está realmente encarnando o papel – comentou.

– Que escolha ele tem? – falei. – Se ele desligar agora, o verdadeiro Nicholas Bell virá à tona e vai vomitar tudo.

– O que me lembra de uma coisa – disse Tony, voltando a olhar Bell. – Tenho certeza de que o senhor, entre todas as pessoas, tem ciência de que patches para redes neurais podem ser gerais ou personalizados de um jeito muito, muito específico. Como para uma única rede neural.

Bell olhou para ele, impassível.

– Tudo bem, como o senhor está fingindo não entender nada disso, vou simplificar as coisas – disse Tony. – Além de codificar um patch muito geral ontem à noite, também programei um patch *muito* específico para essa rede neural aqui – Tony tocou de leve com o dedo a cabeça de Bell. – Ele faz duas coisas. Uma delas lida com o controle do fluxo de dados.

– Preste atenção – disse Vann para Bell. – Isso é muito bom.

– Em geral, durante a integração, ou o integrador ou o cliente é capaz de interromper o fluxo de dados... se o cliente terminar a sessão ou se o integrador se encher de um cliente – disse Tony. – No momento, você conseguiu desabilitar a capacidade de Bell chutá-lo de sua cabeça.

– Isso não parece justo – disse Vann.

– Tem razão – Tony concordou. – Então, o patch que acabei de baixar automaticamente para a rede de Bell retira sua capacidade de interromper o fluxo de dados. O senhor prendeu Bell na própria cabeça. E agora eu tenho *o senhor* preso no mesmo lugar. Vá em frente, tente interromper o fluxo.

– Ah, ele não vai fazer isso – disse Vann. – Você está blefando para tentar fazer ele sair da cabeça de Bell.

– Hum – disse Tony. – Eu não tinha pensado nisso. Bem lembrado.

– Ele vai descobrir em breve – disse eu. – Ele fez Nicholas Bell tentar matar a irmã. – Eu dei um toque na minha cabeça. – Tenho isso gravado bem aqui. Quando a porta daquela cela de dois por três fechar, ele estará lá dentro com Bell.

– Então, essa é a primeira coisa sobre o patch – disse Tony. – A segunda coisa é algo que acho que o senhor vai *realmente* gostar.

– Segura aí – disse Vann. Tony ficou em silêncio. Vann virou-se para Bell. – Alguma coisa a dizer até aqui, sr. Hubbard?

– Honestamente, não sei do que vocês estão aí tagarelando – disse Bell, suplicante. – Estou muito confuso.

– Vamos tentar esclarecer as coisas – Vann disse, meneando a cabeça para mim. – Nossas próximas convidadas, por favor.

Passado outro minuto, May e Janis Sani entraram na sala. Vann levantou-se para dar lugar a May. Janis ficou em pé, atrás da avó, a mão pousada levemente em seu ombro.

– É ele? – perguntou May, olhando para Vann.

– É – disse Vann. – Ao menos por dentro.

– Não conheço essas duas senhoras – disse Bell.

– E essa é a primeira verdade que o senhor disse em toda a tarde – respondeu Vann.

– Lucas Hubbard, May e Janis Sani – apresentei. – O sobrenome pode soar familiar, porque você usou Johnny Sani, respectivamente neto e irmão delas.

– Isso é maluquice – disse Bell.

– Acho que já chega de preliminares – disse Vann. – E estou ficando cansada de perder tempo. Então, vamos ao que interessa. – Ela pôs o pé na cadeira de Bell e girou-a para fora da mesa.

– Mentimos ao senhor sobre Schwartz. Pegamos o cara por assassinato e conspiração, mas ele fez um acordo conosco. Contou a história toda sobre seu jogo para dominar o mercado dos hadens. A versão da história que ele contou não parece muito boa para o senhor. Estamos prontos para derrubar a Catalisadora com um batalhão de nerds da perícia. Tenho mais de vinte em sua casa, só esperando eu deixá-los entrar. Temos quase mais mandados contra o senhor e suas empresas do que temos gente para cumpri-los. Quase.

Vann chutou de leve a cadeira de Bell. Ela pulou uma fração de centímetro, e Bell saltou com ela.

– Mas o senhor ainda está neste seu jogo idiota de "Não sou Hubbard". É hora de parar com esse joguinho – ralhou Vann. – O que vamos fazer é o seguinte. O senhor para de fingir ser Bell. – Em seguida, apontou para May e Janis Sani. – Pode começar contando às duas o que realmente aconteceu com Johnny Sani. Elas merecem saber. Ou pode continuar fingindo ser Bell. Nesse caso, o Tony está aqui para dizer o que vai acontecer em seguida. – Ela olhou para Tony. – Diga para ele sobre a *outra* coisa que seu patch faz – pediu ela.

– Ele inverte o *script* – disse Tony.

– Um pouco mais técnico, por favor – disse Vann, olhando para Bell. – Acho que ele consegue acompanhar.

– Quando um cliente usa um integrador, o integrador abre caminho e deixa a consciência do cliente conduzir o corpo – disse Tony.

– O integrador auxilia, mas deve ficar na retaguarda. – Ele apontou para Bell. – Com sua variação, a consciência do integrador era totalmente empurrada para segundo plano. Ela se desconectava de todo e qualquer controle corporal. O *patch* que introduzi no corpo de Bell pode reverter isso. Dá ao *integrador* controle físico completo, enquanto relega ao cliente o segundo plano, deixando-o incapaz de fazer qualquer coisa, além de assistir.

– O cliente fica sujeito ao encarceramento – falei.

– Exatamente – disse Tony. – Agora, obviamente não faz sentido fazer isso no relacionamento habitual cliente-integrador. Por outro lado – ele olhou para Bell – esse não é o relacionamento habitual, certo?

– Bell assume sua vida de volta, e Hubbard fica preso lá dentro, para sempre – falei.

– E essa nem é a parte boa – disse Vann. Ela chegou bem perto de Bell. – A parte realmente boa está aqui: Bell é um integrador conhecido para Hubbard agora. Então, por que não deixar simplesmente... *rolar*?

– Deixar que ele diga que é Hubbard? – perguntei.

– Deixar que ele *seja* Hubbard – disse Vann. Ela olhou para Tony e para mim. – A gente retira os mandados, deixa Schwartz assumir a bronca e deixa Bell à frente da Catalisadora. E, então, ele começa a desmantelar a empresa. Vendê-la, pedaço por pedaço. E os lucros das vendas, ele investe nos hadens. Começando pelo novo negócio do seu pai, Chris.

– Ah, claro – falei. Inclinei-me sobre a mesa, na direção de Bell. – Meu pai acaba de fechar um acordo com a nação navajo para fundar um concorrente sem fins lucrativos da Ágora – disse eu. – Os navajos têm uma imensa central de servidores. Espaço mais do que suficiente para a nação haden inteira. Com uma equipe de técnicos navajos. Financeiramente viável e acessível. E, tecnicamente, não fica no território dos Estados Unidos. Vamos anunciá-lo amanhã, na marcha. Para deixar claro que a comunidade haden tem outra opção além de ser explorada por alguém que está tentando encurralar o mercado.

– Pense só – disse Vann. – Cassandra Bell anunciando isso, Marcus Shane de um lado, Lucas Hubbard do outro. Juntos para todos os hadens verem. E depois, Hubbard desmantela sua empresa, pedaço a pedaço, para manter o financiamento desse projeto. Até não restar mais nada.

– Que sonho – falei, voltando para trás da mesa.

– É mesmo – concordou Vann.

– Um sonho um pouco sem ética.

– Mais sem ética que jogar bombas em concorrentes, atacar agentes federais e planejar o assassinato de uma ativista haden? – perguntou Vann.

– É... não – admiti.

– Então, por mim tudo bem – disse Vann. – E as únicas pessoas que saberão disso estão nesta sala, nesse momento. Alguém tem algum problema com isso?

Ninguém disse nada.

– Então, essas são as opções que o senhor tem, sr. Hubbard – disse Vann, voltando-se para Bell. – Admitir quem você é e contar para May e Janis o que aconteceu com Johnny Sani. Você é culpado, mas sua empresa vai sobreviver. Continue fazendo o que está fazendo e vamos reverter o *script*. Bell toma a vida dele de você e assume a sua vida. E você vai assistir a tudo que você construiu desmoronar. Escolha.

Bell ficou em silêncio por mais de um minuto.

E...

– No início, foi mais um experimento mental do que qualquer outra coisa – disse Hubbard. E era mesmo Hubbard. Mesmo algemado a uma cadeira, a arrogância estava lá. – Eu escrevi o código e modelei a rede, projetada para um cliente integrar ininterruptamente. Não havia outra coisa além da curiosidade. Mas então a Abrams-Kettering veio, e o modelo de negócios no qual eu estava trabalhando começou a mudar. Outras empresas começaram a entrar em pânico, mas eu sabia que havia oportunidades aí. Elas apenas precisavam ser direcionadas. De uma maneira que fosse eficaz sem ser rastreável ou reproduzível. Se eu usasse a rede que projetei, sabia que poderia manipular pessoas e eventos de maneira que outras empresas não poderiam. E de uma maneira que não poderia ser rastreada até chegar a mim. Foi Sam quem comentou que a Medichord tinha acesso aos prontuários médicos da nação navajo, e que esses prontuários não faziam parte do banco de dados de saúde nacional dos Estados Unidos. Poderíamos encontrar uma cobaia que fosse invisível, sem registros em lugar nenhum, nada para rastrear. Encontramos dois. Johnny e Bruce. Primeiro trouxemos Johnny. Ele era...

Hubbard hesitou, percebendo como o que ele estava prestes a dizer soaria para a família de Johnny Sani.

– Diga – exigiu Vann.

– Ele era deficiente mental – disse Hubbard. – Fácil de enganar. Fácil de controlar. Nós o alojamos na Califórnia usando uma empresa chinesa na qual a Catalisadora tem participação mínima. Nossos contatos com ele eram através de C3 únicos. Tudo irrastreável, embora Johnny não fosse esperto o bastante para descobrir o que estava acontecendo. Fomos bastante cuidadosos. Mantínhamos tudo na menor escala possível. Apenas Sam e eu sabíamos de tudo. Quando a rede foi instalada, testávamos primeiro por alguns minutos por vez apenas, então por uma hora ou duas. Ficamos confortáveis usando Johnny para várias coisas. Levá-lo a fazer tarefas simples. Um pouco de espionagem corporativa. Um pouco de sabotagem. Nada realmente significativo. Apenas testando as capacidades. Descobrimos que Johnny era limitado. Não no cérebro, pois aquilo não importava quando eu o conduzia. Mas a mesma falta de identidade que nos atraíra o limitava. Não ter identidade dificulta os movimentos em nossa sociedade em vez de facilitar. Com o que aprendemos com Johnny, começamos a trabalhar em modelos de redes comerciais. Adquirimos a Lucturn e tínhamos o banco de dados de redes para trabalhar. Descobri o método do interpolador para hackear as redes e deixar uma porta aberta. Tudo que precisávamos fazer era esperar a oportunidade certa. Daí a Abrams-Kettering foi aprovada, e a greve e a manifestação foram planejadas. Era a oportunidade certa para desestabilizar o mercado e arrebatar as empresas que queríamos. Eu sabia que Nicholas Bell era um integrador. Conhecia pessoas que já tinham usado seus serviços. E sabia que, quando a Abrams-Kettering fosse aprovada, ele procuraria um contrato de longo prazo. Mas eu não quis me aproximar diretamente dele. Tinha um último trabalho para Johnny Sani. Levei-o para fora do D.C. e usei-o para entrar em contato com Bell, fingindo ser um turista. Usei-o para entrar na mente de Bell.

Ele prosseguiu:

– Quando eu estava em Bell, Sam deveria se conectar imediatamente e assumir o controle de Johnny. Mas Sam ficou distraído por alguns minutos. Johnny veio à tona, olhou ao redor, agarrou um sofá e correu até a janela com ele, lançando-o para a rua. Depois ele voltou, pegou um copo e quebrou em uma cômoda. Pensei que usaria em mim. E pus as mãos para cima. Ele gritou comigo, dizendo para mim que agora alguém viria até o quarto para ver o que estava acontecendo. Ele queria parar de ser usado. Queria saber para que estava sendo usado. Disse que queria ir para casa.

Hubbard hesitou novamente.

– Continue – disse Vann. – Se não disser, Bell dirá. Tudo vai vir à tona, Hubbard.

– Eu ri dele – disse Hubbard. – Sabia que Sam estava vindo se conectar a ele e, então, seria o fim. Então, eu lhe disse que ele estava sendo usado para me deixar muito rico. Ele quis saber se ele havia sido usado para machucar pessoas. Disse a ele que, se ele não se lembrava mesmo, então não deveria se preocupar. Então, ele me disse: "Sei que você é um homem ruim e sei que não vai me deixar ir para casa, então vou causar um problema para você." Em seguida, cortou a própria garganta.

May e Janis encaravam Hubbard, petrificadas. Lembrei-me de Klah Redhouse dizendo como tentavam não mostrar muita dor.

– Sinto muito… – disse Hubbard, olhando para May e Janis.

– Não ouse – soltou Janis. – Você não sente nada pela morte de Johnny. Você ia matar uma pessoa hoje. Você lamenta porque foi pego. Mas você foi pego. Foi porque Johnny impediu que você se safasse do que estava fazendo. Causou um problema para você, como ele mesmo disse. Meu irmão era lento, mas conseguia entender as coisas se lhe dessem um tempo. Ele entendeu quem você era. E agora, olhe sua situação. Meu irmão dá de dez em você.

Janis ajudou May a se levantar da cadeira. As duas saíram da sala sem olhar para trás.

– Você o viu cortando a garganta e entrou em pânico, não foi? – disse Vann depois que elas saíram. – Você realmente abandonou o corpo de Bell por, no mínimo, alguns minutos.

– Sim – respondeu Hubbard. – Saí, mas Sam me disse para voltar. Ele disse que, se Bell contasse a alguém sobre sua experiência, saberiam o que tínhamos feito e, mais cedo ou mais tarde, bateriam na nossa porta. Precisei ficar com Bell até tudo terminar. – Ele bufou. – Ele disse que inventaria uma história para me encobrir que duraria até sábado, e que seria o bastante. Não adiantou muito, para nenhum de nós.

– O senhor se afastou o suficiente para Bell nos dar uma pista

— disse Vann. — Ele ficou confuso com o que estava acontecendo, o bastante para nos alertar de que havia alguma coisa muito errada. Obrigada por isso.

Hubbard abriu um sorriso melancólico e olhou para Vann.

— E agora? — disse ele.

— Agora é hora de o senhor ser preso de verdade, sr. Hubbard — disse Vann. — Volte para o seu corpo. Faça isso agora.

— Você precisa desligar o patch — disse Hubbard.

— Sobre o patch... — disse Tony.

— O que tem ele? — perguntou Hubbard.

— Mentimos para você — disse Vann. — Não existe patch.

— Há um patch geral que fechou a porta do interpolador — disse Tony. — Isso é verdade. Então, se você saísse, não teria como voltar.

— Mas sabíamos que você não faria isso — disse Vann. — Então, decidimos jogar com a sorte.

— Também não existe conversor de *script* — disse Hubbard.

— Se tivéssemos, teríamos usado — disse eu. — E teríamos feito você assistir à sua empresa pegar fogo.

— Agora, vá, Hubbard — disse Vann. — Meus colegas estão esperando. O senhor ainda tem muito a responder.

Hubbard foi embora, o que não foi perceptível.

Mas a chegada de Nicholas Bell foi. Ele se sacudiu, quase derrubando a cadeira, buscando fôlego.

— *Meu Deus* — disse ele.

— Nicholas Bell — disse Vann.

— Sim. Sim, sou eu.

— Prazer em conhecê-lo — cumprimentou Vann.

— Espere aí — eu disse, pondo a mão gentilmente em seu ombro. — Preciso tirar essas algemas aí. — Eu o soltei. Ele sacudiu os braços e esfregou os pulsos.

– Sr. Bell – Vann disse.

– Sim – respondeu ele.

– O que Hubbard disse sobre Johnny Sani...? – perguntou Vann. Bell assentiu.

– É verdade.

– Sinto muito pelo que teve de assistir – disse Vann. Bell riu, trêmulo.

– Foi uma semana bem longa.

– É – concordou Vann. – Foi mesmo.

– Odeio dizer isso – eu disse para Bell. – Mas precisamos que o senhor responda a algumas perguntas. Precisamos que o senhor nos conte tudo que viu ou ouviu enquanto Hubbard teve controle de seu corpo.

– Acredite em mim, eu pretendo contar a vocês tudo que sei sobre aquele filho de uma puta – afirmou Bell. – Mas tem uma coisa que realmente preciso fazer antes disso. Se eu puder. Se não se importarem.

– Claro – disse Vann. – Diga o que gostaria de fazer.

– Eu gostaria muito de ver minha irmã, agora – disse Bell.

VINTE E CINCO

Vann apontou para o palco na frente do Memorial Lincoln, onde estavam os porta-vozes da marcha dos hadens.

– Seu pai está muito bem lá em cima – ela disse, meneando a cabeça para o meu pai, em pé, ao lado do presidente Becenti e de Cassandra Bell, mantida em um berço portátil.

– Ele parece uma formiga – comentei. – O que, para o meu pai, é bem impressionante.

– Podemos chegar mais perto do palco, se quiser – disse ela. – Pelo que dizem, você conhece um cara lá.

– E conheço mesmo. Mas acho que estamos bem aqui.

Vann e eu estávamos às margens da multidão, no Passeio Nacional, longe do palco e dos discursos.

– Sem revoltas – disse Vann. – Eu não teria apostado nisso ontem de manhã.

– O que rolou com Hubbard deu uma abaixada na poeira, acho – comentei.

As notícias sobre a prisão de Hubbard e Schwartz foram significativas para escapar à sombra da tarde de sábado. Garantimos que todo mundo tivesse o máximo de informação que quisesse, em detalhes. Aquela noite de sábado no D.C. não teve mais incidentes do que a maioria dos sábados à noite. Domingo era domingo.

– Desviamos de um tiro – disse Vann, concordando. – Falando figurativamente. Você levou vários.

– É mesmo – disse eu. – Se aprendi alguma coisa nessa semana foi que devo investir em C3 econômicos. Não posso pagar esse tipo de desgaste.

– Pode sim – disse Vann.

– É, bem – falei. – Posso. Mas não quero.

Caminhamos pelo Passeio, ela com sua tipoia, eu com um C3 emprestado. Ela olhou novamente para o palco.

– Você poderia estar lá em cima – ela disse. – Do lado do seu pai. Tem tanta fama que poderia ter dado ao acordo dele com os navajos ainda mais credibilidade.

– Não – falei. – Meu pai tem credibilidade para dar e vender, mesmo depois dessa semana. E não quero mais essa vida. Tem um motivo para eu ser agente do FBI, Vann. Quero ser útil além do papel de criança-propaganda.

– Os hadens ainda podiam se beneficiar de uma criança-propaganda – disse Vann. – A Abrams-Kettering entra em vigor à meia-noite. As coisas vão ficar difíceis a partir de agora. Muito mais difíceis.

– Outra pessoa pode assumir esse posto – eu disse. – Acho que estou melhor fazendo este trabalho.

– Está mesmo – disse Vann. – Ao menos nessa semana esteve.

– Elas não são todas assim, certo? – perguntei. – Digo, as semanas.

— Seria tão ruim assim se fossem? – perguntou Vann.

— Seria – eu disse. – Seria, sim.

— Eu disse que pediria muitas coisas para você – disse Vann. – Naquele primeiro dia. Lembra?

— Lembro. Não vou mentir para você. Meio que pensei que você só estava tentando me amedrontar.

Vann sorriu e deu um tapinha no meu ombro.

— Relaxe, Shane – disse ela. – Vai melhorar a partir daqui.

— Espero.

— Desculpe – disse alguém. Vimos um C3 em pé com outras pessoas. Ele apontou para Vann. – Você é a agente do FBI. Aquela que prendeu Lucas Hubbard.

— Sou – disse Vann. – Uma das pessoas da investigação.

— Que legal! – disse o C3 e, então, apontou para o grupo. – Se importa de tirarmos uma foto?

— Não – disse Vann. – Vamos lá.

— Que incrível – disse o C3. Em seguida, ele e o grupo começaram a rodear Vann. Uma mulher do grupo me entregou uma câmera.

— Pode tirar pra gente? – perguntou.

— Claro – falei. – Juntem todo mundo.

Eles se juntaram.

— Está adorando isso, não está? – disse Vann.

— Só um pouco – falei. – Agora, todo mundo diga "xis".

AGRADECIMENTOS

Como sempre, acho importante agradecer às pessoas que estão nos bastidores da minha editora, a Tor Books, e que fazem todo um esforço para levar meus livros até vocês. Dessa vez, estão entre elas Patrick Nielsen Hayden, meu editor; Miriam Weinberg, sua assistente; Irene Gallo, diretora de arte; Peter Lutjen, designer de capa; Heather Saunders, designer de diagramação; e Christina MacDonald, que fez o copidesque. Também a Alexis Saarela, minha agente publicitária e, claro, Tom Doherty, *publisher* da Tor.

Também é importante agradecer a Ethan Ellenberg, meu agente, e Evan Gregory, que cuida das vendas para o exterior. Sinceramente, estão fazendo um trabalho fantástico por mim, e eu tenho sorte por tê-los ao meu lado.

Agradeço também a Steve Feldberg, da Audible, e a Gillian Redfearn, da Gollancz.

Muito obrigado aos amigos e leitores que se alegraram comigo e/ou estiveram do meu lado como distrações bem-vindas quando eu precisava me distrair. A lista é muito grande, então, em vez de botar todo mundo aqui, saibam que vocês estão nela. Obrigado, galera.

Eu quero, principalmente, agradecer muito à minha mulher, Kristine Blauser Scalzi. Escrevi este livro em 2013, que foi, de muitas maneiras, um ano realmente incrível para mim (ganhei um prêmio Hugo de Melhor Romance por *Redshirts*, apenas para dar um exemplo), mas também muito, muito estressante. Para resumir, foi ela quem teve de me aguentar. Que ela tenha feito isso com amor, paciência e incentivo, em vez de me estrangular, jogar meu corpo em um triturador de madeira e depois fingir nunca ter sido casada comigo, é uma prova do fato de que é, realmente, a melhor pessoa que conheço. Eu a amo mais do que expresso em palavras – uma ironia para um escritor – e fico genuinamente maravilhado todos os dias por poder passar minha vida ao seu lado.

Tento mostrar para ela o quanto a amo o máximo de vezes que consigo. Essas palavras são para que vocês também saibam disso. Se você está com este livro nas mãos, é por causa dela.

JOHN SCALZI, 29 DE NOVEMBRO DE 2013.